金田一探案集⑩

夜行

〔日〕横沟正史 著　　林嘉树 译

南海出版公司

新经典文化股份有限公司
www.readinglife.com
出　品

目录

第一章　汝勿夜行

佝偻画家

“反正事情很麻烦，简直就是脑子有问题。她真是疯了，完完全全疯了……你说什么？不错，一直以来，她的脾气的确说变就变。只不过这次不是仅仅用一句变化无常就说得过去的，其中肯定有隐情，就连我都觉得有些害怕了。我跟你说，别看我成天吊儿郎当的样子，其实我是个相当普通的人，一个平凡得不能再平凡的普通人。虽然有的时候会让人感觉像是地痞流氓，偶尔说些吓唬人的话，干些吓唬人的事情，说到底，那些都不过是虚荣心罢了，真正的我是非常谨小慎微的。我不想被人轻易看穿，所以才会故意伪装成那样。鱼也好，昆虫也好，越是柔弱无力的动物，越是会把自己伪装成张牙舞爪的样子。你难道不觉得我跟它们差不多吗？确实就是这么回事……所以虽然从表面上看起来像是地痞流氓，而且还动不动就说狠话吓唬人，但是实际上，我的内心是极其小心谨慎的。你不也曾经说过嘛，说我就是个人来疯，就喜欢在别人面前显摆自己的恶习……你说得一点儿都没错。说来说去，就是一种爱好罢了，并不能代表我的本性。所以说，在那些旁观者看来，可能会觉得是放荡不羁的行为，对于我而言，心里面其实是有分寸的。也许有时候一不小心，有可能会面临触犯社会道德底线的危险，但是每一次我都能够及时回头，这种小菜一碟的事情，我还是能够办到的。但是，要说到那个家伙……对于那个女人来说，一切都是不存在的。在她的眼中，什么所谓的道德不道德，统统都是摆设。真是让人头疼，简直拿她一点儿办法也没有……喂，听见没有，你倒是说句话啊。”

“你想让我说什么？我根本就不明白你在说什么。”

“不明白？怎么可能会不明白呢？我费了半天力气，说了这么多话，你竟然跟我说不明白？你平时不是老夸自己，说你的感觉如何如何敏锐吗？”

听完仙石直记的话，我先是呵呵地笑了笑，接着便点着了一支手工卷制的香烟，不紧不慢地吸了一口，顺便观察了一下醉眼蒙胧的他。我心里面很清楚，一般在这种情况下，态度越是显得镇定自若，对方就会变得越来越迫不及待。然而，不知道今天是因为什么缘故，直记与往日表现得截然不同，并没有流露出任何焦急的神态。怎么回事？看来这家伙今天的确有些无精打采啊。

“即便是感觉再敏锐的人——事先声明一下，我可不是感觉敏锐的人——感觉敏锐的人或许真的可以从一堆没有实际意义的废话当中，提炼出某些有用的东西。但是，对于从喝醉酒的人嘴里说出来的胡话，你越是想认真把握，到头来越是会让自己吃苦受累，最后反倒把自己弄得比傻子还要傻。”

“我喝醉了吗？看来我……哈哈哈，真的是喝醉了。从刚才一直喝到现在，的确喝了不少酒呢。”

直记把带过来的三得利倒进玻璃酒杯当中，一口气喝了个底朝天。由于喝得晕乎乎的，他的手开始不自觉地哆嗦起来，以至于一杯酒竟有半杯都洒到了桌子上。这瓶酒本来是他作为礼物带过来给我的，现在竟然被他自己喝得差不多了。总之，对于眼前的这个人而言，像今天这样一蹶不振的状态，还真是很少见。

“话说回来，事情的大概你应该清楚吧？你肯定能明白我刚才说的那些话是什么意思。”

“要说明白，也大概能猜出八九分。你说的那个人应该指的就是八千代，对不对？”

直记用那双醉醺醺的眼睛直勾勾地望着我。从他的眼神当中，我感觉到了某种异常的可怕气氛，不由得全身打了个冷战。那双长得酷似渔网网眼形状的眼睛里布满了血丝，在酒精的作用下，就好像是撒了一层云母粉末似的，正闪烁着奇异的光芒。

然而，就在云母的光泽之下，我分明感受到一种令人难以捉摸的异样的恐惧在不经意间流露出来。看来这家伙并没有真的喝醉……我立刻警觉起来。直记似乎觉察到了我的神态变化，赶紧慌慌张张地低下了头，又朝酒杯里倒起了威士忌。

“你说得没错，就是那个女人。据说，这次她准备结婚了。”

“八千代今年到底多大年龄了啊？”

“二十三……不对，应该是二十四了。”

“二十四岁的话，也不算早了。人家打算结婚，应该说是件喜事呀。到了这个年纪，结婚嫁人也很正常。”

"是的，确实如你所说。不过，也得看看对方是什么样的人吧。"

"你的意思是，将要和她结婚的那个人不怎么好，是吗？"

直记一脸凝重的神情，轻轻点了点头。

"究竟是个什么样的人呢？但这种事情就算跟我说了，我也帮不上什么忙啊。"

"你还别说，这件事情，我还真的要跟你好好说道说道。实话告诉你，我今天就是为了跟你说这件事情，才特意到你这儿来的。你会听我说吧？就算你不想听，我也非得跟你说不可……"

"你这样让我很为难啊……要知道，仙石，你听好了，我一点儿都不了解八千代。虽然时不时地会从你口中听到一些关于她的事情，但是时至今日，我跟她从来就没有见过面。尽管我以前看过她的照片，知道她是个美女。除此之外，关于她，我实在是一无所知。既然如此，管她结不结婚，我为什么非听不可呢？"

"为什么呢，因为我一直相信你啊。"

"我说仙石，你是认真的吗？"

"这还用说吗？你听好了，寅太，这是一件不得不说的事情，无论是跟谁说，终究有一天是要说的。然而，我对一般的人实在是信不过。当然了，你屋代寅太除外。我相信你，估计你自己心里面也清楚。我知道，无论是什么样的事情，在没有我的许可的情况下，你是绝对不会向旁人透露哪怕一星半点儿的。你说我说得对不对？"

"能够博得你的信任，可真是少有的幸事啊……我明白了，你的意思是，接下来要说的事情，绝对不可以向旁人说，是吗？"

"绝对不可以。关于这一点，在跟你说之前，必须得事先跟你强调一下。"

“你还是饶了我吧。求求你还是别信任我了。不信任我没有关系，只是希望你不要跟我说这么沉重的话题。”

“哈哈哈，那可不行。你以为我不知道啊，你嘴上说不让我说，其实心里面不知道有多好奇呢。我还不了解你啊？另外，我之所以跟你说这件事情，实际上还有一个别的原因。具体是怎么回事，等到时候我再跟你慢慢解释。这下可以了吧，寅太？下面我就要开始说了。”

仙石直记这个人就性格而言，在有些方面可算得上是偏执狂，头脑容易发热，只要是他愿意投入精力去做的事情，连九头牛都拉不回来。而且，每当这样的时候，他总是会变得蛮横不讲情理，从来不考虑别人的感受，一个劲儿地把想法强加给别人。而我本来就生性懦弱，面对他的蛮不讲理，最后总是屈服。事后有时候也会觉得后悔，觉得懊恼不已。然而，如果下次再遇到他，我还是会同样地被他的气焰压倒。

这次同样如此。虽然我已经再明显不过地表现出了不情愿，但是直记依旧什么都不管不顾，径自把想法强加给我。

“话说回来，说到那个人……”话刚刚起了个头，他却突然换了一种口气，“算了，不说他了……对了，你听说过那件事情吧？就是去年发生在鲜花夜总会的那件佝偻画家被人袭击的事。”

我吃了一惊，将目光转向直记。一方面是因为话题转移到了别的方向，另一方面是因为直记所说的事情确实很离奇。虽然已经过去半年多了，在我的脑海深处，始终觉得那件事很蹊跷。

关于那件事，在此还是先跟大家交代一下。

二战之后，夜总会犹如雨后春笋一般大量涌现出来，鲜花夜总会就是其中之一，地点在银座。我只不过是三流小说家，自然没有能力在那种地方潇洒地挥金如土，所以对鲜花夜总会其实并不是太熟悉。但是，根据我从直记那里听到的传闻，它在夜总会行业里似乎算是非常豪华的了。

“就算是在夜总会行当里，也得分出个三六九等来呢。好多夜总会以前其实就是末流的咖啡厅，即便现在生意也依然冷清。鲜花夜总会跟它们相比，简直就是一个在天上一个在地下。首先地段选得好，就在尾张町往里面一点儿。刚开始只不过是把一栋被烧过的大楼一层给修了修，便开门营业了。不过，由于正好赶上战争刚结束不久，又经过这么一折腾，最后反倒成大气候了。要是放在现在，有建筑规划法之类的限制，任凭你再怎么折腾也不可能有那样的规模。建筑面积大，内部装修也相当讲究，怎么看都不像是在战败国会出现的东西——准确一点儿说，正是因为成天想的都是这样的东西，才会在战争中一败涂地吧……哈哈哈，无所谓了，跟我也没什么关系。我可没那兴致去苦口婆心地说教，去激昂悲愤地陈词。总之，在东京来讲，那绝对是数一数二的好地方。在那里表演的乐队很棒，能够参加演出的人，也都是相当有水准的。当然了，与此相应，价格确实比其他地方要高出许多，简直是把人都当傻子了。不过话又说回来，仔细想一想，其实也没什么大不了的。反正经常去那种地方的都是一些在黑市上摸爬滚打的人物，有买的，有卖的，还有做中介生意的……像你这样的正人君子可不适合去那种地方。”

话虽然说得好听，但似乎直记去那个地方的次数比谁都多。

回过头来，还是说说发生在去年十月份的事情。案发之后，我集中查阅了一下当时的报纸，确定案件应该发生在十月三日。就在当天，一个女人走进了鲜花夜总会。这个女人大约二十岁，是个不折不扣的美女，目击者众口一词地如此说道。她的穿着打扮相当时髦，能在那样的时代有如此装扮的人，由此可以判断肯定是新贵阶层中的佼佼者。据说她的出现着实让当时夜总会里的女人们羡慕不已。

然而，问题也恰恰出在这里。女人的昙花一现虽然引起了全场的热切关注，但后来当她东窗事发的时候，整个夜总会里竟然没有一个人能够准确地描述出当时她所穿的衣服。有人说她穿着一件黑色的毛皮外套，有人却说她明明是穿着一件让人眼前一亮的粉红色外套。仅是外套就能出现如此差异甚远的回答，更不要说她身上其他衣物的款式了，答案简直是千奇百怪。不光是身上的衣服，关于容貌的描述也是如此。只在一点上，大家的意见出奇地一致。那就是，女人绝对称得上是倾国倾城的美人。然而，要说到究竟是怎么个倾国倾城法，大家又各有各的说道。

有人说她下巴圆圆的，总体而言是位颇具现代感的美女。然而反对的人却说，她长着一张瓜子脸，属于古典美女。再说化妆。有人说她出现时浓妆艳抹，与此同时，又有别的目击者站出来说，好像她当时只是略施粉黛而已。世人总会从自己的角度来观察事物，的确不怎么靠得住。调查来调查去，没有找出半条能够说明那个女人真实身份的有效证据。

另外还听说，在那个女人的身边，当时有三个追随者。事情发生之后，三人受到了警方的严密调查。但是，从他们的口中得到的线索却跟之前一样，依旧含糊不清。实际上，所谓追随者，不过就是三个年纪轻轻的大学生罢了，而且当时三人都喝得迷迷糊糊的，既没有兴趣也没有工夫去过多地留意一个女人的穿着打扮。

三个大学生是这么说的：

“本来我们几个在银座的一家叫郁金香的酒吧里面喝酒。喝着喝着，那个女人就进来了……刚开始的时候，那个女人只顾着一个人喝闷酒。后来不知什么时候，也不知道是她先提出来的，还是我们先打招呼的，说要不然干脆聚在一起喝得了。于是我们便跟她一起喝起酒来。那个女人实在是太能喝了，就那么一杯接一杯，喝了好多杯威士忌。后来大家喝得差不多都有些醉了的时候，那个女人让我们带她去找个更有意思的地方。于是，我们就去了鲜花夜总会。结账的时候，钱都是那个女人付的。她不光把我们在一起喝酒时的钱给付了，就连我们三个人之前的那一部分也都给付了。不管是怎么回事，反正那个女人肯定很有钱。”

负责调查的警察不厌其烦地反复向三人确认一件事：究竟是谁先提议说要去鲜花夜总会的，是你们提的，还是那个女人提的？关于这个问题，三人简直像是事先商量好的一般，回答完全一致。他们的供述如下：

“是我们提的。那个女人虽然是说过要找一个更有意思的地方去玩，但是最先提出去鲜花夜总会的确确实实是我们。在我们提议之前，她甚至似乎连鲜花夜总会是什么都不知道，因为她当时还反问我们那是什么地方。我们告诉她说是一家夜总会，她说舞厅她知道一些，夜总会还从来没有去过，非得让我们带她去见识见识。所以，要说她一开始就把目标锁定为鲜花夜总会，打死我也不会相信。”

三男一女，一共四人，来到鲜花夜总会的时间是在八点钟左右。女人在此之前已经喝得有些醉了，到了之后又接着喝了不少。可以想见，在案件发生的时候，她早已经喝得不省人事，就差没有倒在地上了。

也正是在这个时候，佝偻画家蜂屋小市走了进来。按照当时和他一起进去的两个朋友不约而同的说法，蜂屋小市虽然也已经喝得醉意迷蒙了，但是还没有忘记自己的身份，始终保持着矜持。而且，虽然小市有驼背这一缺陷，但是除此之外，单从外貌上来讲，他并没有什么特别的、足以令人不适的地方。虽然驼背，但实际上小市称得上是十足的美男子。他相当注重仪表举止，总是穿着白衬衫，系着黑色的领结，西裤永远能够看见笔挺的中线，皮鞋也从来都擦得锃亮。蜂屋小市不仅仅是个家财万贯的有钱人，同时也是很有品位的时尚人士。

不过，当那个女人看到小市和两个朋友说说笑笑地走进夜总会大门的那一瞬间，她的脸色倏地变得异常起来——这是那三个大学生在接受讯问时，回忆起当时的场景所供述的内容。女人在看到小市的那一瞬间，就好像是受到了某种刺激似的，显得极其吃惊，整个人在瞬息之间便完全醒了酒，两只大大的眼睛瞪得溜圆，嘴唇不停颤动着。突然间，她刷地站起身来，就好像是在水中潜泳一般，晃晃悠悠地朝着小市的方向奔了过去。还没等其他人反应过来，那女人便喊道：“畜生，你这个畜生，今天我终于把你给等到了！”说着，女人从随身携带的皮包里面掏出手枪，扣动了扳机。

面对眼前的阵势，小市就好像是被人抽取了骨头似的，瘫倒在了夜总会的地板上。

古神家族

说到这里，还是要先跟读者朋友们交代一下，以下我所要讲述的，是一连串惨绝人寰的杀人案。也许会有人嘲笑我说，现在都什么年代了，哪里还会发生这么荒诞无稽的事情啊。不过，请大家听我说，这些杀人案还真的就像近代志怪小说里描述的那样，充满了噩梦般的诡异，带着灵异，展示着奸邪。不仅如此，它们还贯穿着家族之间的诅咒，散发着来自古代的气息。

故事本身是如此灵异与离奇，一旦追溯其由来，又会发现，它们是那么深刻久远，那么扑朔迷离。憎恶仇视、贪得无厌、迷信妄想、嫉妒悔恨……所有可怕的要素都紧紧地交织在一起。起初它们或许曾有过勉强平衡的时候，然而总会有那么一天，平衡终将被打破，罪恶和欲念终将爆发。可以说，我要讲述的世所罕见、惨绝人寰的杀人案，就是爆发的直接结果。由此可知，如果真想追溯这些故事的根源，必定要回到那复杂幽远的古老岁月。不过，我们还是先从故事的导火线开始说起，那便是我们上面谈到过的、发生在鲜花夜总会里的佝偻画家遇袭事件。这个轰动一时、动机不明的案件，只是古神家族杀人案的开端罢了。

“你说的那件事情，我也曾有所耳闻。我和蜂屋小市虽然关系不很亲近，但也不是一点儿交道都没有打过。说起来，那天晚上我还在银座见过他呢。结合案情来考虑的话，正好就是在他去鲜花夜总会之前。”

“嗯，我之所以希望你能听我说话，这件事可以算是原因之一。关于蜂屋小市这个人，性格人品什么的，我估计你应该也知道不少吧？”

“不，我不大清楚那个人的情况。你又不是不知道，我跟他之间并没有太多的交往。不过你一说，我倒是想起来了，那个向他开枪的女人，据说后来就那么大摇大摆地当场逃走了，是吗？”

“是的。从那以后便杳无音讯，看来是完完全全地逃出警察的视线了。”

直记整个人看起来一副很是无精打采的样子。忽然间，我似乎明白了什么，不由得重新打量起他的脸。

袭击蜂屋的那个女人竟然能够全身而退，当场便逃出了夜总会。说起来，只能怪事情发生得实在太突然，即便是近在咫尺的两个朋友，也没能反应过来当时究竟发生了什么事情。因此，他们竟然没有一个人想到要把开枪伤人的女人给拦下来。从此以后，女人便隐没了踪迹，直到现在也没有人能说清楚她的真实身份。

话题暂且回到那三个追随者身上。由于那天晚上他们也只是第一次跟那个女人在郁金香碰见，而且都喝得醉醺醺的，所以没有人问过她的名字。至于郁金香的工作人员，也说那个女人是头一次光顾，所以不清楚她究竟是干什么的。当晚鲜花夜总会在场的客人当中，也没有人认识那个女人。

要说在这次事件当中最让人觉得不可理解的，便是就连被袭击的当事人蜂屋小市也说不认识那个女人。幸好女人射低了，蜂屋只是被击中了大腿，并不是致命伤。蜂屋说自己当时完全摸不清状况。

在这里，关于蜂屋小市的情况，尽我自己的所闻所知，先给读者朋友们简单地讲一讲。蜂屋是战后很快崭露头角的新兴画家之一，一直标榜自己是新思潮派。根据他提倡的观点来看，对于作为对象的实体无论采用如何精巧的手法进行描绘，都只不过是自然的模仿者而已。小说如果缺少了思想，就不能称之为小说。没有思想的小说，不过是用来消遣的文字罢了。绘画也跟小说一样，没有思想内涵的绘画，只不过是用来娱乐的绘画罢了。有很多人看完他的画之后，觉得不知道他想表达什么思想。据说蜂屋对此的解释是，说看不懂他蜂屋的绘画内涵的人，恰恰表明了他们思想的空虚贫瘠。

也许大家都看出来了，蜂屋绝对是一个自视甚高的人。说句实话，按照他的说法，很不幸，我也被归到思想贫瘠的那一类人当中去了。他的画从绘画手法来看，可以说属于前期印象派，而且这一特点非常明显。但是，他的绘画究竟想表达什么，却没有人能够说出个所以然来。在他的画中，经常能够看到怀抱着恐怖的骷髅的女人、被大蛇紧紧缠住的可爱的孩子等形象。对于如此题材的绘画，蜂屋特别喜欢起“人生之苦”“女人的神秘”等故弄玄虚的标题，而他自己觉得这正是他绘画的独到之处。或许这些处理方法在某些方面确实表现出了他的思想，但一定要我说的话，我总觉得对绘画做如此处理，恰恰反映出他只不过是一个很不成熟的通俗画家的本质。然而，蜂屋心里比谁都清楚，在这个世界上有很多人一看到弄不明白的事物，便会不由自主地心生敬畏之情。从这个角度来说，正是对观赏者心理状态的把握，造就了蜂屋所谓的成功。

前面已经交代过，蜂屋身体有缺陷，是佝偻症患者。除了这一点之外，身体的其他部位都很正常。我曾经有一次看到他和街头小混混打斗的场面，才知道原来这个人力气极大。对此我没有感到吃惊，反倒觉得有些恐惧。蜂屋长得也和平常人有所不同，是那种脸上透露出淡淡哀愁的美男子。他没有艺术家应有的纤柔外貌，反倒长着一副迫人的体格。上天有的时候会跟人开一些小玩笑，对于蜂屋来说，一副佝偻的身躯，却配上了一张清秀的面庞。然而，正是因为上天的阴差阳错，他才成了大名鼎鼎的浪荡公子。如果蜂屋是一个完完全全的残疾人的话，他肯定不会那样拈花惹草。同样，如果只是长得面容清秀，而没有佝偻在身的话，他也不可能成为玩弄女人的高手。矛盾有的时候反倒成了魅力所在。他称得上美男子，身体却有残缺，与此同时又是一个极其有力量的人。正是这些原因，各色各样的女人的芳心才会被他一网打尽。

有传言说，他是一个从来不在乎别人眼光、喜欢玩虐待的不折不扣的色情狂。对于这一传闻，我的的确确一点儿也不知道实情。说了这么多，总而言之，蜂屋就是这么一个人，以至于调查之初就连警方都不太敢相信他所说的话。他们怀疑那是某个跟蜂屋发生过关系的女人，因为心中的怨恨而对其打击报复。他们按照这一思路追问了很长时间。然而，无论怎么讯问，蜂屋都坚称不认识那个女人。他说在案件发生之前，他从来没有跟那个女人打过照面，连看都没看见过。如此一来，警方只好得出如下结论：应该是女人认错了人，又或者是女人当时喝醉了酒，正在发酒疯，以至于一时间精神错乱，导致了袭击的发生。既然警方的结论出来了，事情也就此暂时作罢。

“听说蜂屋在医院里待了差不多一个多月才出院。不过，这些事情和你刚才要说的话之间，到底有什么关系呢？”

被我这么一问，直记露出了一副可怕的表情，笑着说道：“是这么回事，八千代不是说想要结婚吗，结婚对象就是蜂屋小市。”

我吃惊地望着直记。“这么说的话……莫非袭击蜂屋的人就是……”

“被你说中了，就是八千代。不过我也是直到最近才知道的。关于鲜花夜总会事件，当时我也在报纸上看到过，但是没太在意。只是觉得，一个不入流的画家，被人袭击也好，被人杀了也罢，跟我的生活又能有多大的关系呢？然而巧的是，上一次八千代跟我聊天，说要和一个姓蜂屋的人结婚，我才第一次有所察觉，向她追问事情的来龙去脉。果然不出所料，那天晚上的那个女人果真就是八千代。”

说完之后，直记不知怎么回事，突然大声地狂笑起来。一时间我也弄不清楚他究竟是因为什么发笑，吓了一大跳，只好呆呆地望着他。我总觉得有种说不出口的厌恶之感，心里面堵得慌。

“发生什么事情了吗？你到底在笑什么……八千代之前和蜂屋小市到底认不认识啊？”

直记又是一阵大笑。“不认识。正是因为不认识，所以才奇怪。世上怎么会有这么愚蠢的事情呢？正是因为愚蠢至极，才会让人觉得毛骨悚然。寅太，我刚才之所以笑，并不是因为觉得奇怪，而是因为觉得毛骨悚然。总感觉后背一阵阵地发凉。在那天晚上之前，八千代就连蜂屋的蜂字怎么写都不知道，更不要说见过面了。估计她连想都不会想到，世界上竟然还会有如此奇怪的人存在。”

“照你这么说，那为什么……”

“问得好。寅太，我今天想跟你说的，其实……是一段很古老的孽缘，是一个关于家族诅咒的故事。我说寅太，关于古神家族的事情，你多少知道一些吧？”

“具体的情况我不大清楚，差不多都是偶尔从你嘴里听到的而已。我竟然连古时候的领主以及他们的子孙都不知道，真是遗憾……”

“不要装傻了。你应该知道古神家族有一种代代相传的遗传病——佝偻病吧？现如今，八千代的哥哥——一个叫守卫的家伙就是佝偻病患者。”

对于这番话，我有些吃惊。虽然我不知道他说的这些跟八千代的袭击事件到底有着怎样的联系，但是关于古神家族成员里经常会出现佝偻病患者的事情，实际上我小的时候就已经听说过了。

我的老家位于冈山县与鸟取县的接壤地带，世世代代都是住在山里面的庄稼人。在旧幕府时期，那一带的领主就是古神家族，俸禄大约在一万零五百石左右。这个数字也就刚刚够大名的最低标准，但是到了明治[①]时期，古神家族还是跻身于华族之列，且至今承袭着子爵的爵位。与其说是古神家族，倒不如说是古神家族的领地周围，从很早开始就经常出现佝偻病患者。与其说是遗传，倒不如说是一种风土病。即便是到了今天，山里面的生活也非常不方便，更不要说在江户时代[②]了。那时的交通状况肯定更加艰难，再加上远离海岸线，人们几乎没有吃过海产品，碘的摄入极度不足，最后便造成了骨骼方面的异常。

“关于佝偻病这件事，我还真的知道一些呢。现在佝偻病越来越少见了，几乎很难再看见。不过，据说在原来的领主家族里面，这种病至今还在遗传。”

“说得对。那可是世世代代遗传下来的，而且是非常典型的那种，

① 日本睦仁天皇在位期间使用的年号，时间为 1868 年到 1912 年。

② 日本德川幕府统治的时代，时间为 1603 年到 1868 年。

与蜂屋的病情很像。”

“不过，这些跟八千代……”

“你先别急，这不是刚开始要往下说嘛，但你听完可不许笑。不光是你，可能很多人都会说：‘现在不都已经是民主时代了吗，怎么还会有老掉牙的孽缘故事存在呢？’话怎么说都行，我管不了。我只知道，在所谓民主日本的角落里，的的确确还存在很多让人心困苦不堪、有点儿像志怪小说的离奇故事。喂，你在听吗？”

八千代是前几年去世的古神织部的女儿，是守卫的妹妹，比守卫小九岁。两人并非一母所生，八千代是二房所生。守卫的母亲很早便撒手人寰，八千代的母亲在生完八千代之后不久，便从侧室变成了正妻。她就是柳夫人，织部的遗孀，现在掌管着整个古神家族。

就在八千代快要降生的时候，作为父亲的织部子爵虽兴奋，但更多的却是担心。原因就在于，那时作为同父异母哥哥的守卫已经有七八岁了，正是从这个时候开始，守卫隐约地显现出了佝偻病的征兆。因此，全家人对于八千代的未来很是在意，于是便将一直以来为家族服务的女算命先生请到了家里来，让她算一算八千代的命运如何。

算命的老太婆说：“请不要担心。大小姐将来一定不会成为佝偻，肯定能够健健康康、漂漂亮亮地长大成人。只不过……”

本来只要说到长大成人就可以，她却在后面加上了一句吊人胃口的“只不过”。

“只不过，大小姐将来的夫婿会是个佝偻。虽然说起来让人伤心不已，但是您要知道，这些事情都是上天的安排，想靠人力去改变是不可能的。”

“这个死老婆子，要是现在还活着的话，我非把她掐死不可。”直记苍白的脸上露出了可怕的微笑，“八千代不会成为佝偻，估计老太婆从一开始就已经心知肚明——只要看看八千代的脸就知道了，她绝对不是古神织部的孩子。”

我死死地盯着直记，说道：“那么，八千代的父亲……难道是……”

“正是我的老爹。哈哈哈，你不觉得有意思吗？古神家族世世代代都是近亲结婚，世世代代都会生出傻子呆子。我老爹就在此时出手，甘当种马，帮助他们家改良品种。”

直记说这些话的时候，就好像是在说跟自己完全无关的事情一样。从这些可怕的话当中，我所能得出的印象只有“恐怖”两个字，它们在不停地敲打着我的心房。

在此之前，我就听说过直记的父亲仙石铁之进。据说，此人可不是一般地有能力，而是非常精明强干。按照喜欢暴露自身缺点的直记的说法，铁之进与柳夫人的关系从很早以前就超越了主仆的界限。等到织部去世之后，铁之进便俨然成了古神家族的掌门人。

“但是……”我忽然想到直记曾经跟我说过的一段话，“我忘了是什么时候了，你好像跟我说过，你的父亲一直想让你跟八千代结婚，有这么一回事吧？”

“是有这事。”直记这家伙仰天长叹了一声，回答道，“但是，要是事情真的成了的话……你听我跟你说，寅太。我们家的那个老爷子，在这样的事情上从来就不考虑一点儿后果。他整天只想着金钱和权力，为了实现野心，哪里还会想到自己的儿女呢？所以刚才我不是说了吗，虽然日本现在号称民主之国，但是在边边角角的地方，依然会发生这样老掉牙的离奇故事……”

我没有办法完全相信直记跟我说的这些事情。或许八千代的确不是织部的孩子，但是她会不会也有可能不是铁之进的女儿呢？

仙石家族的身份是古神家族的管家，而且每一代都会出现杰出的人物。在好几代之前，大约是江户时代末期，古神家族的领地内发生了类似农民起义的暴动。当时有四个农民代表到江户上访，企图直接向将军状告古神家族。越级上访在当时是会被法律重重处治的，所以四人旋即被押解回了古神领地，并被古神家族施以枭首之刑。在我的老家，人们至今还将这四个农民尊称为四义士，并且为他们设立了神社。每年到了他们的忌日那天，都会举办盛大的祭祀仪式，以纪念他们的事迹。

被这件事情一折腾，人们都知道古神家族的管理出现了问题，以至于整个家族到了崩溃的边缘，很有可能会被将军解除领主之位。就在这个危急关头，直记家的也不知道是几代之前的先祖管家，将罪过全部揽到了自己身上，最后切腹自杀。这么一来，古神家族才逃过了那次灭顶之灾。

虽然听起来有些像是在说评书，但这的确是史实。劫难过后，古神家族当时的掌门人流着眼泪对众人说道：“你们都听着，仙石一家人不是古神家族的下人，而是恩人。你们要永远记着我说的话。”

从此以后，这段话就被一代又一代地传了下来。

无巧不成书，同样的事情在明治维新[①]时期又发生了一次。也不知怎么了，古神家族的主人大都老实巴交，这一点通过织部就看得

①睦仁天皇即位后所推行的改革运动。

出来。老实巴交的人一般来说都很缺乏正确处理事务的能力，明治维新时期那一代的主人也同样如此。他完全不知道该如何应对这种时代的大变革。这个时候成功解除家族危机的就是直记的曾祖父。不仅如此，此人似乎对经济学很了解，不但使古神家族平安地度过大变动，还为古神家族走进新时代打下了坚实的基础。正是因为有了他，俸禄不过一万零五百石的古神家族才成功地跻身于华族之列，成为有名的资本家族。

时间一晃到了大正①时代，在整个社会大萧条的背景之下，华族当中的很多家族接二连三地破产，古神家族却再一次顺利度过危机。立下这一次救主奇功的正是直记的父亲铁之进。因此，进入新时代之后，仙石一家人在古神家族的地位变得越来越重要。

“古神家族前一任掌门人——已经去世的织部，也是一个典型的缺乏生活能力的人。因为他心理方面的问题，实际上从他还活着的时候开始，整个家族就已经处在我老爹的掌控之下了。说起来有点儿复杂……后院起火。你明白我的意思吧？德川家宣虽是主人，但是却在间部诠房面前抬不起头，只好由着间部在其后宫任意妄为。②想来织部和德川家宣应该是同样的心情。我猜可能在很早之前，他就知道柳夫人和我老爹之间的关系了。但对于八千代是我老爹的女儿这件事情，还真说不清楚他究竟知不知道。也许他知道这一切，但还是那么高兴，真心实意地疼爱着八千代。”

说了这么多，关于八千代为什么会对素不相识的蜂屋小市开枪这件事，依旧没有解释。不过，直记的讲述还在继续。

---

①日本嘉仁天皇在位期间使用的年号，时间为 1912 年到 1926 年。

②德川家宣（1662－1712），日本德川幕府第六代将军，间部诠房（1667－1720）为其近侍。

汝勿夜行

仙石直记还在继续讲述他们家可怕的孽缘故事。不过，在听他的故事之前，我还是先来说一下他跟我之间的关系吧。

直记的家族就像前面说过的那样，一直是古神家族的管家。维新之后，他们依旧住在古神家族的宅邸里面，每一代的工作都是负责制定家族制度，操办家族事务。到了直记的父亲——仙石铁之进这一代，实际上已经居于整个古神家族统治者的地位了。

直记作为这样一位人物的儿子，在物质方面自然是要什么就有什么。从学生时代开始，他花钱大手大脚的名声就已经传扬在外。战后，很多有钱人因为遗产税之类的事纷纷倒台，古神家族却连毫发也没有损伤一根。据说由于凭借当地山上的杉树和扁柏树，甚至经济状况较之战前还有所提升。所以说，直记的花钱状况根本就不算什么事。一开始我想用挥金如土这个词来形容他花钱的状态，但仔细想想，毕竟家族的掌门人和家族的实力管家还是有区别的。直记虽然花钱很厉害，但从来都不是那种既大把花钱又大肆张扬的类型，在花之前总是会精打细算一番。从心理上来说，不愿意被别人算计、绝不多花冤枉钱的想法已经融入他们的性格当中去了。

我跟直记这个家伙是在学校里面认识的，我们就读于同一所私立大学的文学系。我从一开始就立志要当一名小说家，但是直记却从来没有考虑过什么理想不理想的问题，他想的只是找一所能够接收他的学校，能有书念便万事大吉。在这样的前提下，大学毕业之后，他也没有想着要找一份像样的工作，每天只顾着晃晃悠悠地到处找女人玩。

前面也已经说过了，我的老家在古神家族统治之下的一个小村庄，世世代代都是贫苦的庄稼人。但是，自从明治时代末期，我的父亲离开家乡投奔东京之后，和老家之间的联系便渐渐地少了。特别是等到我上大学之后，父亲和母亲相继去世，可以说我和老家的缘分从此便一刀两断了。说到我自己，至今还没有回过一次老家。

直记跟我的情况差不多，他说他也一次都没有去过古神家族的旧领地。也许是物以类聚的缘故吧，再加上他知道我们居然还是同乡之后，便时不时地表达他对我的好意，在物质方面也经常帮助我。就我个人来说，对于直记这样的人，并没有特别地觉得他好，或者是觉得他不好。我的父亲是一名低级的政府公务员，家里面甚至觉得我上大学本身就是一个错误的选择。由此可见，我的生活其实是很困苦的，因此对于直记给予我的物质方面的援助，我是要感谢他的。

然而，就像我之前分析的那样，直记花钱是花钱，但是总让人觉得他在算计着什么。钱一旦花出去，一定要通过某种形式获得回报才行。每当想到这些，我便无法真正从心底对直记表示感谢，一次也没有过。不仅不会对他表示感谢，甚至还会想到他是如何地蛮横不讲理，如何地自以为是，如何地说变脸就变脸。而且他还喜欢故意向别人展露他的这些恶习。按照他自己的话说，他这个人胆小怕事，狡猾势利。总之，要说起他的缺点来，让人反感的事情说都说不完。

既然他有这么多恶习，为什么我还没有跟他恩断义绝、分道扬镳呢？原因就在于，我是一个不受欢迎的小说家，我需要有人赞助我写作。一般情况下，我总是会尽量地压制住内心对他的不满和厌恶，最大限度地展示恭顺。直记也不是傻子，他当然知道我心里在想什么。虽然明知道我心里不喜欢他，却没有跟我断绝关系。理由很简单，因为我们之前的关系，他在利用我为他做某些事的时候，有诸多便利之处。特别是在替他处理被他甩掉的女人这样的事上，有我出面是再便利不过的了。所以说，在我和他之间，完全不存在所谓的友情。我们相互之间也并没有真心尊重过对方。特别是直记，他始终轻视我。最有力的证据就是，虽然我们已经交往了很长时间，但是他从来都没有想过邀请我到他家做客。我们两人今年都是三十五岁，都是属虎的。我的名字叫屋代寅太，正是这个原因。

说到这里，我跟直记之间的关系想必大家已经了解得差不多了吧。下面我们接着听直记说他的故事。

“下面说说八千代为什么要袭击佝偻画家蜂屋小市。”

直记已经把带过来的威士忌喝得底朝天了。在他那看不到一点儿血色的额头上，两根像蚯蚓一般的血管横亘在中间，越发让人觉得心里发毛。他两只眼睛直勾勾地望着前面，继续说道：“在说出袭击的原因之前，还得先说说另外一个人。这个人就是八千代的哥哥守卫。守卫也是个佝偻，这我之前曾经提到过。他虽说是个佝偻，但是并不让人觉得奇丑无比。实际上，这个家伙还算是个美男子呢，风流潇洒，而且爱打扮。光听我说估计很难想象，要是你看到他的话，肯定会觉得他比我描述得还好看。在这一点上，他跟蜂屋小市简直是像极了。他比我小两岁，今年三十三了。不过，不管怎么说，总归他身体上还是有残缺的，所以心理上很自卑，以至于性格有些古怪。他性格孤僻，并且实际上是个很阴险的家伙——他要是不阴险，反倒才奇怪呢。刚才说过，我们家的老爹只不过是他们家的奴才罢了，但是现在完全喧宾夺主，俨然是古神家的当家人了。不仅仅是老爹，就连我这个管家的儿子也经常欺负少主人，整天一副神气得不得了的样子。守卫看到这些，心里面怎么可能高兴得起来呢？于是，他便把自己打扮成像是完全看破了红尘的样子，一天到晚只顾着埋头读书。其实我知道，这家伙的花花肠子可多了，说不定哪一天，他就会给我和我老爹来个致命一击。现在他正在悄悄地等待时机。还有，这家伙对八千代可是一往情深呢。”

我呆呆地望着直记，一时间不知道该说什么好。随着直记的讲述逐渐深入，故事变得越来越扑朔迷离。

“刚才你不是说……守卫和八千代是兄妹吗？”

“从表面上看，的确一个是哥哥，一个是妹妹。不过我不是说了吗，这些都是表面上的说法而已。守卫是前妻所生的孩子，八千代是柳夫人的骨肉。再直接一点儿说的话，所有的人都知道，八千代根本就不是家族前掌门人织部的孩子，这已经是几近于公开的秘密。无论是从父亲方面算，还是从母亲方面算，两个人之间一点儿血缘关系都不存在。所以说，心生爱慕，成为夫妻，并没有什么说不过去的。当然了，这些都是守卫这家伙心里所想的。除此之外，还有一件事情更是激起了守卫对八千代的热烈感情，那就是算命老太婆的预言：八千代将来会嫁给一个佝偻。守卫这家伙始终坚信，老太婆所谓的佝偻夫婿肯定就是自己，而且从来没有一丝一毫的动摇。简直是太让人伤脑筋了。八千代之所以放出话来，说要和佝偻画家蜂屋小市结婚，我觉得原因之一就是想阻止执拗的守卫继续追求她。

她肯定是想告诉守卫，算命老太婆的确是预言了佝偻，但那个佝偻不是你，而是蜂屋小市。八千代意在通过制造消息来让守卫警醒，让他就此作罢。”

仔细想一想，八千代这个姑娘其实还挺可怜的。

直记的父亲仙石铁之进，据说是想撮合直记和八千代两个人结婚的。但按照直记的说法，八千代是铁之进的女儿。所幸的是直记迟迟没有同意，要不然的话，就得发展成兄妹乱伦。那简直太可怕了。

另一方面，同样是哥哥的守卫一直对八千代情有独钟。虽然说守卫可能跟她没有一点儿血缘关系，但是从户籍来说，那可是白纸黑字的兄妹啊。所谓前门有虎，后门有狼，大概说的就是现在八千代面临的境地吧。无论嫁给两个人当中的哪一个，都有兄妹乱伦的危险。被逼到最后，真的可能破罐子破摔了。听直记的描述，八千代是一个极其放浪不羁的女人。如此看来，她之所以要放纵自己，究其缘由，逼婚的事情是脱不了干系的。

“原来如此。不过，仅凭这些，还是解释不了八千代为什么会袭击素未谋面的蜂屋小市啊。”

“你可要听好了，下面我就要开始讲了。”

直记这家伙的口齿变得越来越含糊不清。不仅如此，因为刚才的那一大段话，他憋得都已经快喘不过来气了。然而，他还是拼了命地接着往下说。他两只眼睛里泛着蓝光，透着股奇怪的热气。渐渐地，谈话的氛围变得越来越诡异。看起来，他应该是真的喝醉了。

“实际上……”直记伸出舌头，在嘴唇上舔了一圈，活脱脱像是一条狗，“事情发生在去年夏天。八千代收到了一封很奇怪的信。她平时习惯了一个人自由自在，所以对家里面的人从来都不愿搭理。不过，对于我她还是高看一眼的。由于那封信的内容太过离奇，最终她找到了我，请我帮她看看，而且让我给她出主意。信的内容是这样的：我已经回来了，最近我会去找你，与你完婚。就是这么几句话。信是从九州的博多发出来的，但是却没有寄信人的名字。你怎么看这件事情？”

“是不是有人故意恶作剧？”我立刻回答道。

“跟你的想法一样，一开始我们也觉得是恶作剧，还把那封信给撕了。现在想想，实在是太可惜了。那封信要是留着的话，说不定能从中找出什么蛛丝马迹呢。就在差不多一个月之后，她又收到了一封信。这次是从京都发出来的。信的内容稍微有些不同：你还记得那个预言者的预言吧？你必将成为我的妻子，这是你命中注定的。依然没有寄信人的名字。”

“嗯？”我不禁瞪大了双眼，“这封比上一封严重得多。后来怎么样了？”

“这次也还是给撕了。”

“这……不是太可惜了嘛。”

“嗯，现在想想，的确是挺可惜的，但是当时我们俩实在是太生气了。八千代看到信之后，整个人都要发疯了，三下两下就把信撕了个粉碎。接下来……”

“第三封信又来了？”

“对。不过，这次是从东京本地发出的，而且从内容上来讲，这次算是最可怕的。为了能够留下一点儿证据，我们没把信再撕了。你看，就是这封信。”

直记从口袋当中掏出来一个信封，四四方方的，是西式信封。正如直记所言，邮戳上果然能够隐隐约约地看到东京的字样。但是，除此之外，由于邮戳已经大部分模糊，基本上没有办法识别其他信息，而且也没有看到寄信人的名字。

“我能看看信的内容吗？”

“可以，你看吧。”

打开一看，里面装的是一张信纸和一张用薄纸包着的照片。信的内容如下：

> 我来东京了。近几天会去见你。同时奉上我的照片一张。至于我的面貌，等见面的时候你自然就会知晓。

接下来，换行写着一句让人琢磨不透的话——

> 汝勿夜行。

我急忙打开那张薄纸，从中取出了信上所说的照片。乍一看，我吓得不由得倒吸了一口凉气。

照片上的人是个佝偻，但是穿着打扮却很讲究，显得特别有精神。他穿着黑色的西装，外面套着一件苏格兰披风，两只手交叉着拄在面前纤细的拐杖上。由于披风的前襟是敞开的，能够很清晰地看到里面的装束：白色的衬衫，系着一只相当精致的领结。在我印象当中，蜂屋小市经常是这样的一身装扮。但是，这究竟是不是他，我也没有办法确定。为什么这么说呢？因为照片上的人脖子以上的部分被胡乱剪掉了。

我吃惊地看着手中的照片。

直记在一旁开口道："怎么样，能确定上面的人是蜂屋吗？"

"确定不了。只不过蜂屋平时的确喜欢这样装扮。猛然一看，的确很像他，不过……"

"话说回来，守卫那个家伙也经常把自己打扮成照片里的样子。我的意思是说，光从照片来看，其实和守卫的身形打扮也挺像的。"

直记的一番话说得我心中咯噔一下，我不由得咽了口唾沫。好一会儿，我都屏住呼吸，直勾勾地望着直记的脸。我能感觉到，一种无法形容的、由于看不清真实情况而生出的恐惧正悄悄地爬上我的后背。在直记那布满血丝的眼睛里面，我看到的是癫狂。

"这个有可能是守卫干的吗？"

"我不知道。没有办法断定到底是不是他干的。不过，这种事情那家伙当然是干得出来的。那家伙阴险狡诈，啰啰唆唆，总是在别人面前演戏，好像别人都不知道似的。而且从信的内容看，写信的人肯定对古神家族的情况十分了解。"

听他这么一说，我又拿起了信，再次看了一遍。字是用钢笔写的。不过，一笔一画都非常工整，看起来有点儿像是打印出来的。

"笔迹之所以会如此处理，目的就在于掩人耳目。之前收到的两封信的笔迹跟这个一样吗？"

"嗯，一模一样。"

"不过，这一句话我不大明白……'汝勿夜行'是什么意思？"

"你算是问到点子上了。正是因为有这句话，才说明写这封信的人十分了解古神家族的内情。八千代有夜里到处游荡的毛病，也就是所谓的梦游症。这种事情，除了古神家族的成员之外，旁人绝对不可能轻易知道的……”

我再次咽了口唾沫。要说直记是故意准备的话，有了这些道具之后可谓是万事俱备了，简直是俱备得过了头。我偷偷地瞟了直记一眼，想看看他是不是因为我又上了他的当而满脸坏笑。看过他的脸，我的这一怀疑烟消云散。他脸上那癫狂的表情，是撒谎或开玩笑时绝对伪装不出来的。

“你有些怀疑也不是没有道理。但是我所说的确是真的。要说到古神家族的宅邸，那简直就跟鬼屋差不多。只要是古神家的人，没有一个不是鬼魅。当然了，这其中也包括我。”

直记声音似乎有些沙哑，一笑起来更加让人觉得瘆得慌。

“至于八千代为什么会在鲜花夜总会袭击蜂屋，我说了这么多，你应该也有所了解了吧。收到这封信之后的第三天晚上，一次很偶然的机会，八千代撞见了蜂屋。直觉告诉她，写信的那个人终于出现了，他肯定是来会见自己的。一气之下，她掏出了包里的手枪，疯狂地朝对方开了一枪。这也是我最近才听到的消息。”

如果事情真的像直记所描述的那样的话，八千代当天看似很突然的举动，其实是有原因的。对于她来说，佝偻简直就是可怕的梦魇。有可能的话，她更愿意自己亲手把全世界的佝偻都赶尽杀绝吧。特别是在收到了那几封可怕的恐吓信之后没多久，竟然会碰到与那张照片上的佝偻极其相似的蜂屋。作为一位年轻的女士，她几乎忘记了一切，头脑中只剩下佝偻二字。若是一般的软弱女子，或许当场便会晕厥过去。然而，八千代正恰恰相反，她已经完全气急败坏了，最终采取了极端的暴力方式。要说曲折离奇，这个故事的确够格。从开始到最后结束，环环相扣，悬念迭出。这便是发生在黑白颠倒的世界里的离奇故事。

“原来如此。现在终于弄清楚八千代袭击蜂屋的原因了。不过，说她要跟蜂屋结婚又是怎么一回事？从那之后，八千代和蜂屋成为朋友了吗？”

“你说得很对。事情发生之后，通过看新闻报道，八千代才第一次知道有蜂屋这么个人。此时她才发觉原来自己弄错了人。与此同时，她也了解到不少关于蜂屋的奇闻怪事，不知不觉间便对蜂屋产生了兴趣。八千代这个女人就是这样，就连这样的人也不放过。据说后来她还特意去医院看望过蜂屋。当然了，自然是打着蜂屋崇拜者的名号去的。”

我听得很是吃惊，眼睛瞪得溜圆。

“那也太危险了吧。要是被蜂屋认出来是袭击他的人……”

“八千代还是相当有自信的。其实我也是第一次听说，据说她每次出席重要场合的时候，总是会伪装出席。在她看来，现代的化妆技术是最便于伪装的。眉毛的画法、假睫毛的粘法、口红以及头发的颜色等等，都是可以变的。她可以把脸颊变胖，也可以变瘦，还可以像西方人那样让眼窝深陷下去，可谓想怎么变就怎么变。她对这方面相当有研究。她真是个不正常的家伙，在心理学上，应该叫双重人格吧。”

“原来如此。不过，像蜂屋这样的人，大概不是谁随随便便地想骗就能骗过去的吧。会不会他早已经看出了真相，却还装作被蒙在鼓里的样子呢？”

“嗯，也不排除这种可能性。毕竟对他来说，也不是什么太坏的事情。”

"说吧，你打算让我为你做些什么？跟我谈了这么多，你肯定是有什么事情想让我替你办。"

"嗯，是这么回事，寅太。"直记突然直起身子，向我靠近，"告诉你吧，蜂屋这个家伙，大概在一周之前就已经住到古神家里了。当然了，是八千代邀请他过去的。只不过这家伙着实厚颜无耻，人还在古神家做客，就敢旁若无人地将八千代当作情人一般对待。就连我都早已经看不下去了，更不要说守卫，被弄得整天坐卧不宁。不仅如此，这两个佝偻还天天明争暗斗，闹得不可开交。照现在的情形看，这种争斗不知何时才能结束，情况实在是太危险了。我从一开始就觉得有些奇怪，似乎最近要出什么大事。别看八千代一副放浪不羁的样子，她好像最近也变得有些惴惴不安了。虽然如此，毕竟还没有出事，所以也没法找警察，让警察解决问题。在这个节骨眼上，我忽然想到了你，于是便把你的事情跟八千代说了一下。没想到，她听后非常兴奋，拜托我一定要把你请到家里去。女人可真是傻，她一听说你是写侦探小说的作家，立刻觉得你肯定就和小说里面的大侦探一样，是头脑特别聪明的人。哈哈哈。"

直记大笑起来，声音很大，也很可怕。无论他怎么嘲弄我，我都不会为自己辩解一句。说起来真是可怜，谁让我屋代寅太是个不受读者欢迎、可怜又可悲的三流小说家呢。

绿瓦宫殿

古神家族现在的宅邸位于东京市北多摩郡的小金井。当然了，本来他们家在市中心的繁华区有一座富丽堂皇的宅院，但是在战争中被烧了个精光。不过，在此之前，仙石铁之进就已经料到这一天终究是会到来的，因此将包括家具在内所有的东西，都提前搬到了小金井这边，市中心的房子几乎成了空宅。虽然房子在战争中被烧掉了，但实际上家里面的损失并没有多少。

小金井这边的房子是在上一代掌门人织部当家的时候建造的。说是别墅，但准确说来也是不得了的规模。光是建筑面积，往小了说，也得有三千多坪[①]。院子里头还有一个很大的池塘。由于宅院正好位于水源充足的地方，这个池塘与周围的井水以及善福寺里面的池塘都是同源的，源头每时每刻都有清冽的泉水涌出，于是便形成了这泓天然的池塘。再加上围绕池塘的武藏野的天然树林，使得古神家族的别墅就如妖异的幻境一般。

之所以说像妖异的幻境，是因为古神别墅的建筑风格与其他别墅有所不同。它将古典特色的江户样式和西方风格的现代元素融为一体，可以说是东西方的完美结合。这里既有与长罩衫和古典发髻相得益彰的和式房间，又有举办任何前卫的舞会都不会显得格格不入、颇具现代创意的西式大会客厅。附近的人将这座庭院称为“绿瓦宫殿”，因为它的每一座建筑物的屋顶都铺着绿色的瓦。绿色作为深色系所散发出来的气息，给予了整个建筑群祥和宁静的氛围以及沉甸甸的厚重之感。

虽然如此描绘，但实际上此前我从未亲眼见过古神别墅，更不要说进去参观了。上面所描述的情景基本属实，但全部来源于直记，

---

①日本计量房屋和土地面积的单位，1 坪约为 3.3 平方米。

他有时候会跟我提起古神别墅。

第一次有幸踏进这座绿瓦宫殿的大门，是在跟直记谈完话，也就是上一章所记述的对话之后的第二天，日期是三月七号。正是在那天晚上发生了那起可怕的、残忍至极的罪恶事件。而我则像一只朝着油灯扑过去的飞蛾，在毫不知情的情况下置身于事件中。

直记虽然说想马上就带我过去，但那天他实在是喝了太多的酒，醉得连自己是谁都不知道了。我住在杂司谷废墟旁边的一座古寺院里，既然他没有办法回去，于是我便安顿他在我的房间里睡了一夜。第二天早上，他便领着我出发，直奔小金井。直到现在，我依然没有忘记自己在踏入绿瓦宫殿的那一刹那所看到的景象。之所以这么说，是因为我刚迈进大门，就碰到了让人胆战心惊的事情。

绿瓦宫殿位于武藏野平原的中央地带，被长长的土墙所环绕。土墙被刷上了一层淡淡的紫色，在周围满是绿色的环境当中格外显眼，着实使得观者有眼前一亮的感觉。

土墙上开有一扇十分宽敞的大门。大门是古典样式，一看便知是古代大名才会使用的构造。不过，这扇门好像根本没怎么用过。巨大的铁锁挂在上面，沉甸甸的，愈发让人觉得沉重。

“咱们从那边进去。”

我们从大门前横穿而过，接着又转个弯，不久便见到一扇装着铁栏杆的小门。从这扇门进去之后，又是一道内墙，墙上又是一扇铁门。就在穿过这扇铁门的那一刹那，我们听到了里面传来的怒号与惨叫。就好像是刻意等着我们到来似的，这一瞬间的所见所闻预示着一出巨大的悲剧的序幕即将拉开。

“那是什么？”

在进门的一刹那，我们两人瞬间定格在原地。

粗野的怒号声就好像是在告诉听者，院子里有一头凶猛无比的野兽。在怒号声中，间或又传来女人凄惨的哭声。不光如此，仔细一听，其中似乎还夹杂着一种莫可名状的、让人不寒而栗的笑声。

“啊，是蜂屋。那家伙在干什么……”

直记突然撒开腿跑了起来，我只好紧跟在他的后面。转过建筑物的拐角，我们来到一片开阔的庭院。庭院是古典的和式建筑格局，但融入了不少西洋风格，中间有一个三十坪大小的池塘。与前面提到过的天然水源的池塘稍有不同，这个池塘的源头在更靠里的地方，这我是后来才知道的。

就在这时，我们看见三个人正沿着池塘跌跌撞撞、慌里慌张地不停地奔跑。

跑在最前面的无疑是蜂屋小市，他的装扮一如往常：黑色的西装，系着领结，看起来还是那么气宇轩昂。只不过背后的那个肉瘤好像比以前更圆了，不仔细看的话，还以为是个肉球在围着池塘滚动呢。虽然身体上有些残缺，但这家伙身手倒是很敏捷。时不时地，他还转过头去看看身后，拍着手大声地嘲笑着追他的人。

跟在蜂屋身后追逐的，是一个六十岁左右的老人。老人的打扮极为戏剧化，像是在出演表现古代义士大义凛然精神的剧目。他身材矮胖，满头白发，粗粗的八字胡直挺挺地翘在鼻子底下，穿着古怪，腰间扎着一条很宽的白色绸带。让人感到胆寒的是，他手里拿着一把明晃晃的日本刀，正高举过头顶，做出一副要往下劈砍的样子。我之所以会联想到拍电视剧，大概就是因为这把日本刀吧。不用说，从外面就能听到的、像野兽一般的号叫声，就来自眼前的这个人。然而，他的身体似乎并不像嘴巴那么好用，跑的时候一直踉踉跄跄，险些都喘不过气来了，而且还时不时地被什么东西给绊一下，跑着跑着自己跌倒在地。每当这时，跑在他前面的蜂屋小市总会回过头来，拍着巴掌大声嘲笑他。

跑在最后面的那个人，想必是这里的用人。年纪大概四十岁，穿着一身号衣，看起来像是家里的花匠。

“老爷，老爷，不行的，别跑了，没用的。就算对方再怎么不懂礼数，也不能把人家给杀了啊。吃亏的还是咱们啊。老爷，老爷。”

“我非宰了他不可。我要剁这个没有教养的畜生……我……”

“哈哈哈，有本事你就过来砍我啊。过来过来，往这儿砍。啧啧啧，小宝贝，看这里，看这里。你个大胡子，老色鬼。哈哈哈，看你那熊样。”

三个人的叫声此起彼伏，闹得简直不可开交。我被眼前的一幕吓得有些傻了，感觉心惊胆战。然而，很意外的是，直记竟然没有一点儿慌乱的样子。

“我说仙石，这是怎么回事啊？”

“正耍酒疯呢。”

“耍酒疯？”

“我老爹每次喝醉酒，都要来上这么一场。这不是正好被蜂屋给赶上了嘛。年纪一大把了还是没个正形，实在是丢人丢大了。不过，也不能就这么由着他不管。拿着那么一把大砍刀，千万不能让他闹出什么事来。要说也奇怪了，那把刀本来已经藏起来了，老爷子不可能拿到啊……”

我们赶紧加快脚步，三步并作两步走到了近前。

就在此时，蜂屋这家伙可能是兴奋得过了头了。他一边嘲笑对方是个酒鬼，一边倒着跑，还时不时地拍手挑衅对方。没想到，一个不小心，他被树根还是其他什么东西给绊了一下，整个人一下摔了个仰面朝天。

趁此机会，后面的酒鬼以迅雷不及掩耳之势，像一只蝗虫飞离地面一般，快速赶到蜂屋面前。面对着跌倒在地的蜂屋，他举起手中的日本刀，只听见呼的一声，手起刀落。

“啊……”

我不由得停下脚步，闭上了双眼。我似乎感觉到刀在空中划出了一道银白色的弧线，随着那弧线的终结，鲜红的血液四散飞溅，不偏不倚地落在了我的眼睛里。

没想到的是，就在这一瞬间，我却听到了扑通一声，像是什么东西掉进水里的声音。紧接着蜂屋那令人生厌的笑声清晰地传到了我的耳边。

睁开眼睛一看，蜂屋正蹲在水池旁边，一边盯着水池，一边拍打着双手，笑得前仰后合。不过，还是能够看出来，他脸上早已经吓得毫无血色。

水池表面泛着一圈圈巨大的波纹，过了好一会儿，才从波纹中心冷不丁地冒出了一个脑袋。是铁之进老先生。那撇骄傲的胡子由于水的浸泡而无精打采地耷拉了下来。看到这样的场景，多少让人觉得有些好笑。

“哈哈哈！怎么样？怎么样？大胡子！老色鬼！加茂河里的落汤鸡！这下子该醒酒了吧？”

“蜂屋！”直记大吼一声，声音严厉到了极点。

被这么大声一吼，蜂屋才意识到原来旁边还站着两个人。

蜂屋惊讶地回过头，朝我们看了过来。他看到我时，便很是怪异地皱了皱眉头。接下来，他目不转睛地在我们两人身上打量了好久。也许是想到了什么，他忽然又呵呵地笑了起来，好像是在告诉别人他什么都不怕似的，之后便朝对面走了过去。佝偻的背影圆滚滚的，还微跛。

蜂屋小市自从鲜花夜总会事件之后，除了佝偻之外，又多了微跛的毛病。

"源造，快把老爷拉上来。"

"哎！"

被水池里面的水一泡，老先生已经从头到脚全都湿透了。不过，日本刀还是紧紧地握在他的手里面，虽然看得出来手上已经没有一点儿力气了。当他看到儿子就站在旁边的时候，一瞬间露出了没有脸面见人的羞愧之色。

"屋代，咱们走。"

使我吃惊的是，直记并没有对遭难的父亲伸出援手。就好像是嘴里面有什么脏东西似的，直记呸的一声，朝水池里面大声地吐了一口唾沫，随后便目不斜视地径直离开了。看到眼前发生的一切，不知怎么了，我忽然有点儿可怜起眼前的这位老先生来。

"怎么样，这下明白了为什么我会说这一家子简直就是一群妖魔鬼怪了吧？一个喝完酒就要酒疯的老爷子，两个争风吃醋的佝偻，还有一个夜里不睡觉到处游荡的女人。除此之外，还有各种各样你想不到的怪物。你看，站在那边的那个人就是其中之一。"

直记站在原地，抬了抬下巴。顺着他所示的方向，放眼望去，我看到了一间只在画中才会出现的、像宫殿一般的和式客厅。在客厅的走廊下，一个女人正目不转睛地朝我们这边看。

“难道是柳夫人？”

“正是她。”

柳夫人是八千代的亲生母亲，那么年纪怎么也得过了四十才对。但是，在我看来，她也就是三十岁出头的样子，很显年轻。头发向后梳起，但是并未盘起来，典型的寡妇头。她穿着长长的白色和服衬里，外面套着紫色的和式外套。从服饰看，这一身装束非常合体。从长相看，她面庞清丽，颇有古典美女的气质。

面对着眼前的柳夫人，我忽然有了一种穿越时光的感觉，仿佛一下子回到了一百多年前。我呆呆地站在那里，过了好久才缓过神来。

八千代与守卫

当时柳夫人的脑子里面不知道在思考什么样的事情。我们回过头来朝她望去的时候，她很快便躲开了我们的目光，转身面向水池。水池旁边，仙石铁之进正在源造的帮助下磕磕绊绊地爬上来。但是，柳夫人的目光并没有停留在自己可怜的情人身上。很明显，她还在用眼角的余光死死地盯着我们两人。在她那美丽的侧脸上，忽然泛起了一抹像谜一般的微笑，让人捉摸不透其中的含义。仔细琢磨一下她当时的神态，总觉得她给人留下一种微笑中带着淫荡、色眯眯的印象。

“喂，咱们走吧。”在我还没有回过神来的时候，直记忽然非常粗鲁地抓起了我的手腕，“这只老狐狸精……”就好像是要把令人恶心的东西吐出来一般，直记嘟嘟囔囔地说道。

虽然离开了柳夫人，我却还在暗自回味着刚才的一幕。转过和式客厅的拐角，我隐隐听见了钢琴声，而且那声音越来越大。

回过神来一想，其实这钢琴声从我们第一脚迈进院子的时候，就已经隐约听到了。我还记得，特别是在蜂屋被树根绊得四脚朝天、日本刀劈头盖脸砍下来的那一瞬间，就好像是达到爆发点一般，钢琴声突然变大，搅乱了每一个在场的人的心。但这时，钢琴声已经不再高昂，转而变得平缓，像是在低声诉说，又好似在轻声叹息。

我们穿过门廊，朝客厅里面走去。一个女人侧对着我们，专心地弹着钢琴。我不得不惊叹，这张侧脸和柳夫人简直生得一模一样。当然了，柳夫人是古典美人，穿着打扮有点儿像歌舞伎里面的达官贵人的小老婆，而眼前的八千代则极具现代美女的气质。头发向上盘起，梳得整整齐齐，上面还插了一朵红花。眉毛修长，从侧面还可以看到长长的眼睫毛，不过似乎长得有些不太自然。嘴唇上涂着红色的唇膏，礼服长裙就像是燃烧着的一团火，也是红色的。看起来她似乎很喜欢红色，就连脚上穿的拖鞋也是鲜红色的。

不过，即便如此，也丝毫没能掩盖住她和柳夫人的相似之处。在我看来，八千代原本的底子应该和柳夫人一样，都属于传统的日本式脸型。然而，通过高超的化妆技术，八千代已经将自己变成现代感十足的美人。应该就是这么回事。鲜花夜总会事件发生之后，有的证人说她是古典美女，而有的证人却说她绝对是现代气质美女。之所以会有两种截然不同的证词出现，我想不是没有原因的。由于欣赏角度不同，每个观者都会得出不同的结论。这就是八千代的脸，这就是八千代神奇的化妆技术。

走进客厅之后，我们才发现，原来旁边竟然还有一个男人。男人背对着我们，似乎倚靠着钢琴，两只眼睛正目不转睛地盯着八千代的脸。那男人好像还时不时地说上两句，每当此时，八千代都好像很陶醉的样子，报以微笑。就连那微笑时的一举一动，都好像是和柳夫人一个模子刻出来的。

从男人的背影来看，我以为此人一定是蜂屋小市。这个人跟小市有着一模一样的身姿，而且在服装上也几乎跟小市没有任何差别。对于蜂屋小市这个人，我既羡慕他，又害怕他。如今再一次看到他，我实在没有办法抑制自己内心的情绪。

直记紧皱着眉头，用一种好像是看怪物一样的眼神盯着眼前这一对如在画中的男女。直到现在，我还能够回忆起直记当时的眼神。那眼神留给我的印象，我永远也不可能忘记。看着旁边的直记，我感到一丝丝的阴冷从前胸传到后背，浑身不禁战栗了起来。我没法猜透当时他的心里正在想什么。那种火辣辣的眼光到底意味着什么呢？莫非是心头忽然掠过疑惑？

不会是轻蔑与嘲笑吧？不对不对，搞不好他跟我一样，内心已经完全被嫉妒所充斥。

直记忽然间发现我正在看他，赶紧慌慌张张地用力眨了眨眼睛，很快将脸转向了别处。过了一会儿，他从口袋中掏出香烟，含在嘴里，又拿出打火机，咔嗒一声打着了火。打火机的声响惊醒了陶醉在二人世界当中的一男一女。

男人和女人就好像是各自被人打了一巴掌似的，不约而同地回过头朝我们望了过来。直到此时，我才发现原来一直都认错了人。

男人不是蜂屋小市。虽然在身形和衣着打扮上和蜂屋极其相似，然而面容却相差很大。这个人也是个佝偻，和蜂屋一样，都是相貌堂堂的美男子。但是，两个人的美貌却是两种完全不同的类型。与蜂屋小市那种恬不知耻、一上来就压得人喘不过来气的感觉正好相反，眼前的这个人让人感到了他内心的脆弱与敏感，有一种一捏就碎和空虚、不安的神情。这只需看一看他的眼睛便可知晓。有点儿像是一条被虐待的小狗，小心翼翼的，甚是招人怜悯。不过，仔细观察一下便会发现，在他的战战兢兢的表情背后，似乎还藏着一种异常的情绪。就好像是一只被逼入绝境的野兽，忽然间转过身来，反扑向追它的动物一样，在那短短的一瞬间爆发出犹如闪电一般的杀气……

不用过多描述，这位肯定是古神家族现今的掌门人守卫无疑了。

“哎呀，你这个人真讨厌。怎么进来也不说一声啊。什么时候进来的？”

八千代起身站在钢琴旁边，转过身来看着我们俩。似乎是想掩饰羞态，我看到在她的脸上浮现出了心虚的微笑。直到这个时候，我才第一次从正面看到了她的脸。这一看可不得了，几乎完全颠覆了我先前的所有想象。本来我觉得她的容貌无论如何也逃不脱柳夫人那传统式美女的类型。然而，这一印象却在一瞬间消散得无影无踪。反感觉她非常活泼，带着些许淘气。看上去她的内心世界似乎并不安稳，好像有一只美丽的小恶魔在那里欢呼雀跃。我当时想，也许白痴美指的就是这样一种美女吧。

“噢。”直记爱理不理地回了她一句，慢条斯理地将打着的火凑到了香烟上。

守卫从钢琴旁边走开，朝着沙发走过去。从他那战战兢兢、不停颤抖着的背影，可以想象出在这个人的内心怀有太多的愤怒与不满。从刚才我在他的眼神当中探寻到的杀气，以及现在看到的可怕的痉挛来着，这个人乍一看似乎是个没有任何生存能力的家伙，但是实际上绝对是个可怕的、不折不扣的内心激昂的人。

“千代，那究竟是怎么回事？”直记连看都没看守卫一眼，而是一边注视着八千代的脸，一边用质询的口气向她问道。

“那个指的是什么？”

八千代皱了皱眉，轻轻地将脖子歪向一边。即便在这种情境之下，她的眼睛，她的嘴巴，甚至她的身体，仍然始终如一地微笑着。

“当然是我老爹那事。看看老爷子和蜂屋两个人丑态百出的样子。这究竟是怎么一回事？”

“嗯，这件事嘛。”八千代忽然呵呵地笑了起来，眼神似乎是在专注于很遥远的地方，“那件事情最初的确是蜂屋做得不对。然而，他要是早知道咱们老爷子的毛病的话，恐怕也不会发生那么多事。他每次喝多了酒之后，都会对母亲死缠烂打不放。蜂屋这个人只要一喝酒，整个人就会变得没完没了起来。没想到他竟敢明目张胆地在老爷子面前，不是拉母亲的手，就是把脸凑到母亲旁边……当然了，我觉得这些都不是他的本意。你说这不是招人烦嘛。他就是喜欢做一些让人心里面不舒服的事情，别人越是不舒服，他反倒越觉得舒服。这个毛病真是让人讨厌。你也知道，母亲本来就是那样的人。是个人她都不会拒绝。尤其是年轻的男人，只要稍稍一献殷勤，她便会高兴得不得了。以至于到后来，她也竟然敢公然在老爷子面前跟蜂屋眉来眼去了。老爷子一开始好像还觉得挺有意思的。不过，随着蜂屋的胆子越来越大，行为越来越得寸进尺，老爷子终于忍不住爆发了。你说说，这都是哪儿跟哪儿的事啊。真是越说越没意思……”

“千代，刚才说的这些，你都看见过吗？”

“是啊，刚才我也看到了呢。我看着看着，觉得实在是太过分了，便中途离开，到这里来了。直记，蜂屋的情况怎么样？”

那发问的口气，有点儿像是关心一只险些被人捏死的苍蝇是否仍然苟活在世上一般。

“嗯，反正后来没危险了。你帮帮忙，跟蜂屋好好说说，老爷子是个危险人物，如果没什么事情，最好还是不要招惹他为妙。”

“好吧，我会跟他说的。但不知道他会不会听我的。他这个人是个人来疯，越是跟他说好话，他越是听不进去。还是不说他了，直记，你难道就不介绍一下吗，这位想必就是屋代先生了。”

“你猜得没错，他就是应你的要求前来的屋代寅太，算是三流小说家吧。屋代，这位是八千代。对面的那位是她的哥哥，守卫。估计我不说，你也早已经猜得八九不离十了吧。只要看到那副身形，应该……”

话未说完，直记便哈哈哈地大笑起来，算是对前一句话的收尾。我对他这种行为方式早已经习以为常，因此并没觉得有什么特别之处，只是觉得在直记的笑声中，守卫的身体似乎微微地颤抖了一下。对于任何人而言，被别人指出自己身体上的缺陷，都是一件忌讳的事情。直记自然了解这一点，他是在有意挑衅别人的忍耐程度。不得不说，就在此时，我是打从心底同情守卫的。只不过这一点直记不会了解，他从来没有考虑过别人的感受。

“我还是想问一下，为什么这件事情会闹到如此田地。当然了，老爷子喝多了酒就会耍酒疯，这大家都知道。蜂屋这家伙干出这种事情来，也是他的一贯风格。我要说的不是这些。老爷子最近一直尽量少喝酒。就算要喝，也会非常注意控制酒量，应该不会喝多。大白天的喝酒更是少之又少。不知道今天究竟是怎么回事，为什么会……”

“不会吧，直记你连这都不知道吗？”

“我知道什么……”

“今天是父亲的十三周年忌日啊。正是因为这个原因，母亲今天才会穿着那样一身衣服。只是老爷子看起来好像并不喜欢她那样的打扮。”

听完之后，直记只是眉毛朝上扬了扬，并没有发表任何意见。

“对于母亲来说，今天是个特殊的日子，心里面肯定充满了对父亲的思念之情，就算是对自己平日里的罪孽的一种救赎吧。但是，一旦这么做，却又会深深地刺痛老爷子的心。良心上还是有些过不去啊。就连老爷子这种人都……他可能觉得，母亲是在故意挖苦他，才会变得阴阳怪气的。越想越难过，越想越觉得没有意思，最后干脆借酒浇愁。也许是觉得一个人喝酒没什么意思，于是他便把蜂屋叫过来，两人一起喝……结果就整出了刚才的那出闹剧。老爷子最近的醋意很是浓厚啊。”

八千代露出嘲弄的神情，鼻梁微微一动，淡淡地哼了一声。她弯腰坐在了位于房屋中央的桌子旁边，伸出一只手，从香烟盒里取出了一支香烟。“火借我用一下。”

直记正打算从口袋里面给她拿打火机，然而没有想到的是，八千代却根本没打算要，而是伸手直接将直记口中的烟拽了下来，把自己的烟点着了之后，二话不说地将直记的烟头随手扔进了烟灰缸里。

“要是真的说起来的话，母亲也有错。明明知道自己的行为会令老爷子心里不高兴，但还是打扮成那个样子，真不知道是怎么想的。再加上跟蜂屋的事情，闹得满城风雨的……也奇怪了，最近老爷子和母亲两个人的关系好像越来越差了啊。”

直记内心早已经充满了愤怒和怨恨，却没有做出任何回答。

“母亲虽说容貌显得年轻貌美，但是不管怎么说，终究年龄摆在那里。或许是想到了下辈子，想为下辈子积点儿德吧，最近老是一副若有所思的样子。她心里肯定在后悔。觉得自己跟老爷子之间的事……正因为如此，老爷子也开始变得郁郁寡欢了。怎样，老爷子最近是不是常常莫名其妙地心情烦躁？”

“这些事情都好办。与这些相比，千代，我最担心的其实是那把刀。我老爹究竟是从什么地方把那把刀给找出来的？”

“那把刀是……”

“千代，你难道忘了吗？我老爹只要一耍酒疯，便会拿着那把刀到处胡劈乱砍一通，简直让人害怕得不行。正因为如此，你跟我才觉得有必要把那把刀给藏起来，藏到一个我老爹不可能找得到的地方。这到底是怎么回事，什么时候又被他……”

“这么说的话，也就是意味着在这个家里有人企图通过别人的手把我干掉。”

我们回过头去一看，原来是蜂屋小市，他正从过道向这边走来。

这个家伙刚才一定是找了个地方好好地梳洗打扮了一番。重新换了一身衣服，头发也打理得顺顺溜溜的。他这么一收拾，虽说是个佝偻，但古铜色的肌肤显得活力十足，绝对称得上是一表人才的好青年。看到他进来之后，我不由自主地偷偷回过头去，看了一眼守卫。此时的他就像有毛虫爬到了身上似的，惊慌恶心得两条眉毛不住地抖动着。但是，他并没有站起身来离去，而是坚持坐在沙发上，将脸扭向了一边。

“蜂屋，你刚才说的话是什么意思？你不是这个家里面的客人吗？跟家里面的人关系也都不是太深，为什么会觉得有人想要杀你？”

“你说得对，就现在来说，的确是没有太深的关系可言。但也就是早一天或者晚一天的事情吧，到时候咱们的关系想断都断不了。千代，你说对不对啊，你跟我……”

蜂屋竟然亲昵地称呼八千代为千代。我在听到这一称呼的一刹那，感觉像有条毛虫爬到了我的脖子上，一种说不出来的恶心让人时不时地想吐。八千代只是轻蔑地从鼻子里发出哼哼一声冷笑，接下来便仍旧继续吹她的烟圈去了。蜂屋的眼睛里突然间多了些许紧张。

“不过蜂屋，你为什么会那么想呢？为什么会觉得这个家里面有人对你有所企图呢？”

蜂屋急急忙忙地将脸转向直记。“因为那把刀。”

“那把刀？”

“是的，就是那把刀。刚才你们说的话我都听见了。你跟千代两个人因为害怕出事，才会把那把刀藏到一个老爷子找不到的地方。

我说得没错吧？不过，老爷子发怒之后发愁手里面没个东西当武器，便在房间里面到处翻了一遍，结果到最后，哗啦一声，打开了壁橱……”

“打开壁橱之后呢……”

“打开壁橱之后一看，那把刀正不偏不倚地躺在里面。我说，对于这一点，你们俩有什么解释吗？”

蜂屋小人得志一般奸笑着。在他的眼睛里，我看到了一束凶光。蜂屋的目光好像是要将人看穿似的，恶狠狠地盯着在场的每一个人。

打不开的窗户

“简直就是场闹剧。现在想起来，真觉得有些滑稽。但那个时候可不是开玩笑的呢。老爷子要是没有摔一跤的话，我估计自己可能立马就被劈成竹篾了。仙石，你说说，是不是这么回事？”

直记只是默默地听着，并没有回答他的话。我从他的脸上看到了一丝阴霾。与此同时，我似乎也感觉到一阵战栗，情不自禁地缩了一下肩膀。

“我做梦也不会想到，这个老爷子发作起来，竟然会如此残暴。要是知道的话，就算打死我，我也不会没完没了地跟他纠缠不清了。就算是我这样的人，也知道保命要紧啊。不过话又说回来了，你们应该都知道老爷子一发作起来就会砍人的事情吧。既然都知道，为什么没有一个人告诉我？为什么你们都不拦着我？”

“谁说没有拦你了。我们拦过你，但是拦不住啊。别人越是说你，你反倒越来劲儿，太得意忘形了……”

“但是，老爷子一喝酒就耍酒疯的事情，没人告诉我啊。”

“这件事情的确没跟你说过。毕竟就连我也是做梦都没有想到，刀竟然会跑到那个地方。因为当时认为老爷子不可能找得到，所以觉得你不知道也无甚大碍，才故意没告诉你的。”

“谢谢你的关心，千代，我真的是好幸福啊。不过，那把刀究竟是怎么回事呢？为什么会出现在那里？就算没有老爷子撒酒疯的事，那也终究是危险物品，看看刀刃多锋利啊。会是谁把刀放到那里的呢……”

“莫非是老爷子自己找到之后，偷偷地藏在那里……”

“不会的，不可能。我老爹也对自己喝完酒便耍酒疯很是苦恼，正是他自己让我把那把刀藏起来的。所以说，即便是发现了那把刀藏在哪里，他也不可能特意把刀又放回到自己伸手就能够得着的地方。”

“的确是这么回事。而且……当时老爷子的表情可以证明这一点。也不知怎么地，他突然使劲儿把手里的酒杯给摔到了地上，然后站起身来，嘴里不停地吐着白沫，像发疯的野兽一般，在房间里面来回乱窜。后来他走到壁橱前面，打开了拉门，发现刀就躺在那里。发现的那一瞬间，老爷子的眼神……就好像是发现了稀世珍宝一般，两只眼睛瞪得大大的，肩膀也开始颤颤巍巍地摇晃起来。应该说，即便是老爷子自己也没有想到刀竟然会在壁橱里。”

“不过，我说蜂屋，”我一看没有人说话，于是便将自己心里所想的说了出来，“不管是谁把刀拿到那里去的，他应该都不可能预测到今天竟然会有这样的事情发生。你不觉得吗，正是因为你的胡搅蛮缠，仙石的父亲才会喝完酒后又耍起了酒疯。像这种事情，就算是孔明在世，也万万不可能事先料定这一切的。”

蜂屋听了我的话，不屑一顾地笑了笑。

“哎呀呀，屋代先生又开始进行他最得意的推理了。从理论上来讲，的确如此。但是你要知道，在现实当中，就在今天，的的确确发生了这种事情。而且当时情况十分危急，差一点儿就成为刀下冤魂的人，就是正在跟你说话的我。一想到刚才的事，还是心有余悸。扑通一声，摔了个人仰马翻，接下来便感到一阵疾风扑面而来，明晃晃的大砍刀顺势就跟了下来……当时我的脖子便凉了半截。大道理谁都会说。究竟是谁把那把刀放到壁橱里面的，这件事情必须得好好调查清楚。”

“仙石，你们把那把刀藏在什么地方？”

就在直记准备回答我的问题的时候，走廊的门却开了，一个奇怪的男人从中露出脸。

来人年纪大约在四十岁至四十五岁之间。身材微胖，体格健壮。身上穿着的外褂和裤裙很不赖。脑袋剃得光光的，显出几分男人的刚毅。即便如此，不知怎么地，有些地方看上去始终让人觉得不是那么灵敏。最大的特点就是眼神混浊，另外就是那张嘴巴好像永远关不上似的。脸虽然长得很匀称，而且有点儿像小孩子的，粉嘟嘟的又柔又软，但是却一直在无意义地傻笑。他嘴角流着长长的口水，将在座的众人看了一个遍。

“直记。”慢慢腾腾地，像是小孩子跟大人撒娇似的，来人朝直记打招呼道。从声音可以听出，他嘴里面满满当当的都是口水。

直记眼睛正看着别处，并没有回答他。反倒是八千代听到之后，回答他道："怎么了，叔叔，您有什么事情吗？"

"哦，哦，千代，这、这是怎么回事呀？"来人把手里拿的东西用力地朝前方伸了伸问道。

不看则已，一看之下，我们每个人都吓得情不自禁地往后退了几步。那是一把已经抽出刀鞘的日本刀。日本刀如坚冰一般，冷飕飕地泛着寒光，照得我们畏缩成了一团。

"这个傻瓜！"直记突然站起身，急忙从来人手中将刀夺了过来。

"哪有人会直接提着刀到处跑。刀鞘呢？刀鞘在什么地方？"

"刀鞘在这里呢。"

来人用左手将藏在背后的刀鞘拿出来，慢腾腾递了过去。直记赶忙抢过刀鞘，啪的一声，将刀插进了刀鞘。

"这个东西暂时先放在我这儿。你现在去那边。"

"真的可以吗？要是再出现刚才那样的事情的话，可就糟了。仙石也是个相当的人物了，但只要喝点儿酒就会闹得全家鸡犬不宁。那位客人被树根绊倒在地时，我真是吓出了一身的冷汗呢。"

"没事的，没事的。刚才那件事情就请您忘掉吧。这东西我会好好收藏起来的，放在我这里肯定没问题。"

"没问题就好。那这件事就拜托你了。"

来人依旧咧开大嘴不停地笑着，再次环视众人之后关上门，不紧不慢地离开了。

"这个人是谁，直记，刚才这个人……"

八千代替直记回答道："是我的叔叔。"

"是你的叔叔？"

"是啊，我父亲的弟弟。"

“没什么，就是上一代家长织部同父异母的兄弟。是上上一代家长跟家里的用人生的孩子，后来被送到了别人家里当养子。我们家的老爷子也不知怎么地起了善念，把他接了回来。也没什么用，就是吃喝等死。年纪一大把了，连个媳妇儿都还没有。”

“有点儿……”话刚要说出口，我忽然意识到了什么，赶紧就此打住。有守卫和八千代在场，毕竟哪些话可以说，哪些话不可以说，我心里面还是有分寸的。但是，蜂屋却不可能为别人着想。

“什么叫有点儿嘛，明明就是非常，非常傻的二傻子。屋代你难道看不出来吗？古神家这一大家子人，就像混浊的死水一般，血缘相当混乱。无论这家里的哪个人，都不是正常人。不光是身体上，就连精神上也是，都是缺斤短两的家伙。”

没想到守卫忽然间站了起来。他的表情着实让我看得目瞪口呆。很多时候人只是没到那种时候而已，一旦达到了临界点，即便是再柔弱无能、卑躬屈膝、胆小怕事的人，都会忍受不了某种屈辱，这一点从守卫的表现就可以清楚地看出。此时他脸色苍白，眼睛瞪得极大，火辣辣的目光中充满了愤恨。他显然有话要说，但是舌头却一再打战，结果没能说出一句完整的话来。下巴哆哆嗦嗦地不停抖动着。

“你、你、你这个畜生！”

“是畜生又怎么样？哈哈哈，看看你这副熊样，和刚才的那个傻瓜简直一模一样。用不了多长时间，再过五六年，你也会变成那副德行。”

蜂屋坐到了椅子上，仍在嗤笑着守卫。只见守卫的双肩上下抖动着，好像肩膀在替他呼吸似的。他还想说些什么，但是却始终苦于找不到合适的词汇，急得更加说不出话来了，一个劲儿地跺脚。突然，守卫伸手抓住了摆在钢琴上面的花瓶。

“危险！”我推开椅子，一下子站了起来。就在这个节骨眼上，蜂屋脖子一缩，花瓶擦着他的头皮飞了过去，掉在走廊上，摔得粉碎。

“这个王八蛋。”

蜂屋也急了，他怒目圆睁，踢开椅子跳了起来，接着便要冲向守卫。就在此时，八千代突然及时地走到了两个人中间。

“你们两个赶紧住手。到底想干什么，不觉得很幼稚吗？大家今天都是怎么了，怎么一个个都这样了。是不是因为天气越来越热啊？不许你们打架。哥哥，咱们还是去那边待一会儿吧。”说完便拉着守卫的手急匆匆地朝走廊走了过去。

蜂屋十分生气，把牙咬得咯咯响，眼里燃烧着愤怒的火焰，盯着走廊那边的两个人看了许久。当忽然意识到我在看他的时候，他显得很是不好意思，没好气地又坐回到了椅子上。

“真是飞来横祸呀。先是差点儿被劈成竹篾，这次脑袋又差点儿被砸得稀巴烂。这难道就是古神家族的待客之道吗？”

“我去把这把刀收起来。”直记也站起身来，匆匆忙忙离开了屋子。

就只剩下我和蜂屋两个人了。蜂屋气鼓鼓地看着直记远去的背影，一言不发。过了好一会儿，他才转过头来看向我，像是要从我身上找出什么东西似的，一边打量，一边问我道：“我说，你为什么会来到这里？”

那口气就好像是在审问犯人一般。

“也没有什么特殊的原因。直记邀请我过来玩两天，所以……”

“你和这一家人很熟悉吗？”

我摇了摇头，说道：“不大熟，我认识的也就是直记一个人。这是我第一次来古神家。除了直记以外，和其他人都是第一次见面。”

“你跟直记是……”

“从学生时代开始，我们就是很好的朋友。”

听了我的话，蜂屋露出满脸的坏笑，说道：“原来如此啊，怪不得呢。早就听说你这写了小说也没人看的三流作家，能过着相当奢侈的生活，是因为找了一个有钱的靠山，没想到这个靠山就是直记。也就是说，你经常会替那家伙跑前跑后，让干什么就干什么了。哈哈哈。”

对于这些侮辱性的言论，我已经听惯了，所以并没有觉得有什么值得生气的。或者说，即便心里面有再多的不满与愤怒，也不会表现在脸上，我早就练出来了。

蜂屋见我如此反应，就好像是一拳打在了棉花上，也觉得无趣。

“我可跟你说，直记这个家伙其实是一个虚伪的人。他曾经将一个奇怪的女人关在了小黑屋里，就像关入牢房似的，成天看着不让出来。但是据说两三天前他把那个女人转移到别的地方去了。究竟是转移到哪里去了呢？”

“关在小黑屋？”我吃惊地望着蜂屋的脸。

“没错。在屋子后面的树林里，有一座非常奇怪的建筑。很小的西式建筑。无论什么时候，窗户都关得严严实实的。不仅如此，还从外面结结实实地钉上了好多木板。一开始我还以为是座没有人住的空房子呢，没想到竟然从里面传来了女人的哭泣声，着实吓了一大跳。虽然没看到脸，但据我判断，应该是个年轻女子。我觉得有些奇怪，于是便问八千代……”

“八千代都说了什么？”

“她笑得也很奇怪，跟我说那是直记的恋人。因为精神上出了些问题，考虑到周围人的看法，就把她给藏在了那间空屋子里……”

我觉得自己忽然兴奋起来，随之而来的是各种各样的疑惑。如果是直记的女人的话，我肯定会知道。直记像走马灯似的换了一个又一个女朋友，相处时间都不太长，半年就算是长的。替他忙前忙后收拾残局的都是我。虽然我也不大情愿做这样的事，但要是说到他的女人，我应该每个都很清楚才对。要说迄今为止，直记有过一个精神不正常的情人的话，我还真是没有听说过，更不要说直记还把这个女人藏在了家里。最最没有想到的是，这种事情竟然是从蜂屋嘴里听到的。说不定是在我参军那一年多的时间里认识的女人。

“你的表情怎么那么奇怪呀？哈哈哈。专业收拾残局者。听到自己经济靠山的秘密被曝光，是不是又在想着赶紧去解决问题啊？真是太失策了。早知道这样的话，我就不会这么轻易地跟你说这些了。”

“你是说，就在两三天之前，直记把那个女人转移到其他地方了？”

“是的。他那天叫来了一辆小轿车，然后硬是把那个女人塞进了车里，不知道给送到什么地方去了。让我想想啊，事情就发生在前天。”

“那个女人长什么样？”

“这个嘛……因为我当时离得比较远，说到模样的话，我也只是大概看了一眼而已，所以具体说不大上来。反正我对这种事情也没多大兴趣。”

听完蜂屋的话，我陷入了沉思。为什么直记会瞒着我这件事情，而且一直瞒到现在？就算是再见不得人的事情，起码他也会让我知道有这么一回事。通常这种情况下他总是会找我寻求意见和帮助的，直记这次是怎么了？不过，对于蜂屋来说，那个女人看来已经不算是什么问题了。

“难道你不觉得这一家子人都很奇怪吗？越想越觉得自己到了一间鬼屋。直记也好，直记的老爹铁之进也好，包括柳夫人，还有守卫，就连八千代也不是省油的灯。噢，对了。还有刚才的那个二傻子……”

“谁是二傻子？”

“守卫的叔叔啊，名叫四方太。那个家伙……”

“要是说鬼屋的话，岂不是把你自己也包含在内了吗？”

“哈哈哈，你说得有道理，还真是这么回事呢。”

“说真的，我倒是想问问你，你究竟为什么会来到这里？”

“我是应八千代的邀请才过来的。”

“你很早之前就认识八千代了吗？”

蜂屋冷不丁地将脸转向我，就像是要从我身上搜什么东西似的，不停地打量着我。

“其实也就是最近才认识的。据她自己讲，她是我的忠实崇拜者。可是据我了解，她甚至连哪幅画是我的作品都不知道。然而，她却说第一眼看到我就对我一见钟情，还一定要请我到家里面做客。我觉得反正也没什么大不了的，就来了。”

“你来之前，知道这个家里有个长得跟你几乎一模一样、叫守卫的人吗？”

“开玩笑，这种事情我哪里知道啊。当然是来了之后才知道的，当时我也觉得很吃惊。我说屋代，你要是知道的话，就赶紧告诉我。他们究竟是因为什么才请我来的？”

“我怎么可能知道呢？你不是说八千代对你一见钟情吗？”

“不是。那只不过是表面上的理由罢了。背后肯定有某些更加隐秘的、不为人知的企图。你跟直记是多年的朋友，应该知道个中缘由。知道的话，你就告诉我吧。要不然我老是觉得不踏实，总觉得要出什么事情，心里面七上八下的，一想起来，后脊梁就冒冷汗。”

“你要是觉得害怕的话，干脆趁早离开这里，不就万事大吉了吗？”

听了我的话，蜂屋忽然用一种不可思议的眼神盯着我说道：“你是说，让我就这么丢下八千代不管，来时什么样，回去时还是什么样吗？不可能，绝对不可能。我……我……我无论如何也要得到那个女人。他奶奶的。这个小贱人。”蜂屋从喉咙深处发出一声轻笑，“算了，我怎么会跟你说这些事情的，真是太不应该了。我这个人最不喜欢让别人看到我的软弱之处。我自己的事情，我自有办法处理。屋代，就当我刚才什么都没跟你说。”

蜂屋站了起来，慢慢悠悠地走出房间。直到后来，我才意识到，这是我最后一次看到活着的蜂屋小市。

藏起妖刀

那天夜里的晚餐吃得真叫尴尬。

古神家族的生活方式和国外比较相似，一天要吃四顿饭。在午饭和晚饭之间，有下午茶时间，主要上一些小点心和茶。所以真正的晚餐，其实要到晚上九点钟左右才开始。

那天晚上出现在西式餐厅里面的，除了直记，还有守卫，以及八千代，另外就是我，而且只有我们四个人。直记的父亲和柳夫人，以及四方太等人都是在日式餐厅里面吃的晚饭。蜂屋说觉得身体不大舒服，所以没有去餐厅吃饭。

说起来的话，作为人见人厌的不受欢迎者，蜂屋的缺席本应使得大家安心才对。然而正相反，众人由于没有见到蜂屋，心里面反倒感觉一阵阵恐慌。或者更准确地说，一时间竟然不知该如何是好了。吃饭的时候，几乎没有人愿意开口说话。甚至等到饭吃完了，香烟也抽上了，大家依旧是刚才那副凝重的表情，好像是要比赛不说话似的，一个个都沉默不语。

对于我来说，眼前的情景令人庆幸。之所以这么说，原因有二。首先是吃饭前喝了酒，酒劲儿还没有过去，仍然时不时地冲上头顶，以至于自己也没什么想要说的，人反倒是觉得轻松了许多。第二个原因在于，因为没有人聒噪吵闹，我可以尽情地欣赏八千代那美丽的面庞和身影。

那天晚上的八千代的确美艳无比。与白天的打扮完全不同，当晚她换上了一身黑色的晚礼服，佩戴着一条珍珠项链。虽然全身上下只有不多的装饰，但是却越发衬出她的天生丽质。肌肤与珍珠的色泽浑然玉成，分不出来彼此的区别，还有点儿像爬行动物腹部的皮肤，隐隐约约地发出妖艳的光亮。

我时不时地偷看八千代，因她的美丽而沉醉，内心感受着从未有过的愉悦。不料八千代忽然腾地一下子站了起来。

直记和守卫也没有想到八千代会有如此的动作，两人不约而同地看着她。八千代好像正在为什么事情着急似的，两只手反反复复地摆弄着手绢，一会儿揉乱，一会儿扯平。

“我实在受不了了。大家要是再这么猜来猜去的话，真的能把人给逼疯了。好吧，好吧，告诉你们，我知道你们都在想什么。你们一方面在为蜂屋的缺席而暗自高兴，但是与此同时，你们也感到害怕。是的，就是这样，我说得一点儿也没错。你们都觉得他没安好心眼儿，总想着打别人的主意……他今天没来这里，肯定是在计划怎么报复。你们没有一个不是这么想的，看看你们那战战兢兢的表情就知道了。但是，要我说，像他那样的人，就算是打坏主意又能坏到哪里去呢？不过既然大家都如此心惊胆战的话，我还是过去看看情况吧。”

她说话的口气像极了撒娇的孩子，刚一说完便撩起了晚礼服的裙角，露出可爱的双脚，赤脚在地板上走动了起来。

“千代！”直记尖声喊道，他要阻止八千代。

然而八千代只是稍稍地扭了一下头，便径直朝着厨房走了过去。她进了厨房之后，却又很快地走了出来。手里面端着一个餐盘，上面摆着两三样食品，以及一只盛满了水的杯子。出来之后一句话也没说，便离开了餐厅，顺着餐厅前宽阔的楼梯上楼去了。

“怎么回事，仙石？八千代到底怎么了，为什么会如此激动？”

此时的我早已惊讶得目瞪口呆，只想赶紧从直记那里找到答案。前一秒钟还在心底暗暗享受着的美丽形象，突然间便消失得无影无踪，不免让人觉得心头一凉，备感失落。

“没什么，最近她总是这样。说来其实也挺难为她的，整天被一群跟怪物差不多的家伙缠着，今天是这个，明天是那个的，烦都烦死了。估计换成谁都受不了，有点儿情绪上的波动也是没有办法的事。”

直记大声地笑着，声音干涩，让人感到丝丝寒意，接着他便从口袋里面掏出了修剪指甲的工具，开始认真地修剪起了指甲。守卫听了他的话，哐的一下从椅子上站了起来，两只眼睛放着寒光，久久地紧盯着直记。看到直记根本不把自己当回事，守卫狠狠地咬了咬嘴唇，居心叵测地笑了笑，然后重新坐回到原来的椅子上，从口袋里面拿出烟袋，点上火，抽起烟来。

“说别人是怪物，难道你自己就不是怪物吗？”

守卫当时想说的，肯定就是这样的话。

就在此时，哐当一声，从二楼传来了关门的声音。两个人就好像是被什么物体击中了一般，不约而同地抬头望了望天花板。意识到自己的行为之后，两个人又同时将视线转移到了其他地方，之后便再也没有开口说过一句话。

直记一心一意地修理着手指甲。守卫手托着腮支在餐桌上，不停地吹着烟圈。两个人虽然表现出若无其事的样子，但其实都在一心关注着二楼的情形。而此时的二楼，除了刚才的那一声关门声，便再也听不到任何声响了。

当然了，这栋房子本来就很大，而且二楼与一楼之间离得也很远，所以说只要关上门，一般的说话声或是其他声音根本听不见。然而，话虽如此，弥漫在房屋里的寂静却着实搅乱了两人的内心，他们苦闷得几乎喘不过气来。直记修剪指甲的速度明显变得越来越快，而守卫嘴里叼着的香烟也渐渐地抖动起来。

我始终关注着眼前两个人的一举一动。在我看来，两个人的表现显得滑稽至极，实在让人有种想要嘲笑他们的冲动，真想大声跟他们说一声：看看你们两个那副熊样……不过实际情况是，我感觉到就连我自己也开始变得焦躁不安起来，焦躁得无可救药。不知道从什么时候开始，我全身所有的神经都集中到了耳朵上，不愿意放过来自二楼的任何响动。

两分钟。三分钟。五分钟。

三个男人心里面都清楚，自己内心的愤怒火焰已经被点燃，而且正在无情地炙烤着周围的空气，使其渐渐凝重了起来。我忍受不了这种煎熬，我承受不住这种几欲令人窒息的感觉，我只想张开嘴大声呼叫。然而，就在这个时候，直记突然踢开椅子，噌的一声站了起来。

“寅太，到我房间来一下，有话跟你说。”

守卫吓了一大跳，也从椅子上站了起来。

不过，直记并不在乎，连看也没看他一眼，便大踏步地离开了餐厅。他很快便走到楼梯旁边，准备径直冲上去。

“屋代，你怎么回事？磨磨蹭蹭的干什么，还不快点儿过来！”

说话的口气就好像是在唤自己驯养的小狗一般。片刻间，我有些犹豫。虽然只有一瞬间，但还是被守卫这家伙看出来了。他盯着我和直记的脸，来回打量个不停，随后一脸坏笑地说道：“屋代先生，还不赶紧过去。磨磨蹭蹭的，主人可要不高兴了。”

此时此刻，我感到前所未有的屈辱。我说过很多次，对于直记一贯盛气凌人的态度，我早已经习以为常。他动不动就把我当作小猫小狗一般呼来喝去，但是我却始终不以为意。然而，这次与以往有所不同。我一想到就连守卫这样的身体残缺者都能要我的时候，就禁不住全身像着了火一般，身心俱焚。有道是，麻雀虽小五脏俱全。就算是我这样的人，也是有尊严的。如果对方不是一个可怜巴巴的佝偻的话，我肯定会走上前去，将他暴打一顿。

不知道守卫是不是因为觉察到了我的脸色，他的表情开始显得有些畏惧恐慌起来，全身像散了架似的，重又瘫坐到椅子上。我用眼角的余光瞄着他，走出了餐厅。直记站在楼梯旁边，他还在等着我，眼神显得难以捉摸。看到我过来之后，他二话没说，立刻转过身去，嗒嗒嗒地登上了楼梯。不用说，我自然跟在他后面，亦步亦趋地跟着他匆匆上楼。不过，说句心里话，那个时候的我其实已经醉眼蒙胧，就连爬个楼梯都有些吃不消了，直累得气喘吁吁。所以当我好不容易爬到了最后几级台阶，冷不丁撞上人的时候，一不小心便两脚踩空，差点儿从楼梯上人仰马翻摔下去。

“啊，不好意思。”

和我撞在一起的人同样差点儿摔倒在地，只是由于奋力靠住了墙壁，才好不容易保持住平衡。对方正是八千代。

我抬眼一看，八千代披头散发，显得特别凌乱，脸色苍白，没有一丝血色，呼吸急促，上气不接下气。不仅如此，身上穿的晚礼服从肩膀到胸部被撕开一道大口子，露出一对丰满的乳房。我吓了一跳，赶紧将视线转移到了别处。

“千代，你这是怎么了？怎么会搞成这样？”直记站在楼梯上方，声色俱厉地朝着八千代大声喊道。

“嗯，没什么事情。蜂屋那家伙喝醉了酒……”八千代说完这句话后，用力将肩膀处的晚礼服朝上拉了拉，便一溜烟地顺着楼梯从我的身边跑了过去。就在我们俩擦肩而过的那一瞬间，我不由瞥了她一眼。她肩膀上有一道鲜明的、像蚯蚓一般的抓痕触目惊心地映入我的眼帘。

直记与我四目相对，互相看了好长时间。终于，直记转到一边，连半个字都没有说便抬脚离开。我也始终保持着沉默，跟在他后面往前走。

上了楼梯之后，第三个房间便是蜂屋的居住之所。路过门口的时候，我朝房间看了一眼，房门紧锁着，透过门缝，可以看到一丝灯光，却听不到一点儿声音。

直记的房间位于走廊的拐角处，需要经过蜂屋的房间。进屋之后，直记小心翼翼地把门紧紧锁住。

“找个地方坐下吧。”

“好的。”

我们两个都随便找了个地方坐下来，掏出香烟，点着了火。很长一段时间，我们始终一言不发，都只是盯着烟雾的走向。终于，我沉不住气了，首先开口说道：“仙石，你不是有话要说嘛，是什么事？”

“嗯，实际上……”

上半句话已经说出口了，却迟迟没有下文。犹豫了一会儿之后，直记打定主意，将烟头在烟灰缸里掐灭，站起身来将手伸进了床底下。

“我要说的就是它。”

他一边说着话，一边将东西从床底下拿了出来。原来是白天从四方太手里面收回的日本刀。我倒吸了一口凉气，看了看直记的脸。他笑了笑，有点儿像是肌肉痉挛的样子，嘴里说道:“屋代，跟你说了这件事之后，你可能会笑话我。你要是真觉得好笑的话，就尽情地笑吧。不过，我还是要说。最近不知道为什么，我心里面害怕得不得了，也担心得不得了。不，并非因为守卫和蜂屋，那两个家伙不过是一时走了点儿狗屎运的两条狗罢了，成天就知道围着八千代转悠，再有就是狗咬狗，除此之外什么都不会。我怕的不是那两个家伙，而是这个，是这把刀。虽然刀上没有任何落款，但是一直以来都有妖刀的称号。”

我突然觉得有点儿滑稽，差点儿没有笑出声来。但是，看到直记那苍白的脸色时，我立刻笑不出来了。不，不仅如此，像直记这样受过高等教育的人，竟然一本正经地谈论起只会在评书演义里出现的妖刀，这已经足以说明事情的严重性，让人不禁感到一种难以言说的恐怖气氛。

“老爷子之所以那么害怕这把刀，也是因为我刚才说的原因。其实他心里比谁都清楚，自己一喝酒就会耍酒疯。另外，由于最近他跟柳夫人之间的感情出现了一些问题，情绪极其不安，所以更加容易喝酒耍酒疯，想想都觉得害怕。他自己也担心哪天一不小心耍起酒疯来，弄不好会提着刀砍死人。换句话说，他现在已经不再相信自己的控制力了。于是，最近一段时间以来，他都在极力地克制自己，尽量不喝酒。即便喝，也尽可能少喝。然而，即便如此，他心里面还是觉得安定不下来。后来他找到我，求我把这把刀藏到一个他不可能找得到的地方。我便按照他的说法，把刀给藏了起来。但是……但是，问题来了，为什么今天这把刀会出现在对面和式房间的壁橱里面呢？”

原来如此。听完他的话，我发觉其中果然有许多隐情。按照直记刚才的述说，仙石铁之进这个人喝完酒耍酒疯时，便犹如一只口渴至极的野兽寻找水源一般，疯狂地到处找寻这把妖刀。那个把刀放进壁橱里面的人，绝对清楚地知道这一点。也就是说，那个人希望用妖刀来引诱铁之进上钩，然后借铁之进之手来制造古神家族的大惨案，而他自己却在一旁默默地隔岸观火便可——这便是直记想要跟我说的。

“嗯，那么当时你究竟把这把刀藏在什么地方呢？”

“我把刀藏在佛堂神龛抽屉的最里面。”

“知道藏刀地点的是不是只有你一个人？”

“不是，八千代也知道。我事先跟八千代商量了一下，之后才决定将刀藏到那里。”

“难道会是……八千代她……再说了，像神龛抽屉那种地方，本来就不是什么藏东西的好位置。会不会是有人偶然间打开抽屉……”

“不会的。我跟你说，屋代。打死我我也不会相信是八千代有意识地把刀从抽屉里面拿出来的。只不过……你看啊，昨天我也说过，八千代患有夜游症。搞不好可能是她在发病的时候，在自己完全不知情的状态下，在睡梦当中将刀拿了出来……”

“不过……即便如此，事情也还是颇蹊跷。你知道，梦其实是潜意识的一种表现，反映的是做梦的人内心的愿望。所以梦游时做出来的行为，也可以看成是平时受到压抑的内心愿望的表达。你不觉得吗？八千代她平时或许有……”

“被你一提醒，还真有这么一回事。八千代平时最恨的就是我们家的老爷子。可以说，简直恨得咬牙切齿，恨不能把老爷子给大卸八块才觉得解恨。当然了，不仅是老爷子，还包括她的亲生母亲柳夫人。她恨柳夫人，就如同人们憎恶蛇蝎一般。所以说，她可能想利用这把刀，借我老爹的手，把柳夫人给杀了……”

“停一下，你先停一下。别再往下说了，你这种想法太可怕了。”

我感觉自己身上止不住地起鸡皮疙瘩，于是赶紧慌慌张张地打断直记的话。接下来，我尽可能地使自己恢复平静，就着他的话，补充说道：“事到如今，你刚才所做的那番想象已经起不了什么太大的作用了。就算八千代真的做出了那样的事情，如果认定是梦游时的行为的话，她自己应该一点儿印象也没有。再怎么想追究，也不可能找到追究的方法。与其追究发生过的事情，不如赶紧想一想接下来该如何处理，这才是当前第一要务。为的就是不让今天发生的事情再次发生。”

“你说得对。实际上，我之所以请你过来就是因为这个。我现在的想法就是，立刻把刀再藏起来，藏到一个任何人都不可能找到的地方。为此，我必须借助你的力量才行……”

“借助我的力量？”

“没错。”直记稍微思考了一会儿说道，“不好意思，想请你帮个忙，帮我到楼下餐厅看一眼，看看守卫和八千代还在不在。”

我不知直记的真实用意，唯一知道的是一旦自己稍有磨蹭，又会招来大声呵斥，所以赶紧照着他的吩咐走到楼下。守卫和八千代都已经各自回屋了，餐厅里面一个人也没有。我重新回到直记的房间，将刚才看到的报告给他。听完之后，直记拿起日本刀，站起身来。

“太好了，就趁现在动手吧。”

我们两个人蹑手蹑脚地走下楼梯，生怕发出一丝声响。

路过蜂屋房间的时候，无意中朝房门看了一眼，依旧看到从缝隙透出来的灯光，但屋内却是死一般的寂静。看来蜂屋这家伙一直开着灯，人早就睡着了。紧邻着楼下餐厅的是直记的书房。房间里面有一个巨大的保险柜，镶嵌在墙壁之中。

直记咯噔噔地转动钥匙，将柜锁打开。接下来，在文字键盘上选择了三个文字，按照顺序依次转动。原来这个保险柜安了两重锁，外面是普通锁，里面是文字键盘锁。文字键盘的符号只要一对上，便会发出哐当一声响，保险柜的门随之打开。

直记把日本刀放进保险柜，随后立即将柜门关上，准备上锁。接着，他转过身来，向我说道：“屋代，这个转盘上的事情就交给你了。保险柜需要设定一个由三个假名组成的密码。什么内容都可以。你想出三个假名，然后转动键盘，帮我设定密码。”

直记一边说，一边教我密码的设定方法。转盘周围一共刻有四十八个假名，这些假名可以组成各式各样的字词。

“明白了吗？”

“明白了。不过……”

“有什么过不过的，反正你照我说的做就行了。我现在就到那边去。”

直记站起身来，离开保险柜，向窗户那边走过去。我没有办法，只好照他说的那样，想了一个由三个假名组成的词语，从右边开始，按照顺序一步步设定。为了不让人看出痕迹，设定后我又胡乱地转了几下，将转盘上的假名全部打乱。

“弄好了吧？”

直记从旁边走了回来。

“嗯，设好了。”

“太好了。谢谢你，屋代。你能明白我的意思吧，这么一设定的话，这个保险柜靠一个人的力量是绝对不可能打开的。我虽然有钥匙，但是却不知道密码。你虽然知道密码，但是却没有钥匙。所以说，如果不是两个人同时出现的话，这个保险柜就没有办法打开。屋代，刚才你设的那个密码，千千万万不要告诉我，就连写在纸上都不可以。你必须把它牢牢地刻在自己的头脑之中。你能明白吗？”

“我明白。不过，仙石，你为什么要这么费事地找我来帮忙？你完全不必找我，或者说你完全可以一个人完成刚才的设定。为什么没那么做？”

“哎呀，那种事无所谓啦。这下我可算放心了。以后无论因这把刀发生再怎么惊世骇俗的事情，我都可以轻轻松松地免掉自己身上的责任。仅凭我一个人的力量，就算打破天，也不可能把这个保险柜打开。”

说完之后，直记擦了擦额头上的汗水，就如同终于卸掉了久背在身的重负一般。但是，对于我来说，真是一头雾水，始终弄不明白他为什么如此诡异，料想他只怕早已经变得有些反常了。

第二章　大惨剧

大惨剧

那天晚上，直记确实变得有些反常。关于这一点，我是有证据的。藏好日本刀之后，我们一刻也没有耽误，立即回到了他位于二楼的房间。没想到的是，他居然坚持要求我那天晚上无论如何都要在他的房间里面就寝。

“我也算是你的前辈了，让你干什么你就应该干什么。说出来估计你会笑话我，但是没办法，不知怎么搞的，今天晚上我心里七上八下的，害怕得不得了。”

直记这家伙平时总是一副不可一世的样子，那天却忽然变得如此神经兮兮的。面对他反常的言行，我简直都能笑疯。然而，也正是这些非同寻常的话，敲打着我的内心，让我也感受到了阵阵的恐怖气氛。

“要真像你说的那样的话……睡在什么地方其实不都一样嘛。况且这间屋子里只有一张床。”

“所以我说嘛，这么一弄的话……”直记一边说着，一边把大沙发拖到了房门后面，用其堵住了大门。“你一会儿在这上面睡不就行了？毛毯我这边有的是，而且今天晚上的天气还不错，挺暖和的……”

我呆呆地看着直记忙前忙后，一时间竟然有点儿瞠目结舌。这栋房子里的房门在建造的时候全部设计为朝里开，所以把沙发往房门后面一挡，门就完全被堵死了。要想从外面把门打开，是无论如何也不可能做到的。

“怎么回事，仙石，你是不是觉得会有谁要从外面偷偷地溜到房间里面来？”

“没有……没有，不是你想的那样。待会儿咱们一边说话，一边睡觉。沙发这么摆，是最合适不过的了。”

我猜不出直记的真实意图，不过事已至此，也只好照着他安排的那样做了。换句话说，只能照着他说的做，只能顺从他的意思，除此之外，我别无他法。我仅仅脱掉外衣，便钻进直记借给我的毛毯里面，躺在了沙发上。直记换上睡衣，上床铺好被子。为了能够一边说话，一边睡觉，这样是最好的安排。然而他现在却几乎一言不发，只是坐在床上一个劲儿地抽烟。

“我说，咱们该睡觉了吧。”

“嗯，现在几点了？”

“很快就到十一点了。”

我手上的表显示，还有十分钟就到十一点。

“是吗，那你帮忙把开关关了吧。”

开关就在我头顶的墙上。轻轻地一拧，屋子里面一下子就变得黑洞洞的。在黑暗之中，我可以感觉到直记翻来覆去睡不着，不停地在床上乱动。

虽然刚才我说该睡觉了，但是实际上我也没有办法立刻入睡。只要一闭上眼睛，一幕幕场景就会真切地浮现出来。围绕着池塘不停奔跑的蜂屋、蜂屋跌倒之后刷地朝他头上劈将下去的明晃晃的日本刀，还有妖艳的柳夫人绰约的身姿、蜂屋与守卫两人之间的互不相让。在我的眼帘背后，始终无法抹去的，是刚才在楼梯上碰到的八千代那慌乱无助的形象，她丰满白嫩、引人入胜的乳房，以及那道极其明显的、像蚯蚓一般的抓痕……全身的血液狂奔着，它们呼之欲出，我想压制住它们，但是我做不到。

那个时候，在蜂屋和八千代之间究竟发生了什么事情，不用想就能知道，蜂屋那家伙一定是使用了暴力，主动上前调戏的。对于蜂屋的所作所为，八千代当时是什么反应呢？弄不好她已经被蜂屋那家伙给……难道说……难道就在那短短的时间里……禽兽不如的家伙……蜂屋这个畜生！

“屋代，你睡得着吗？”直记在床上慢慢腾腾地问道。

“哦，差不多快要睡着了。”

直记大概是想着以这句话为契机，再跟我说些什么的。然而，我却不想再听他说话，故意发出声响翻了个身，转向了房门一边。于是，直记也就不再说什么了。

我的的确确是想赶紧睡觉的，所以一直告诉自己，要尽可能地将那些无端的幻想全都赶走。好不容易，我终于成功了。就在我似睡非睡之时，我迷迷糊糊地意识到，床忽然咯吱咯吱地响了起来，直记好像从床上起身了。与此同时，我也从沙发上坐了起来。

“直记，你是不是还没睡？”

“嗯，好像有人上二楼来了。”

我竖起了耳朵仔细一听，果然有轻轻的、像是拖鞋的声音，啪嗒啪嗒地走在楼梯上，朝二楼走过来。都这个时候了，在二楼就寝的人，除了我们两个之外，应该只有蜂屋。但是，从脚步声判断，可以肯定不是蜂屋。轻轻的，应该是女人的脚步声。不仅如此，那脚步声听起来似乎很是担心周围的情况。脚步声上二楼之后，在蜂屋房间的旁边戛然而止。弄不好是八千代……随着这种想法的出现，我心里忽然产生一种极其不悦的感觉，向上升腾堵在了胸口处。

“咱们过去看看吧。”直记声音嘶哑，小声跟我嘟囔道。

很显然，我是不会反对的。我们小心翼翼地挪开了沙发，打开房门，穿过走廊，来到了拐角处。看到蜂屋房间前的确站着一个女人。

“是谁？”直记向对方问道。

“哎呀，原来是少爷。”对方很是吃惊地回答道，手还搭在房间的门把手上，像是要锁门的样子。女人名叫阿藤，主要负责西式房间这边的事情，是一个还算优雅的女佣。

“闹了半天，原来是阿藤啊。”直记像一只泄了气的皮球，开口说道，“你怎么会在这里？刚才你在干什么？”

“啊，那个，刚才这个房间里的客人打来电话，说让我送点儿水过来，所以我才……”

在这栋房子里面，每个房间都设有电话，有事情可以直接打给女佣。

“哦，那你就是过来给他送水的喽。蜂屋现在怎么样？”

“那个，客人刚才好像一直在打盹，快要睡着了，我就把水连同水盆一起放在了枕头旁边的桌子上，然后就出来了。”

“是吗。那你赶紧回去，早点儿睡吧。年纪轻轻的大姑娘家，没什么事不要随随便便在这种地方乱晃。”

“明白了。那我先退下了……”

阿藤脚步匆匆地走下了楼。我和直记目送着她下楼，之后便回到了直记的房间里。我们两个已经睡意全无，打开电灯，看了看手表，时间已经过了十二点十分。

随后我们便关了电灯，希望能够重新入睡。但是，无论我怎样努力，眼皮却总是没有办法合在一起。看来直记的情况也和我一样，在床上不停地翻来覆去。在一个多小时的时间里，我拼命地强迫自己，想赶紧睡着。然而，心里面越是着急，脑子却变得越是清醒。不仅如此，情急之下，还想要抽根烟缓解一下。终于，我完全放弃了，从沙发上坐了起来。

“屋代，你是不是也睡不着啊？”

“嗯，想抽根烟缓解一下。现在几点了？”

“稍等一下，我看看。”

直记点着了打火机，就着火光看了看枕头旁边的时钟。

“正好一点钟。”

“要不咱们起来吧，稍微清醒一下头脑。咱们两个今天晚上不知怎么搞的，异常亢奋啊。要是一直这样的话，再怎么睡也睡不着啊。”

“嗯，这样也好。”

直记起身下床，走到窗边，打开了窗户。窗外月光如洗，景色很美。我这才意识到，原来今天晚上是满月。两个人各自搬了把椅子，坐到了窗边，都没有开口说话，只顾着抽烟。

这扇窗户的对面就是整个房子的后院，所以能够看到环抱着涌水池的树林。不仅如此，在那片树林当中，靠近本栋房屋的地方，可以隐隐约约地看到一座小型的西式建筑。我忽然想到了今天白天蜂屋跟我说的那番话，因此稍稍地朝窗户外面凑了凑。正是这不经意的一看，让我情不自禁啊的一声叫了出来。

“怎、怎么回事？”

“有人在那边不停地走动。”

“你说什么？”

直记看起来也很吃惊，急忙将身体往外探了探。然而，与此同时，我刚才看见的那个人影却在一瞬间消失在了树丛中，踪迹全无了。

“哪里有人，没看见哪。”

“你稍微等一下。说不定那人一会儿还会出来的。啊，快看，正往这边来呢。”

刚才隐没在树林之中的那个人影，忽然间又闪了出来，出现在月光下。脚步有些发飘，就好像是走在云彩上面似的，正一步步地朝我们这边走过来。从窗户看过去，来人正好位于我们的斜前方，定睛一看，我吓得差点儿没背过气去。

“那不是八千代吗？”

“嗯，看来又犯病了。夜游的毛病。”

直记声音沙哑，就好像是脖子被掐住了似的。他双手紧紧地握住我的手，手掌心不停地冒汗，似乎害怕极了。不仅如此，那双手还在颤抖着，就好像是突然痉挛发作了一般。

八千代依然和刚才一样，飘飘然地像是走在云彩上一般，缓缓地走动着。应该是睡衣吧，总之她身上穿着一件白色的衣裳，头发则披在肩上，下颌稍稍抬起，周身洒满了犹如白银一般的月光。

“八千代刚才是不是去过什么地方。好像是刚从对面的那栋房屋里面出来的样子啊……”

我的话音刚落，直记便啪的一声将窗户死死地关上了。

“屋代，赶紧睡觉吧。”

虽然这一切都是在黑暗中发生的，但是我能够感觉到刚才直记一定很不高兴。

“说到底，不就是梦游症患者嘛。还不是漫无目的地瞎转，能去什么地方啊。我可跟你说，今天晚上看到的一切，千万不能对外人说啊。八千代这家伙实在是太可怜了。”

说完后，直记重新回到了床上，钻进被子，不再说一句话。之后没过多久，我也终于进入了梦乡。虽然梦并不令人愉悦，好像是一个人孤单地奔跑在一片寂寥的枯野之中……

第二天早上，睁开眼睛一看，已经过了十点钟了。直记比我起得早，我起来时，窗户已经完全打开了，而他则正坐在旁边的椅子上面，不停地抽着烟。

“哎呀，看来你早就醒了啊。”

“嗯，昨天晚上你睡得挺好啊。本来起来之后我还想着要去外面转一转呢，但是又怕把你吵醒，所以就一直等到现在。我说，能起来了吧？”

我要是不起床的话，直记是没有办法走出房间的。

起身走到楼下，洗了个澡，总算恢复了一些精神。来到餐厅的时候，已经十一点了。不用说，除了我和直记之外，餐厅里空无一人。

“不知道八千代现在怎么样了？”我向前来伺候我们的阿藤问道。

“小姐说她不知怎么回事，感觉身体不大舒服，从一大早就没有出来过。”

“守卫和蜂屋他们呢？”

“他们好像有些奇怪呢。今天上午我一直都没看到他们二位。”

阿藤皱起了眉头，似乎觉得有什么地方不对劲儿。

“没看到他们？是不是他们早上起来之后，又回房间接着睡大觉了。”

“没有，没有那回事。大少爷和蜂屋先生都不在房间里。”

阿藤似乎还有什么想说，然而就在此时，突然从庭院那边传来了一声非比寻常的惨叫声。我们都吓了一大跳，赶紧跑到窗边。原来大声惨叫的人是四方太。他一副失魂落魄的样子，就好像是被恶魔追赶着一般，时而奔跑，时而跌倒，跌倒之后又爬起来接着跑，满院子地东跑西窜。

“叔叔，发生什么事了？”直记向他喊道。

四方太听到之后回过头来朝我们看了看，好像要说什么似的，但是下巴不停地打战，怎么也说不出话来。他咯咯地上牙撞着下牙，双手一个劲儿地往庭院里面指。

我们急忙从餐厅跑到了院子里。四方太手指的地方，正是树林那边的西式建筑。直记稍稍有点儿犹豫，但最终还是打定主意，朝对面跑了过去。当然，我得跟着他一起过去。

就像昨天蜂屋跟我说的一样，在西式建筑的所有窗户上，无一例外地都从外面钉上了厚厚的木板。我们一口气走到了入口处，但是到了那里之后，我们竟然都不自觉地害怕起来，呆呆地站在原地不敢挪动半步。

大门敞开着，从入口处到玄关有一串鲜红色的足迹。有点儿像是拖鞋的印迹，方向全部都是朝着门外。

“不管怎么样，咱们先进去看看吧。”

走进去一看，走廊上也有零零星星的红色足迹。沿着足迹走下去，来到走廊右侧一间小巧玲珑的卧室，里面摆着一张床。在床上的毛毯底下，露出两只穿着鞋子的男人的脚，床下是一大片殷红的血迹。血迹已经被踩得乱七八糟，屋子里面到处都留有鲜红的拖鞋印。

直记和我吓得就好像是被冻住了，呆呆地立在原地，过了好久才回过神来。直记小心翼翼地向前迈了几步，走到了床边。

他将手伸向血迹斑斑的毛毯一角，慢慢地将其掀了起来。在他将毛毯揭开的那一瞬间，我感到自己立刻被一股无法描述的恐惧包围了，胸口突然变得异常沉重起来。即便现在想起来，也有种想要呕吐的感觉。

床上躺着一具尸体，呈大字形。的的确确是个佝偻的身体。但是，眼前的佝偻到底是蜂屋还是守卫，却谁都没有办法立刻做出判断。

究竟是因为什么，才导致尸体上唯独缺少了脑袋呢?

墙壁上的字

各位读者肯定在报纸或是其他书籍中读到过有关无头尸体的故事。然而，只有实际看到无头尸体，才能够体会到究竟什么才称得上恐怖，现实中的恐怖是无论通过何种形式的阅读都不可能想象出来的。我想告诉大家的就是，文字描绘的无头尸体与活生生地展现在眼前的无头尸体相比，所带来的那种可怕，那种毛骨悚然，那种恶心畏惧，不要说百分之一了，就连千分之一、万分之一都比不上。即便是我现在的文字也没有办法将那种恐怖气氛完全传达给读者。

我经常觉得，彼时彼刻的场景，似乎从来就不曾淡忘过。如果从这一点来看的话，也许可以认为，人类的神经虽然生来纤弱，却有着异常坚韧的特性。但是，更确切地说，即便如此，也得视具体情况而定。两个人在一起喝酒，一旦其中的一个先表现出醉意的话，那么另外一个人无论怎么喝都不会喝醉。那个时候的我就属于后者。由于已经被直记抢先一步，所以我完全不会有吓得晕过去这种夸张的反应。

“直记，赶快打起精神来啊。你要是有个三长两短，咱们俩可就全完了。”

我用力拍打着直记的后背，打得我几乎都快要坚持不下去了。只差一点儿就昏迷不醒的直记，在我的努力之下，终于渐渐清醒了过来。

“哎呀，哎呀，太感谢你了。情况不妙啊。反正事情闹得越来越凶了。怎么办，我们该怎么办？屋代，咱们现在该如何是好啊？”

仙石这个人平时喜欢故意展露自己的恶习，简直就是不折不扣的流氓无赖，而且总是想找机会伤害别人，并且以此为人生乐事。然而实际上，他只不过是一个心胸狭小的胆小鬼罢了。

“什么叫该怎么办。还用想吗？赶紧报警啊！”

“报警？报警？报警？你别跟我开玩笑了。我绝对不会让警察过来的。让警察过来可不行。一旦报告给警察，我们整个家族的耻辱就会曝光在众人面前。屋代，你不会是在拿我开涮吧？我看还是不要报告警察的好。”

“你别说傻话了。再怎么说也是杀人事件啊，况且我觉得事情远远不只是眼前看到的这么简单。凶手已经把尸体的脑袋带走了，就算你想把事情隐瞒下来，但是你觉得有可能做到吗？”

“凶手把脑袋带走了……屋代，你觉得凶手为什么偏偏非把脑袋带走呢？”

“我现在正在考虑这个问题。之所以会把脑袋带走，最简单的推测莫过于，凶手希望以此来加大鉴别被害者身份的难度，所以他……”

“但是屋代，话虽如此，也得看场合啊。在这种条件下做这样的事情，其实一点儿意义也没有。即便没有了脑袋，这个尸体……不用看到脸，光看身体就知道了，大多数特征看起来和蜂屋比较像。”直记的声音干涩无比，他大声地一边说，一边笑。

“我说仙石，这真的是蜂屋吗？”

“什么？你刚才说什么……很简单，看到眼前的尸体，完全可以做出上述判断，还有什么要讨论的。”

“但是，你又不是不知道，在这个家里，还有一个人，跟蜂屋有着一模一样的体形。”

直记吃了一惊，一下子从地板上跳了起来。

“你看你说的都是什么啊。你的意思是说尸体其实是守卫了？你真是蠢到家了。我们家老爷子有什么理由杀死守卫呢？”

这次轮到我惊讶地从地板上跳了起来。我一时间竟然不知道该说什么好，只好继续观察着直记。直记一副惊讶的表情，就好像是我的眼光被弹射回来一般，他也在直勾勾地看着我的脸。终于我忍不住了，咽了一口憋在喉咙处的痰。

“仙石，你可不能乱说，幸亏你这是跟我说的……不过听你刚才的意思，好像这事是你父亲干的，是真的吗？”

直记的目光十分犀利，但却故意避开了我的视线，在屋子里面踱来踱去。

“的确，仅凭这些，并不能完全确定就是我老爹干的。我这是怎么了？估计是因为昨天晚上睡得不太好，所以精神变得有些异常。但是，如果不是我老爹干的话，那又会是谁呢……把人头砍下来，而且还带走，这可不是一般人能够干的事情。”

“你的意思是说，你老爹干得出来吗？”

我的话似乎再次让直记惊出了一身冷汗。他回过头来看着我，过了许久才惊恐不安地说道：“这么说吧，屋代。你想一想，像我们这么大岁数的人，其实已经被所谓的文化阉割了，以至于我们连挥舞大刀的勇气都没有了。比如像我，甚至连看都不能看明晃晃的刀刃，哪怕是看上一眼，我也会吓得全身麻痹，血液凝结。要是让我选择杀人方式的话，我肯定会选择刀剑之外的方法。然而，我老爹他们可就跟咱们大不相同。老爷子今年六十五岁，出生于明治二十年代前后。那是一个充满了杀戮之气的时代。当时我祖父还活着。他可绝对称得上是从明治维新的枪林弹雨中摸爬滚打出来的人。对他来说，杀一个人简直比放个屁都容易。我老爹就是在这样一种环境下长大成人的。他们的思维跟咱们有着本质的差别。所以当我发现这里有一具尸首的时候，第一个就想到我老爹，其实真的没有什么好奇怪的。”

看来直记这下子真的精神有些不正常了。他一边在屋子里面走来走去，一边唠叨着些不着边际的话，让人觉得他不能停止说话，似乎只要停下来便会害怕得不得了似的。我一直注意着他慌乱的脚步声和喋喋不休的话语，渐渐地我也开始变得有些精神异常起来。

“别乱晃了。仙石，求求你别在那来来回回地乱晃了。你那样很有可能会把既有的证据在无意中毁灭掉。在警察到来之前，咱们还是尽量地不要破坏现场。一定要保护好事发时的各种痕迹。”

“警察？我说寅太，这么说的话，看来你今天无论如何都要报警了。”

“你听着，仙石。如果这件事仅仅限于你跟我之间的话，也许在你的坚持下，我会听你的。但问题是，这里面还牵扯到四方太呢。”

“四方太！”直记哼哼了两声，应声说道，“事到如今，他肯定会像个广播电台一样，满世界宣扬这件惨案。经他那么一宣传，很多人都会知道的。在这些人当中，必然有家里的用人。用人跟咱们可不是一条心啊。”直记再一次哼了哼说道，“照你那么说的话，不报警是无论如何都不行的。”

“是的，不仅要报警，而且还要尽可能地早报，越早越好。不过，在此之前，有些事情还是需要我们先确定。”

“确定？需要确定什么？”

“最要紧的便是确定死者的身份。”

“难道你还觉得这具尸体是守卫的吗？你仔细看一下，这套西装可是蜂屋才有的呢。”

“衣服什么的，怎么都好说。这身衣服甚至有可能是死后才被穿在身上的呢。”

“真不愧是写侦探小说的作家啊，一上来就能发现好多问题。那好吧，你说说我们要怎样才能够确定死者的身份呢？”

“我正在思考这个问题。或许可以采用间接方法，就是在各个房间里面搜一搜，如果尸体是蜂屋的话，那么肯定会在某个地方发现守卫。相反，如果这是守卫的话，那么蜂屋则一定还活在这个世界上。不过，还有一种直接的方法，就是把尸体脱光做检查。”

“就算是脱光，也不一定能够检查出来什么吧。我可分辨不出来两个佝偻之间能有什么差别。难道你能吗？”

“不，我也没有办法分辨。但是，如果是蜂屋的话，那么尸体身上应该会有一个想抹都抹不去、确定无疑的特征。难道你忘了吗？去年蜂屋在鲜花夜总会里被八千代袭击，那个时候的伤痕应该还残留在他的大腿上。”

直记两只眼睛闪闪发光，直盯着我看个不停。

“是啊是啊。到底是写侦探小说的人，的确有点儿功夫呢。虽然写出来的作品不怎么样，但是看问题的视角还是很正确的。好了好了，快别生气了。刚才说的那些话并没有什么恶意。与其说是讥讽，不如说是钦佩更合适呢。的确如此，通过检查身上有没有伤痕，就可以确定到底是蜂屋还是守卫。这是第一步。那么，接下来该做什么呢？”

我勉强压住了心里升腾起来的怒火。

“嗯，第二步就是八千代。也就是说，要弄清楚她昨天晚上为什么会出现在这里……”

“八千代？也许昨天晚上她来的并不是这个地方呢。你指的是昨天晚上看到的事情吧？是啊，八千代昨天好像老毛病又犯了。不过，难道她真的来过这个地方……”

“仙石，你有没有注意到现场拖鞋的痕迹？你忘了吗，八千代昨天晚上的确是穿着拖鞋的……”

“你是说……你是说……照你的分析，事情是八千代干的了？”

“你傻啊，谁说事情是八千代干的了？她一个姑娘家，细胳膊细腿的，怎么可能完成这么一件恐怖至极的事情呢？另外，当时八千代手里面并没有拿任何东西。再者说了，这个地方连一件可用作凶器的东西都没有。”

“凶器！”突然间，直记跳了起来，“想起来了。我怎么把这件事情给忘了。凶器！那把妖刀！那把妖刀还在保险柜里面锁着呢。谢天谢地！这么说，肯定不会是老爷子干的了。好吧，寅太，咱们还是先来检查一下尸体再说吧。”

我们小心翼翼地检查遗体，尽可能地不改变它的位置，原地不动地把裤子脱了下来。我听说蜂屋被袭击的时候，伤到了右边的大腿。伤痕的的确确在那个位置。

“这下就可以确定无疑了。被害者是蜂屋小市！”

接下来，我们照原样给尸体穿上了裤子。随后便开始在整间屋子里搜查，边边角角都找过了，但是始终没有找到类似凶器的东西。

与此同时，一件稍稍让人觉得奇怪的东西映入了我的眼帘。

“快看，这个地方写着一些奇怪的文字。”

靠近床右侧的墙壁上就好像是被钉子划过一般，呈现出星星点点的划痕。从右边开始，歪歪斜斜地延伸到左边。仔细一看，有点儿像是横着写的文字。

或许是睡在床上的人实在闲得无聊，随手乱写的吧。所以才正好处在这个位置。

“什么东西？这个……好像是横写的文字啊。写的是什么啊？”

直记的表情非常微妙。

“什么，这是什么啊？这种东西无所谓，我看咱们还是先找到凶器再说吧……”他一副惊慌失措的样子，简直像丢了魂一般。

“别动，稍等一下。有些看起来不起眼的地方，可能会蕴藏着重大的意义呢。人们往往容易忽视这一点。嗯……是的。蜂屋这个畜生，昨天晚上一定是在这张床上等着八千代过来的。但是，左等也不来，右等也不来，后来闲得无聊，便在墙上刻了这么几个文字。”

“什么，写的是什么？到底上面写的是什么啊？”直记吃惊地看着我，走到我跟前，仔细地端详起墙壁上的文字：Yachiyo。

“哎。”直记长长地叹了一口气，就好像是鲸鱼喷水一般，“看来，蜂屋这家伙昨天晚上是打算要和八千代在这里幽会来着，你说对吧？”

“也许是这么回事。估计八千代最后未能如约前来。但是她心里面始终惦记着赴约一事，所以到了深夜才会飘飘然地过来吧。”

“如此一来，事情就容易解释了。”

直记似乎松了口气，一块石头终于落地了。

接下来，我们又在屋里再次搜索了一遍，一个角落都没有放过。但是依旧如前次那样，不仅没有发现凶器，甚至连一丝一毫有价值的线索也没能发现。

“好吧，这里的事情就算告一段落了。下一步该如何展开？”

“下一步就该去查看八千代的拖鞋了。”

“好的，立即出发。”

从黑洞洞的房子里面出来之后，突然暴露在刺眼的阳光下，我觉得头晕眼花，胸口隐隐感觉不舒服，恶心得想吐。

我们穿过树林之后，看了一眼对面的情形。原来铁之进和柳夫人以及四方太三个人正站在客厅的屋檐底下，注视着我们的一举一动。铁之进一副刚刚被人从睡梦中叫醒的样子，光着身子，只穿了一件和式棉袄，就连肚脐都看得清清楚楚。一直以来引以为傲的胡子在不停地颤抖着，由此便可知道，此人此时应该相当兴奋。与铁之进相比，柳夫人真是一位了不起的人物，她面无表情地望着眼前所发生的一切，仿佛什么都没有发生一般。

铁之进好像说了些什么，之后便看见刚才一直将手放在庭院前洗手池里面的源造脚步凌乱地向我们这边跑了过来。

“源造，我跟你说，谁都不许靠近那里半步。告诉我老爹，就说我们一会儿就过去。”直记撂下这句话之后，对父亲铁之进连看都没看一眼，便急急忙忙地跑进了主楼。

“阿藤，阿藤呢。”直记大声叫道。

阿藤从女佣的房间里飞奔出来，脸色苍白得就好像是白纸一样。看到跑出来的阿藤，我感到一丝奇怪，因为她的眼睛里似乎还残留着泪水。对于她这样一个年纪轻轻的女孩子来说，听说如此凶残的暴行之后，感到有些心惊胆战也在所难免。只不过我觉得，她之所以哭泣，应该是另有隐情。

“阿藤，千代她怎么样……”

“啊，那个，小姐她还没有睡醒。”

“守卫呢？”

“没看见少爷，不知道去了什么地方……大管家吩咐说让家人分头去找，里里外外都找遍了，不过还是……”

直记满脸惊讶地回过头来，跟我说道：“屋代，你说守卫到底是怎么了。就他那副身子骨，平常几乎从来不会迈出家门半步的啊，今天怎么……”

“的确是很奇怪啊。”

“算了，管他呢。阿藤，你们再仔细找找看。屋代，我们走。”

八千代的卧室在楼下最里面的地方。我们反复敲门，但是却没有回应，于是便拧了一下把手，没想到的是，门竟轻轻地开了。

我心里面始终有些犹豫，不过看到直记毫无顾忌地走了进去，只好跟着他往屋子里面走。八千代昨天夜里肯定是中途醒过，后来才又重新入睡的。窗户半开着，浅桃色的窗帘在风中悠悠地飘动着。八千代的头发处于微风的轻抚之中。她此刻正在熟睡，一副心满意足的样子。看到眼前八千代安详的睡姿，人们大多会想到天真无邪、冰清玉洁的处女，没人能够想到，其实在她那长长的睫毛之下，正藏着放浪不羁，藏着恶作剧，藏着各种各样的恶劣习气。

我们无意打搅她的睡梦，只是悄悄地走到她的床前，伸手拿起了脱在床边的拖鞋。看完之后，迅速将其物归原位，之后便走出了房间。

拖鞋底沾满了已经发黑的血迹。

“好的，接下来该检查保险柜了。”

“我说仙石，那个东西……应该不会有什么问题吧？双重保险锁得严严实实的，所以我估计……”

“嗯，还是小心为妙。过去检查一下吧。不过，你先稍微等我一下。”

直记噔噔噔地跑上了二楼，很快便拿着保险柜的钥匙走下楼来。

“据我推测，应该没有人碰过这把钥匙。昨天晚上我把钥匙放在桌子抽屉的最底下，而且还在上面洒了一层牙粉，形状犹如一个英文字母 S。刚才我观察了一下，和昨天晚上相比，一点儿变化都没有。”

我们走进了位于餐厅旁边的书房。

“寅太，你设的密码是什么？”

被他这么突然一问，我迟疑了一会儿，接着便红着脸，支支吾吾地说道：“八、千、代。”

直记朝我看了一眼，目光尖锐而且凶狠，随后便露出一脸的坏笑。与此同时，他来回转动转盘，接着便用钥匙打开了保险柜上的锁。直记深深地倒吸了一口气，动作迅速地将柜门打开。那把妖刀依然原样躺在保险柜里。

“快看，快看，到底还是在保险柜里面吧。哈哈哈，你说你呀，精神怎么变得那么紧张了呢。眼前的这个保险柜，可不是想开就能开的。”

即便如此，直记却像突然想到了什么似的，拿出妖刀，将刀从刀鞘中抽出大约两三寸。就在这一瞬间，他发出了一声惨叫。

“这，这，这是怎么回事?！”

我被他吓了一跳，赶忙跑上前去看。此时刀鞘已经从直记手中滑落，只剩下刀还紧紧地握在右手上。没想到的是，刀刃上面竟然有斑斑的血迹……

催情神药

我既没有亲手杀过人，也没有亲眼看见过这把刀杀人。然而当我看到提溜在直记右手上的刀，以及刀身残留的斑斑血迹，我却不得不由此断定，正是这把妖刀杀了蜂屋，正是这把妖刀砍下了蜂屋的脑袋，这把妖刀肯定就是我们要找的凶器。

不过，有一件事我弄不明白。怎么可能发生这样的事情呢？保险柜之前一直锁得严严实实。钥匙由直记保管，密码除了我之外，绝对不可能有第二个人知道。无论是直记还是我，仅凭我们两人中的任何一个，都没有办法将柜门打开，更不要说是我们之外的其他人了。

忽然间，我觉察到一股恐惧感油然而生。这种恐惧感比发现无头尸体时出现的恐惧感，甚至比毛骨悚然更为强烈。我知道，它正在我的脊背上一点点往上蠕动着。我想要大声叫嚷，不管叫的内容是什么。我想要奔逃，不管能逃到什么地方。然而，我还是抑制住了内心的冲动，并且分明感觉到了事情的严重。

我面临着的，简直就是一场彻头彻尾疯狂的游戏。

将一个佝偻杀害之后，又将其脑袋砍了下来。(究竟是因为什么一定要把脑袋砍下来带走呢？蜂屋的身上明明有着一个连瞎子都能发现的伤痕作为证据。）那把妖刀明明已经被锁在了使用双重保险、关得严严实实的保险柜里面，但不知道什么时候，竟然被拿出来当作凶器危害人间……我渐渐地觉得，在这件事情当中，一定有某种神秘的力量，或者说超自然的因素在发挥作用。一想到这些，全身的寒毛都快竖了起来。

直记像被冰冻住了一样，站在原地，久久没能回过神来。他目光呆滞，一动不动地盯着沾染着血迹的刀身。倏地一下子，他把手中的刀扔了出去，就好像只要刀离了手，自己便可以从世界上最可怕的事情当中脱身遁逃似的。

“说来说去，到底还是我老爹干的。”

扔出去的妖刀刀尖猛地刺进了地板，直挺挺地立在屋子中间，摇晃两三下之后，终于渐渐静止了。在我看来，这把妖刀上绝对附着着某种有生命的东西。一想到这里，我的后背就又开始感到寒意。两次，三次，无声无息地向我袭来。

“可不许你再胡说八道了。”我一边紧张地舔着嘴唇，一边告诫直记道，“是你父亲也好，是其他人也罢，我始终弄不明白，为什么他们能够打开这个保险柜呢？刚才你不是也说了嘛，说没有人碰过这把钥匙。如果是这样的话，难道保险柜还有其他钥匙不成？”

“没有，绝对没有其他钥匙。本来是一共有两把钥匙的，但其中一把被我亲手给折断了。所以要说到保险柜钥匙的话，从那之后就只有这一把了。”

“你的话更加说明了保险柜不是一般人能轻易打开的。就算是往最坏处想，有人拿了这把唯一的钥匙，神不知鬼不觉地配了一把新的。但是即便如此，仅仅依靠一把钥匙就想打开保险柜，也还是不可能的。这一点你应该比谁都清楚。因为还有密码。我敢对天发誓，绝对没有告诉过任何人密码。所以说，不管动用多少人，这个保险柜应该都是绝对、绝对不可能打得开的。”

“但现在的问题是，妖刀被人使用过了，而且可以证明就是凶器无疑。这一点究竟该怎样解释呢？”

“想不明白。你的问题，我也想不明白是怎么回事。不过，我觉得不管真相如何，总会找到一个合理的解释的。又不是会魔法，怎么可能在柜门关着的状态下把东西拿出来放进去的。所以我说，这其中必然可以找到一个合理的说明。咱俩现在有点儿兴奋过头了，所以才没能及时发现事情的本来面目。也就是说，我们现在正处于盲点。所以我觉得咱们不能急于求成，眼下思考问题的方式肯定不行。越是着急，路就会越窄，就越是容易走进死胡同里去，也就走进敌人设好的圈套里了。”

“敌人……你指的敌人是谁？”

“就连自己都不明白的自己的状态。”

“我说，都这个时候了，你就别说那些绕来绕去的哲学术语了。与其那样，不如赶紧考虑考虑，眼前的事情该怎么办才好。”

“说得对。第一步，咱们得把这把刀重新放回到保险柜当中去。它可是最重要的证据啊。第二步就是立刻报警。”

看看表，时间已经过了十二点了。

“报警我可不愿意。从我们发现事件到现在差不多有一个多小时了吧。像咱们这样拖拖拉拉的，警察到时候肯定会问为什么隔了这么长时间才报警之类不好回答的问题。我看还是先过去那边，跟大家好好商量一下为妙。”

重新把日本刀放进保险柜之后，直记将柜锁锁上，并且亲自转动转盘。或许他心里也认为，再怎么想方设法都无济于事了。

接下来，我们回到了作为客厅的和式房间里，只见铁之进正盘着腿坐在地上，手里拿着小酒盅，一杯接一杯地品尝着美酒。柳夫人坐在他的旁边，像个玩偶，表情漠然地织着毛衣。她浑身上下无一不散发着古典的气息，宛如江户时代名门大户家里的遗孀一般。而且在如此情况下，古典遗孀竟然还能若无其事地织毛衣，让人不禁有种时空错乱的感觉。

铁之进看到我们进来，用一种分明是胆怯中带着畏惧的眼神死死地盯着我们，观察着我们的表情变化，最后用近乎沙哑的声音向我们询问道：“直记，被杀掉的究竟是哪一个，蜂屋还是守卫？”

“是蜂屋，父亲。”直记冷冷地回答道。

“直记，你是怎么知道那就是蜂屋的。不是说尸体没有脑袋吗？”柳夫人从一旁插嘴说道。就好像她询问的不是无头尸体，而是询问家人今天晚上吃什么菜似的，语气沉着，声音也相当平静。那副表情绝对不是一般的女人能够装出来的……彼时彼地，我没有办法不这么认为。

“是这样的，蜂屋身上有一个明显的特征，是跟别人不同的。而从那具尸体看，的确与他的特征吻合。”

“明显的特征是什么意思？”

“这个过一会儿再跟您说。父亲，按照屋代的想法，他觉得这件事情无论如何都得向警察报告，您看……”

“那是毋庸置疑的啊。这可是杀人事件。嗯，这位就是屋代先生吧？”

“是的，您看我，忘了给您介绍了。他就是屋代寅太，是侦探小说作家，也是咱们这里的人。”

当直记说出侦探小说作家几个字的时候，铁之进和柳夫人都抬起了头，两人用不可思议的眼光看着我，那表情就好像是在看一只奇形怪状的动物似的。我没有说话，只是默默地低下头，算是行礼。

“那赶紧跟源造说一声，让他亲自跑一趟驻在所[①]。”

直记站在屋檐下，刚叫了一声名字，源造便急忙跑了过来。直记向他吩咐了要办的事情之后，又重新回到刚才的座位上，望着父亲的脸，试探道：“父亲，您昨天晚上睡得还好吗？”

他似乎是在故意让自己的话听起来含混不清，不过最终话还是说出了口。

铁之进两只眼睛瞪得大大的，目不转睛地盯着儿子的脸，说道：“什么叫睡得还好吗？老夫……你是不是有什么不好开口的事情。”

“没有，没什么不好开口的事情，只不过……”

“直记，你还是好好规劝一下你父亲吧，再不说的话可真不行了。你父亲最近酒喝得的确有些过量了。昨天晚上，一直喝酒，差不多快到十二点了还在喝……如果仅仅是喝的话还好，麻烦的是喝完之后的事情。”

柳夫人根本没有抬头，一席话便自然而然地说出了口，就好像是在对毛衣说话似的。

“哎……昨天晚上他又喝了吗？柳夫人，你昨天一直跟我父亲在

①日本警察基层机构，多设于山区、孤岛等偏远地区。

一起吗？”

柳夫人抬起头，眼神非常锐利地快速看了一眼直记和我，随后目光又重新回到了毛衣上面。

“没有，我陪着他差不多到十二点。因为当时觉得要是一直这样喝的话，不知道到什么时候才能结束，所以一到十二点，我便回到自己的房间里睡觉了。你父亲喝得不省人事，衣服也没脱就呼呼大睡了。不过，直记，为什么……”

问到“为什么……”时，柳夫人的脸一下子红到了耳朵根。发现她的表情变化之后，不知为什么，我感到有些不舒服，她的下流行为让我感到厌恶不已。

前面已经说过，柳夫人长得非常漂亮，就像玩偶一般标致。再具体一点儿说的话，有点儿像京都玩偶，从头到脚都非常小巧精致、纤细可爱。当然，她也同样具有京都玩偶的冷酷无情、矫揉造作的特点。一般说来，有着如此特征的女人，在情欲方面的需求总是很多，相当强烈，以至于让人很难招架。我的直觉告诉我，柳夫人绝对属于这种类型。

与柳夫人相比，铁之进的身材可以说相当魁梧。虽然已经六十五岁了，但是一点儿都看不出来。身上的皮肤还是那么滋润，而且肌肉相当有力度。手腕也好，腰身也好，不仅宽大得很，而且也够健壮。浅黑色的肌肤，和青蛙的皮肤感觉很像，柔柔的，湿滑湿滑的。一个老年人，年纪都一大把了，还拥有那么水润的肌肤，总让人不禁起鸡皮疙瘩。铁之进已经超越了让人起鸡皮疙瘩的境界，进入让人觉得污秽不堪的阶段了。联想到反差如此巨大的两个人夜生活的场景，我不由产生了一种恶心的感觉。

但是直记早就已经习以为常了，因此他看起来很是安之若素。

“照你这么说，我父亲昨天晚上其实是一个人。”

铁之进再一次睁大了眼睛，盯着儿子的脸，视线久久不愿离开。那种炙热的酒醉气息像火山一样喷发出来。看着眼前铁之进的这副表情，我不得不说，他的这副尊容简直和直记喝醉酒时一模一样。

“直记，你刚才的话是什么意思？昨天晚上，我是一个人，还是跟谁一起……”

“父亲，杀死蜂屋的凶器正是那把妖刀。今天早上我去检查的时候，妖刀的刀身上沾满了殷红的血迹……”

听完直记的描述，铁之进的瞳孔明显放大了许多，而且身体开始不停地晃动起来。他紧咬着牙，两只肩膀不停起伏，大口地喘着粗气，目不转睛地凝视着直记的面庞。过了很久，才终于猛地将杯中的酒一饮而尽，说道：“我什么都不知道。最重要的是，我并不知道那把妖刀现在放在什么地方。直记，我不是让你把那把刀藏到一个我找不到的地方了吗？”

“虽然如此，但是妖刀上沾满了血迹，也就是说那把妖刀真的……”

铁之进猛地抓起桌上的酒杯，再次将满满的一杯酒一口气饮尽。就在这个时候，呆头呆脑的四方太慌慌张张地跑了进来。

“报告柳夫人，真是奇了怪了。到处都找遍了，就是没有发现半点儿守卫的影子……”

我们被他吓了一大跳，都惊讶地看着他。柳夫人依然保持着刚才的姿势，依旧一本正经的样子，冷淡得不得了。

“怎么可能呢。那孩子已经有好多年没有走出过家门了。”

“不过这次好像是真的离家出走了。在检查他的房间时，我看到他的大衣、帽子、鞋子还有拐杖什么的都不见了，连旅行箱也不见了。”

“旅行箱不见了？”直记相当惊愕，一下子站了起来。

“仙石，守卫他要是离家出走的话，有什么可能会去的地方吗？像是亲戚、朋友之类的……”

“朋友？那种家伙应该没有什么朋友吧，而且也没听说过他有亲戚。要是说到离家出走可能去的地方的话，只可能是去喜多婆婆那里……”

“你说的喜多婆婆是谁？”

“是守卫的奶妈。”

“那个人现在在什么地方？”

“冈山县的乡下。去年之前一直住在这里。老太太对守卫非常好，但是实在太啰唆了，让人有些受不了，所以就把她打发回老家了。我觉得，他应该不会去那么远的地方吧……”

“先再四处找找看，要是还找不到的话，就给喜多婆婆发一封电报，问问她守卫在不在她那里。”

铁之进放下手中的酒杯。话题已经从自己身上转到了别处，从某种程度上说，他那颗悬着的心终于放了下来。

“嗯，那就这么办吧。寅太，你过来。咱们去守卫的屋子里检查一下吧。”

“要说守卫这个孩子，还真捉摸不透呢。”柳夫人一边继续织毛衣，一边头也不抬地小声嘟囔道。

守卫的房间和八千代的房间正好对门。阿藤此刻正战战兢兢地站在房门前。

“至今为止，我还从来没有进过守卫的房间呢。守卫真是个奇怪的家伙，总是藏着很多稀奇古怪、不为人知的秘密。以前除了奶妈喜多婆婆之外，别的人一概不许进他的房间。所以，打发喜多婆婆回老家的时候，他还发了一通火呢。可能是最近实在没有办法了，才让阿藤进房间负责打扫卫生。但是，据说即便如此，阿藤打扫房间的时候，他也必定站在旁边监视着。”

话虽如此，在我看来，他的房间并没有什么奇怪的地方，就是一间普普通通、有钱的单身汉居住的房间罢了，没有什么令人特别注意的东西。

“阿藤，旅行箱平时一般放在什么地方？”

“一般放在衣柜旁边。您看，这上面还留有痕迹呢。除了旅行箱不见了之外，像梳子、牙刷、男士发蜡这些平常会用到的小物件，也都不见了踪影。”

“嗯，照这么看来，肯定是外出旅游去了。怎么这么巧，赶上这个时间了呢。再说了，就他那副身子骨……”

“他之所以要将自己藏匿起来，必定有要如此做的理由。”

“屋代，你刚才的意思是说，守卫他……”

我没有回答直记的问题。不过，在我的脑海当中，昨天守卫以一种相当了不得的气势硬生生地将一只花瓶砸向蜂屋时的表情，始终历历在目。那张紫黑色的、被憎恶与嫉妒所蹂躏、有些变形的脸……

“难道说守卫他……原来如此，那家伙果然阴险毒辣。外表看起来跟个女人似的，娘娘腔一个，但是自始至终，那家伙就没安什么好心眼儿。不过话又说回来了，这可不是鸡毛蒜皮的小事，我怎么觉得他好像没这个胆量啊。”

“不知道，我也说不大清楚。不过仙石，你要知道，身体有缺陷的人，一旦情绪激动起来的话，他们发出的能量可不是一般人理解得了的。能量如果全都爆发出来的话，那可是要比一般人可怕得多呢。”

直记本已打算离开房间，此刻却回过头来，忽然站在原地不动了，招呼阿藤道：“阿藤，大衣柜上面的那个小柜子里面放的是什么东西？”

“是啊，会是什么呢？我只知道，少爷非常讨厌别人碰到那个东西。有一次，我无意间不小心碰了一下，结果遭到了少爷的一顿臭骂。”

我和直记不约而同地对视了一眼。那个柜子由红木制成，并不是太大，左右双开门，上面结结实实地挂着一把大锁。

“阿藤，你先到对面房间里去。要是有事的话，到时候我再叫你。”

“是。”

阿藤立即退了下去。

“我说仙石，你准备干什么？”

“我想把那个小柜子打开看看。”

“算了，算了吧。那可是别人的秘密，你怎么能随随便便偷看别人的隐私呢？”

“没关系的。如果咱们认定他就是凶手的话，那么无论怎么调查都不为过。跟他相关的一切东西都得受到检查。”

柜子虽然上了一把锁，但是用小刀轻轻一撬之后，只稍微地拧了几圈，没过多久锁就打开了。柜子里面的格局有点儿像药店的药柜，满满当当地摆放着各种各样的广口瓶。

“这都是什么啊，难道是药吗？仙石，守卫是不是身体有什么毛病啊？”

“我也不大清楚。看样子好像不是常用的药品。我就纳闷了，这些到底是什么药呢？”

瓶子里面有黑的也有白的粉末。而且除了粉末之外，还有各种各样的片剂和药丸。还有一种黑不溜秋、像经过炭烤一样的东西。每个瓶子都贴有相应的标签，上面写着药品的名称。基本上是我在此之前听都没有听到过的名词，是一些化学专业术语。

不过，就在直记将瓶子一个一个都打开检查之后，他突然大声地笑了起来，声音相当放浪。以前直记大笑的时候，我会惊讶地看着他。不过，这次的情况却与往常不同，笑完之后，直记突然冷不丁地将手里面拿着的瓶子一下子塞到了我的怀里。

“你仔细看看这是什么。”

“炭烤蝾螈。”

“这个我比你清楚。寅太，守卫这个家伙原来是个性无能。准确地说，就算不是性无能，他的性能力肯定也不会强到哪里去。我想起来了，他以前就经常收到一些包裹，但是不知道是从什么地方寄过来的。每当那个时候，守卫这家伙都会变得非常小心谨慎，而且总是慌慌张张地将包裹藏起来。这里面的药品来自世界各地，全部都是春药，都是用来增强性能力的。”

秘密约会

发展到现在，整件事情全都乱了套了。

所有出场人物，就好像是印刷极其粗糙简陋的三色版上色彩全都溢出轮廓那样，让人觉得有些不可思议，像是发疯了似的。特别让人感到害怕的就是守卫这个家伙。

当我们在他房间里的小柜子中发现来自世界各地的形形色色春药的时候，我真的说不出话来。不知道自己究竟是应该为他感到可耻，还是应该为他感到可悲。然而与此同时，从另一方面，实事求是地讲，我感到心头一颤，觉得自己正被一种恐惧所包围。从摆放得整整齐齐的各种各样的春药瓶子里，我感觉到的是守卫无可救药的焦躁不安和邪念。

“喂，咱们还是出去吧。看到这些东西真是不大好。”

“不大好？你什么意思？”

“什么什么意思……秘密也分很多种，而这个秘密是守卫作为一个人，作为一个年轻的男人，最最不想让别人知道的。不知道怎么搞的，我突然觉得有些恶心想吐。”

“恶心想吐？”

直记看着我的脸，似乎觉得我有些不可思议。事实上，他自己对于这个发现其实也非常吃惊。所以这一次他才没有像以前那样，随随便便地将各种难听的坏话说出口。

“守卫他呀，他用这些药……”说着说着，语调变得越来越低沉了，“这些东西全部加起来，应该会让无能者有些信心吧。嗯，还挺可怜的呢。”直记轻轻地叹了口气，小声嘟囔道。说完便啪的一声，将小柜子紧紧地关上了。“我说，咱们出去吧。”

直记说完便站了起来，朝走廊方向走了过去，还没走出两步，我们便被吓了一跳，呆呆地站在原地不敢动弹。八千代正站在房门外边，而且很明显，她早已经睡醒了。除了贴身的睡衣之外，她只披了一件浅桃色的披风。头发没有梳理，蓬松地垂落在肩膀上。那双拖鞋也穿在脚上，就好像没有发生过任何事情一样。我和直记不禁同时看了对方一眼。

“千代，你怎么……”直记的声音有些异常，就好像是嗓子里面卡了一根鱼刺似的，跟八千代打招呼道，“是不是刚刚才睡醒啊。”

“嗯……是的……刚刚才醒。今天真是有点儿过头了。”

虽说已经睡醒了，但是八千代却仍然有一种身处梦境般的感觉，眼神显得游移不定，像是没有着落似的，晃晃悠悠地小声嘟囔着。看到我们从她对面的房间里走出来，八千代问道：“直记，你刚才在房间里都干什么了？”

她的眼神突然变得有些诡异。

“这个嘛……也没什么，有点儿东西想要调查一下，所以就……”

“有东西要调查？直记，我哥哥他出什么事了吗？”

“千代，你刚才是不是问阿藤发生什么事情了？”

“没有啊，阿藤是怎么回事啊，眼睛怎么哭成了那个样子……直记，快告诉我，昨天晚上是不是发生什么事情了？”

八千代的神色突然变得紧张起来。而我和直记则不约而同地将目光转移到她所穿的拖鞋上。

“是的，确实发生了一些不得了的事情。不过，整个事件刚才我们已经报告巡警了，他们正在赶过来的途中。”

“报告巡警！”听到巡警两个字，八千代的眼睛里立时掠过一丝惊恐，“直记！”

“什么都别说了。总之在警察到来之前，咱们必须得碰一下头。千代，你的当务之急是赶紧回去换衣服，完了赶紧下来，我们到餐厅里面等你。”

八千代回屋之后，在十分钟之内便换好了一身日常服装，随后便出现在餐厅里。不过定睛一看，八千代的脸色惨白，就像白纸一样。

“直记，”她在餐厅门口停住了脚步，一双眼睛里流露出畏惧的神情，不停地来回打量着我和直记的神情，“是不是我……昨天晚上……那个病……又发作了？”

我没有回答，直记也没有说话。然而，不做回答本身已经足以比任何形式的回答都更为肯定她刚才的问题。八千代的神色开始变得越来越畏惧了。

“我想说的是……那双拖鞋是怎么回事？……好像有些……黑色的东西沾在上面……那不会是血吧？”

八千代脚步轻盈，有点儿像是猫在走路，几乎听不到一丝声音。她朝我们这边慢慢地走过来。一步、两步、三步，离我们越近，她的声音就越暗哑，最后几乎是自言自语。

“千代，你也觉察到那些东西了吗？”

“嗯，刚才我准备换鞋的时候发现的……直记，究竟昨晚发生了什么事情？究竟我……都做了些什么？”

“千代，你昨天是不是和蜂屋约好晚上在离这儿有一段距离的西式建筑里见面？”

“我跟蜂屋？”八千代那本来就暗淡无神的眼睛更加死气沉沉，“我跟蜂屋？在西式建筑？没有，怎么会有那种事情……”

“我跟你说，千代，事情都到这步田地了，你不要再想着什么名声不名声，或者担心别人说闲话，现在不是隐瞒的时候。要是你确实跟他约好了的话，就大大方方地跟我说清楚。你昨天晚上是不是跟蜂屋说好要在西式建筑的一个房间里面约会？”

八千代似乎想要搜寻什么东西似的，一边看着直记的眼睛一边说道：“还要我怎么说才行啊，我已经说得够清楚明白的了。什么跟蜂屋约好了见面，绝对没有那种事。话说回来，蜂屋他现在怎么样了？是不是他在偏房发生了什么事？”

“蜂屋叫人给杀了。就在西式建筑的一个房间里面……”

“不仅如此，凶手还把他的头砍下来带走了。”

当冲击力过于强大的时候，人们反倒不能做出任何反应了。八千代像个傻子一般，嘴巴张得大大的望着我们，隔了好久才恢复过来。随后又突然左右摇晃起来，两三步之后，一屁股跌坐在椅子当中。

“你是说蜂屋他被人杀了？”

我们没有回答她，只是默默地点了点头。

“而且凶手还把他的脑袋给砍下来带走了？”

我们依旧点了点头。

八千代似乎根本就不相信我们的话，从她的表情可以看出她想反驳我们。她来回打量着我和直记，突然好像意识到什么似的，问道："那么……那么我哥哥他为什么……"

她的神情相当恐惧。

"这一点确实很不可思议。守卫一早上就不见了，连个人影都没有。到处都找了，但是大家都说没看见过他。"

听完直记的话之后，八千代的脸上忽然显露出不安的神情，手中的手绢已经被她揉得乱七八糟。

"我想问一下，你刚才不是说犯人把脑袋给带走了吗。也就是说，尸体上现在是没有脑袋的。要是这么说来，有没有可能那个被杀的人是我哥哥？"

"嗯，你说的这种情况，我们当时也都考虑过。所以我们才仔细检查了一下尸体。检查完之后，我们确定被杀的人是蜂屋。"

"为什么？难道你们能够从蜂屋的身上找到什么特别的特征吗？"

"当然找得到了，而且那还是你造成的呢。你忘了吗，去年在鲜花夜总会……那个时候被你袭击所造成的伤痕，至今还残留在他的大腿上呢。"

"啊！"八千代大叫一声，又赶忙用手捂住了嘴。接下来，她两只眼睛完全失去了神采，呆呆地不知在看些什么，不说一句话。过了好久，她才终于小声嘟囔道："要是这样的话，那估计是不会错了。被杀害的人的确就是蜂屋无疑了。"

"是这样的。关于这一点，已经不存在任何疑问。但是，八千代，"我从一旁插嘴说道，"你为什么认为被杀害的人有可能是守卫呢？"

听了我的问题，八千代瞥向我，眼光停留在我身上。接下来，她的表情变得越来越愤怒，越来越生硬。就好像是要故意无视我的存在似的，她倏地一下子将脸转到了直记面前。

“直记，刚才我不是一口否认，说我并未跟蜂屋有过约定，要在远离此地的西式建筑里面约会吗。当然了，那肯定不是谎言。只不过……”

“只不过……”

我将身体向前倾了倾。然而，八千代依然像是在故意无视我似的，面对着直记，开口说道：“不过，的确是有一个人跟我约好了，打算在西式建筑里面见面的。但是，那个人不是蜂屋，而是我哥哥。”

直记突然扬起了眉毛。也许是愤怒，也许是嫉妒，总之一股看不见抓不住的雷电倏地从他眉宇间闪过。

八千代很平静，依然用毫无升降起伏的声调继续说道：“当然了，我从头到尾就没想过要遵守跟他的约定。和自己的哥哥秘密约会，即便只是想一想，也让人感到可怕，我都有点儿毛骨悚然了。只不过，不知怎么搞的，他最近好像有点儿不正常。不知道是不是蜂屋过来的缘故。整个人变得好奇怪，比以前要野蛮许多。在此之前，他看我的眼神一直都是战战兢兢的，一天到晚都是那样，但是最近好像是吃了什么药似的，兴奋得很。我倒是感觉有点儿气愤呢……有一点儿……”

“你和守卫见面那件事情，究竟是什么时候约定的？”直记向八千代询问道，带着一种想要将口中的污秽之物一吐为快的语气。

“其实就是昨天的事。你们也知道，他昨天不是和蜂屋吵了一架嘛。就在他们吵完架之后，他跟我说，我要是不照他说的做的话，他就准备把蜂屋给杀了……”

我和直记吓得一激灵，互相交换了一下眼神。不过八千代依旧平静如初，丝毫没有受到影响，继续坦然地述说着一切。

“他跟我说的时候，我根本没把他的话当回事。我觉得，就算是平时再怎么与众不同的人，也不可能说要杀人就会真的付诸行动吧。他简直就是一个不听话的孩子……不过，他啰啰唆唆地说了一大通，我实在是觉得有些烦了，所以就暂且答应了他。说真的，从一开始，我就没想过要履行约定……”

“那么，你跟他约了几点钟见面？”

“十二点钟。他跟我说的，要我偷偷摸摸地到西式建筑去，十二点钟准时见面。你们也知道，昨天晚上吃完晚饭之后，只剩下哥哥一个人留在餐厅里。我下楼走到餐厅的时候，他还一直念念不忘，再三叮嘱我要记得约定。还提醒我说，要是不准时赴约的话，他就会把蜂屋给杀了……仔细想一想的话，那个时候哥哥的眼神确实与平时的很不一样。不过当时我也没有特别留意到这些，只是一个劲儿地说好啊好啊。敷衍了事地回答他之后，我们便分开了。那之后，我就回屋睡觉去了。”

“然而实际上，对于你来说，那是一件没有办法不放在心上的事情，所以到深夜你的病便发作了，人不知不觉就飘飘然地朝着西式建筑的方向走了过去。”

八千代像是被人从背后吓了一大跳似的，回过头来看着我。接下来，她用一种相当惊讶的眼神从正面久久地凝视着我。

“我……或许真的有可能去过……只不过我现在一点儿记忆都没有了……早上起来的时候，觉得头疼得厉害……的确，这种现象和以前犯病时候的情况相同。所以当我清醒过来之后，便开始有些担心，觉得弄不好或许自己昨天晚上又犯病了。真的是担心得不得了……不过直记，我真的很想知道自己昨天晚上究竟有没有去过西式建筑。”

“嗯，关于你说的事情，我觉得应该是不会错的了。我们两个，屋代和我，昨天晚上曾经亲眼看见你在路上游荡。除此之外，在蜂屋被杀害的现场残留有一大摊的血迹，而在血迹当中，我们发现了拖鞋的印记。也就是说，曾经有人穿着拖鞋在上面来回走动过。”

“真的是这样吗……”八千代屏住了呼吸，面庞上已经看不到一丝生气，像一张劣质的西洋纸一般泛着灰黄的颜色，给人一种一碰即碎的感觉。

“这么说的话……看来昨天晚上我是真的去过那个地方了。不但如此，我还在那一摊血上面来回走动过。实在是太可怕了，我自己甚至连一点儿印象都没有……直记，我想问一下，你能相信我吗？昨天犯病的事情，我真的连一点儿印象都没有。”

“嗯，这个嘛……因为是犯病，也没有办法。等警察过来之后，你一定要把事情好好报告清楚。”直记脸色暗淡，嘱咐八千代道。不知怎么地，他的声音也有些低沉。

“不过话说回来，八千代，”这个时候，我再一次从旁插话说道，“关于你答应和守卫秘密约会的事情，不知道蜂屋他知不知道。”

对于我的问题，八千代立即回答道：“不会的，不可能知道。我怎么会那么傻，把那种傻了吧唧的事……我不记得跟别人说过约会的事，即便是哥哥，我觉得也应该不会将这种事情……”

“千代，你昨天晚上不是到过蜂屋的屋子，还给他送过晚饭吗？当时那家伙都对你做了些什么？”

听了直记的问题，八千代惊恐万分，两弯眉毛都挑了起来。随后便像是要将口中的污秽之物赶紧吐出来似的，回答道：“那个家伙简直就是禽兽，不知廉耻的衣冠禽兽。他一直在准备着，只要有一丝一毫的机会，他都会猛扑过来。我实在受不了他，便狠狠地将他推开了……他被人杀害了，可以说是死有余辜。不过，不过，不知道为什么，我还是有些不敢相信。都说他被人杀了，你们觉得，那会是真的吗？还有……还有就是，我哥哥他现在怎么样了？”

八千代的话渐渐地有些前言不搭后语。与此同时，她的眼睛不可思议地失去了光泽，嘴唇也变成紫黑色。定睛一看，她双手紧握着两个椅把，不知什么时候，她已经昏了过去。

喜多婆婆

巡警从离此最近的驻在所急忙赶了过来，距离我们报案的时间并没有过去多久。然而，由于本地的交通实在不便，等到警视厅和检察厅的相关人员全部到达案发现场之后，没过多久，天就慢慢变黑了。相比巡警来说，他们来得实在太晚了。

除了各路警察之外，相当多的报社记者也蜂拥而至。一时间，古神家族的庭院里面人头攒动，变得嘈杂了许多。

不用问，我们每个人都被叫到办案警察面前，一一接受重重讯问。当然了，我将自己所知道的一切全都说了出来。然而，这件事情与一般的案件有所不同，面对习惯了按照常理办案的各位警察，要想将事情说得清楚明白，让他们能够充分地理解，的确有些困难。

为了能够准确无误地将事情完整地讲述清楚，必须要从笼罩古神家族的那种非同寻常的气氛开始说起。或许把这层说透彻了，一切就都好理解了。然而，这种背景很难简简单单地在一朝一夕说清。

搜查科科长泽田警官——本起案件的调查工作看起来应该由此人负责——似乎觉得我们身上有很多疑点。

“如此说来，是不是我可以这么理解，相对于整个家族来看的话，只有你处于第三者的立场……这么说没有问题吧？”

泽田警官这个人不高，然而体格显得特别精壮，胡子刮得干干净净，但是胡茬异常浓密。一般说来，只要一联想到警官的身份，很容易就会想到虚张声势等词，让人感觉不寒而栗。不过，泽田警官与想象中的完全不同，说话的口气和语调极其讲究。

“嗯，是的。您要是这么理解的话，的确如此。我跟仙石直记自打上学的时候就认识了，不过跟其他人都是昨天第一次见面。另外我跟蜂屋以前也见过面。”

“您和蜂屋的关系是不是很亲密？”

“根本谈不上亲密不亲密。他是画家，而我是作家，差不多就是艺术家之间互相知道对方而已。时不时地我们可能会在一些聚会上见到对方。见了面也只不过是相互之间打声招呼罢了。”

“原来如此。照这么说来，可以认定，即便是对于蜂屋，您也处于第三者的立场。既然是这样，怎么说呢，从一个第三者的角度看，你觉得案件的凶手……真的会是已经藏匿起来的守卫吗？”

“这个问题嘛……”

“我听说昨天白天守卫和蜂屋两个人曾经大吵过一架，当时八千代冲到了他们之间，强烈地阻止了他们的争吵，有这么回事吧？”

“这件事情是谁跟您说的？”

“是仙石直记说的。也不能算是吧，之前的话是从家里的用人嘴里听到的，所以后来我才跟直记确认了一下，问他究竟有没有这回事。综合各方面的信息，我个人觉得凶手就是守卫，动机在于嫉妒。怎么样，你觉得应该是怎么一回事？”

“这个问题嘛……”我仍含糊其词。

泽田警官一直注视着我的表情，过了好一会儿，他露出温和的微笑，眼神显得安详宁静。

“看来你不同意我刚才的说法。其实你不必有太多的顾虑。你心里面想的都已经显示在了表情上。我说屋代先生，你肯定有自己的想法，而且与其他人的绝对不一样。要是真的有什么想说的话，希望你不要藏着掖着，大胆地向我们说出来，好吗？”

听完他的话，我沉默不语。过了好久之后，我终于下定决心，说出了下面一段话。

“其实我并非不同意您刚才说的观点。也许守卫真是凶手也说不准。不过，我想说的是，无论真正的凶手是谁，这件事情都不会像你们想象的那么简单。”

“你说这话是什么意思？”泽田警官与刚才一样，依旧是一副温和的表情，目光安详含笑。他看着我，像是催促我赶快说下去似的插话道。

“怎么说好呢……这其中自然有各种各样的原因。最直接的证据就是，死者的尸体上唯独缺少了脑袋。如果说守卫真的是因为情绪过于激动，一怒之下将蜂屋杀死的话，那他为什么要把脑袋给砍下来，而且带走呢？”

“是啊。”

“把人脑袋砍下来，而且带走。可以说，整件事情做起来简直是太麻烦了。既然凶手不怕麻烦，将整件事情一路做下来，想来肯定有某种理由。这绝对不是一起仅仅因为一时激愤而突然发生的杀人事件。您难道不觉得吗？”

“听您这么一分析的话，的确是那么回事。其他方面呢，还有什么理由吗？”

“我要是说出来的话，可能你们会笑话我，觉得我作为一名作家，整天就知道天马行空地乱想，认为故意把整件事情想得过于复杂，完全是我作为作家的本能，甚至还会鄙视我。不过对于我自己来说，我真的没有办法将整件事情简简单单地看成由于一时冲动而突然发生的案件。凶手作案的动机绝对不可能是昨天或者是今天偶然发生的一场争吵那么简单，绝对不是那样。首先，蜂屋来到这个家里做客……仅仅是这件事情，在我看来，也有好多值得推敲的地方，实在是太奇怪了。这个家里面本来已经有一个佝偻了，为什么还会有一个同样身体状况的人来到家里呢？也就是说，已经有守卫在了，为什么蜂屋还会来呢？从这一点来看，事情难道不是很不可思议吗？”

“照你这么说，在整件事情的背后，存在着一个相当精于策划方案的操纵者，而案件就是在此人的精心策划下发生的。”

“正是如此，正是如此。在此之前，八千代曾多次收到过类似于恐吓信之类的东西……”

“你说什么？类似于恐吓信的东西？”

泽田警官稍微将身体朝前面倾了倾。我不禁咂了一下舌头，心想这下子不好办了。直记跟这件事也有关联，他好像还没有跟警官提到过。不过转念一想，没什么大不了的，也不是什么大事。反正早说也是说，迟说也是说，肯定都得交代。

于是，我就把前些日子从直记那里听到的，关于八千代现在正面临麻烦的婚事问题，以及去年八千代曾经收到过三封奇怪的匿名信的事情，统统告诉了泽田警官。在我说的时候，他看起来对此相当有兴趣，止不住地点头。

“原来如此，原来如此。你说的这些事可真是奇怪呢。我明白了。正是因为有这样的事情，所以你才会作为客人被请到这个家里来。”

“嗯，确实是这样。虽然作品并不怎么样，但我的职业就是侦探小说家。也许直记正是看中了这一点吧。不光是他，其他人也都觉得，写侦探小说的作家，一定会像书中作为主人公的侦探一样，浑身都是本事。”

泽田警官一边抚摸着自己脸上那浓密的胡茬，一边温和地微笑着说道：“你刚才说的那些事情，对我们办案来说实在是太有价值了。如果真像你说的那样，案件的性质肯定不会是激情杀人了。只不过，有一件事……”泽田警官皱起了眉头，“听了你刚才说的那些话，我觉得操纵者无论是什么人，一定是有所企图的，而他策划的所有的事情，应该都是针对古神家族，或者是仙石家族的。但是从当前的情况来看，被杀害的人却是蜂屋，而根据线索，蜂屋跟两个家族之间并没有太大的关联。如此一来，案情可就变得越来越扑朔迷离了。”

“的确像您说的那样。我也觉得被害者是蜂屋这件事有些蹊跷。所以说，弄不好的话，这可能……”

“弄不好的话，可能……”

“算了吧，我要是说出来的话，估计您会觉得我是按照作家的思维方式在信口开河。我也说不上来原因，不过依我的感觉判断，整件事情……不可能因为蜂屋的被害便结束。这可能仅仅是开始，是接下来即将发生的更为恐怖的案件的前奏罢了……我有种强烈的感觉，一定是这样。”

不知什么时候，我已经完全沉浸到自己的话语当中去了。当我在泽田警官面前滔滔不绝地阐述自己的观点时，连我自己都不知道，整个后背其实早已经剧烈地颤抖了起来。

警察对我的第一次讯问，在这样一种情景下结束了。

就在我被讯问期间，其他办案人员进入案发现场，他们将西式建筑里里外外都搜查了一遍。尸体由于需要解剖，所以被运了出来。我直到第二天才了解到这些事情，而且大部分是通过报纸报道才知道的。

根据报道，蜂屋被害的时间大约在半夜十二点钟。遇害时间是根据尸体的僵硬程度以及尸斑的状态来判断的。与此同时，从死者胃里面的残留物也可以得出同样的结论。那天晚上，十点钟前后，八千代去给蜂屋送过食物。而蜂屋好像只吃了大约一半，剩下的一半还留在餐盘当中，依旧放在房间里。也就是说，同样的食物经过两个多小时的消化，还残留在蜂屋的胃里面。

如果确定蜂屋被杀害的时间是十二点钟左右的话，那么除了凶手之外，最后一个见到他的人应该是女佣阿藤。

她遵照蜂屋的要求，端水上去的时候，正好是在十二点前后。关于当时的情况，阿藤说了下面的一番话。

“客人打电话过来，说让我给他送些水上去。我端水送到房间之后，发现他正在打盹，似睡非睡的样子。是的，那个时候他的确还好好地活着。因为我当时还听到了他睡觉时的鼻息。于是我便把水和盆都放到了他枕头旁边的柜子上。后来我就蹑手蹑脚地走出了房间，出来之后恰好碰到直记和屋代……”

她送过去的水，的确是连盆一块儿放在小桌子上面，这一点与调查的结果是一致的。然而，不可思议的是，蜂屋好像自始至终连一滴水都没有喝过。如果不考虑这个的话，蜂屋应该是在阿藤走出房间之后，赶忙走出屋子，来到西式建筑，后来便在那里被人给杀害的。

但是，如果事情的确是这样的话，就没办法解释那把妖刀上的血迹。我和直记把妖刀藏进保险柜的时候，大约十点半。因此可以推断，那把妖刀上面沾染的鲜红色血迹，应该不可能是蜂屋的。如此一来，那些血究竟会是谁的呢？但根据鉴定科的检验结果，明明与蜂屋的血型完全相同，不知为什么会……

先不管案情如何了，此时此地最虚弱无助的人其实应该是我。我本来并没有打算在古神家逗留太长时间。的确，像直记讥讽我的那样，我就是一个三流作家。然而在战后日本杂志泛滥的时代，即便是像我这样的三流作家，也会有与三流作家相对应的写作邀请，也自有展示的舞台。如果我不得不在这个家里面长期逗留的话，我倒是想先做好充分的准备之后，再行前来。我向泽田警官说出这种想法。

“也好。那你就先回家一趟，做好充分的准备之后再过来……”他很爽快地就答应了我的请求。

当天晚上回到杂司谷的破庙之后，我赶紧和各家杂志社取得联系。第二天中午过后，又重新回到了小金井，正好赶上解剖完的蜂屋的尸体被运了回来。

蜂屋这个人甚至连一个亲戚都没有，所以只有两三个朋友，另外就是直记和我，还有八千代等不多的几个人，当天将他送到了火葬场火化。夜里也为他举行了守夜的仪式，然而那不过是走个形式罢了。

等到这些做完之后，却又发生了一件让人意想不到的事情。

事情发生在蜂屋的葬礼之后的第二天。住在作州山里的守卫的奶妈喜多婆婆在接到直记的电报之后十分吃惊，不辞辛苦千里迢迢赶了过来。

喜多婆婆看起来差不多有六十五岁，应该快到六十六了。也许是长年在古神家里工作的缘故，一点儿也看不到乡下人的那种粗俗和浅陋，无论相貌还是衣着都很有气质，整个人显得干净干练。

在铁之进和柳夫人面前，她听完直记从头至尾的介绍之后，相当平静地反问道："您的意思是说，守卫少爷将那个姓蜂屋的人给杀了，然后自己藏匿起来了，是吗？"

措辞相当的心平气和，不过在这种沉稳之下，却隐藏着某种说不清楚的、像冰水一般寒冷刺骨的反抗意识。

"嗯，算是吧。从目前的情况来看，的确是如此推测的。警察正在寻找守卫的下落。喜多，你说实话，守卫真的没有去你那里吗？"

喜多并没有正面回答直记的问题，她只是用冷冰冰的目光将在座的众人都恶狠狠地看了一番，隔了许久才用一种让人毛骨悚然的声音说道："这件事情肯定搞错了。守卫少爷不是那种敢于要人性命的人。其实真相正好相反，被害的人恰恰是他，而杀死他的凶手就是你、你、你，还有你。”喜多一边说着，一边依次指向铁之进、柳夫人、直记和八千代。看着喜多的举动，在那一瞬间，我分明感觉到一股恐惧从自己的内心深处涌出。

喜多说完之后，在座的每一个人似乎都被吓出了一身冷汗，全都沉默不语了。过了很久之后，直记才用一种厌恶的口气对她说道：“不许你说这种不着边际的话。难道你没听见吗，我刚才不都已经说清楚了嘛。在那具尸体的大腿上，有一处枪伤……正是凭借这一点，我们才最终确定死者就是那个叫蜂屋小市的画家……”

“我不同意你的说法。正是因为有你说的那个特征，我才敢说那具尸体一定是守卫。”

喜多婆婆相当镇定，镇定地连眉毛都不曾动过一下。她一字一句、极其铿锵有力地说道：“去年夏天，守卫少爷曾经拿着手枪当玩具玩，结果一不小心走了火，打到自己的大腿。我没记错，就是右边的大腿。要是让我看一眼那具尸体就好了，即便是没有脑袋，我也能一眼就辨识出来，那肯定就是守卫少爷……”

手枪的下落

喜多婆婆的一席话就好像在我们中间投下了一颗重磅炸弹，那种冲击力甚至比炸弹还要强烈。由于冲击力实在过于强烈，我感到自己全身上下的肌肉都僵硬了，疼得让人无法忍受。

喜多婆婆不怀好意地将在场的每一个人都恶狠狠地看了一遍，开口说道：“那个姓蜂屋的画家大腿上究竟有没有枪伤，我是不大清楚。我唯一清楚的就是，如果他腿上真的有伤的话，那事情就实在太奇怪了。同样是佝偻，在身体的同一部位有同样的伤痕……其中肯定有不为人知的秘密。是的，绝对如此。其中肯定有某种可怕的、用心险恶的企图，而这一企图的策划者们就是……”说到这里，喜多婆婆再一次伸出那根细长的、骨瘦如柴的手指，依次指向了铁之进、柳夫人，接下来是直记和八千代，“而这一企图的策划者们你、你、你，还有你，就是你们。”

虽然遭到了来自喜多婆婆的大声痛骂，而且已经是第二次了，但是在场的几个人当中，却没有一个人打算为自己辩解，哪怕是半句也没有。

一方面可能是由于喜多曝光的内容实在是太让人感到意外了，另一方面或许是因为在场的众人都被她的气魄所压倒，所以没有一个人敢站出来说话，似乎全都失去了为自己抗辩的勇气。

铁之进有点儿被吓破了胆的样子，眼睛瞪得溜圆。虽然已经上了年纪，不过那厚实的胸膛依然在敞着怀的衣襟底下急促地起伏。直记正在努力地调整自己，他试图令自己保持平静，但是却没能成功，嘴唇就好像是痉挛似的，不停地抖动着。八千代则早已经面如土色了。她魂不守舍、精神恍惚，眼中毫无光泽，一片混浊。柳夫人平素总是一副一本正经的样子，然而面对今天的这种架势，她也不由得皱起了眉头，紧咬着双唇。

“我说喜多，”我好不容易才从震惊中恢复过来，清了清嗓子说道，“你说的都是真的吗？在守卫的大腿上有一处手枪走火留下来的伤痕，这是真的吗？”

说完我将膝盖稍稍往前挪了挪，而喜多则依旧冷冰冰地、尖锐且凶狠地看着我。

"你究竟是什么人？你跟古神家族究竟是什么关系？"

"我跟直记是朋友。我们俩从上学的时候就认识了。"

好像是在嘲笑我似的，喜多婆婆哼哼了两声，皱纹全都跑到了鼻头上。接下来，她用一种不怀好意的眼神目不转睛地盯着我，隔了许久之后，才终于用可怕的声调回答我说道："既然你说自己是直记的朋友，那估计你也不是什么像样的人物了。而且想来你也不可能是什么好人。他们干的坏事，你也参与了吧？你是不是他们的帮凶？"

对于她的诘难，我的确有些无地自容。然而，我却没有一丝愤怒之情。眼前的喜多作为一个上了年纪的老婆子，盲目地疼爱着守卫，应该说也是人之常情。对于这次守卫身上发生的离奇事件，喜多在某种程度上已经快要发疯了。如果说可怜的话，她是最可怜的人。

"关于我的事，随你怎么说都行。现在最重要的是守卫。守卫身上真的有那么一处伤痕吗？"

被我这么再次追问之后，喜多显然有些愤怒了，她提高声调，大声说道："我为什么要说谎？你能给我一个理由吗？请你告诉我，我为什么要对你们众人撒谎？刚才我已经说过了，守卫少爷去年夏天拿着手枪当玩具玩，一不小心走火了，子弹便射了出来，打到了大腿上面。差不多就是这个地方，那个伤痕就在……"

喜多稍稍将膝盖往两边分了分，从和服外面指了指自己的大腿。所指的地方的的确确与那具尸体上的伤痕位置完全一致。

"但是……但是……"直记好像终于缓过神来了。他舔了舔干裂的嘴唇，朝前迈出一步，“为什么我们以前一直不知道这件事情？为什么你直到今天才说？为什么出了这么大的事情，我们竟然没有发现过一丝一毫的迹象？”

“那是因为我故意不想把事情告诉你们。守卫少爷拥有那把手枪并没有经过上面的审批，所以觉得一旦被你们知道的话，指不定你们会怎么责难他呢。经过一番思考之后，我和守卫商量了一下，决定这件事情对谁都不说。你们要是觉得我在说假话的话，可以去问问内藤医生，就是他帮守卫把大腿里面的子弹取了出来，又照顾了一段时间……”

“这么一说，去年夏天守卫确实有一段时间脚好像有点儿跛。”柳夫人从旁插话道。她已恢复了以前那种一本正经的样子，“我当时还问过他，说腿是不是出了什么毛病。他回答我说，没多大事情，只是脚脖子崴了一下。而且他还让我看了看脚脖子，上面确实缠着绷带。要是这么说的话，那个时候他……”

“是的，那个时候他肯定觉得，要是自己的伤势被你们发现的话，真不知道又会发生什么不可预测的事情，所以最后他决定在脚踝上缠上绷带，想就此糊弄过去。”

“我想问一下，守卫究竟是因为什么，才会在身边带一把手枪的呢？”直记向喜多询问道，声音显得有些恍惚。那声音好像在告诉人们，虽说他的嘴上在问问题，但是脑子里其实正在考虑别的事情。

喜多婆婆紧紧地盯着直记的脸，凝视着他回答道：“这个问题嘛，他表面说是因为害怕附近有强盗出没，但是依照现在的情况来看，或许在他的心里，其实有比强盗更加令他感到害怕的人存在。是的，就是这么回事，的确有比强盗更加可怕的人存在。而且守卫心里面非常清楚，这些人就和自己住在同一个屋檐下。如果知道了他心里所想的，我就不会从他手里面没收那把手枪了。”

“那把手枪什么样子？是什么型号？”

“是什么型号？像我这种上了年纪的人，对于手枪型号之类的，你觉得我有可能懂吗？我能知道的就是，那把手枪可以用一只手完全握住，不是太大，看起来很是小巧玲珑。守卫他当时好像告诉我说，是一把专供女士用的手枪……”

“后来呢，你没收那把手枪之后，发生了什么事情？”我迫不及待地追问道。

“没收之后，我把那把手枪藏到了自己的房间里，放在大衣柜的抽屉中。不过后来……”

“不过后来……”

“过了好长一段时间之后，我才发现不知什么时候手枪已经不见踪影了。我一想，弄不好是守卫少爷拿走的。我便问他到底是不是他拿的，结果他告诉我说不清楚是怎么回事。不管发生了什么事情，就算他对全世界的人撒谎，他也不会不跟我说实话。所以我认为，偷走手枪的一定另有其人。而且我敢断定，那个偷枪的人，肯定就在你们四个人当中。或许是你，或许是你，或许是你，也有可能就是你……反正就是四个人当中的某一个。”喜多又伸出了那细长的、好像是梳齿一般的手指，指着四个人的鼻子大声斥责。就在那一瞬间，我感觉到了世界上最为恐怖的气氛，那种恐怖的程度简直超越了人的想象，我不禁全身打了个冷战。

去年秋天，八千代在鲜花夜总会袭击蜂屋小市的武器也是一把手枪，莫非两次事件是同一把手枪惹的祸？无论怎么混乱的时代，或者说无论怎么放荡不羁的女人，像八千代这样的年轻姑娘，也没有办法随随便便弄到一把手枪。从喜多婆婆大衣柜的抽屉里将手枪偷出来的那个人，莫非就是八千代？

然而，如果真的如我想象的话，那究竟会是怎么一回事呢？守卫和蜂屋两个人，如果把脑袋砍掉，身上的特征实在是太相像了，像到几乎没有办法识别的程度。同样是佝偻的体形，在几乎同样的位置，被同一把手枪袭击，留下同样的伤痕。整件事情就是这个样子。

这难道真的是巧合吗？还是说在偶然之外，有着某种可怕的、人为制造的企图？弄不好，可能就连八千代在鲜花夜总会里面袭击蜂屋小市这件事都是计划出来的，不过是本次事件的前奏罢了。真的会是这样吗？

我被某种描述不出来的、不可思议的神秘妖气一下子击中了。我感到阵阵鬼魅之气向我袭来，令人毛骨悚然。我不由得条件反射地向后退了退，好像是要寻找什么东西似的，我偷偷地看了看八千代。

直记肯定考虑的是同样的问题。他的眼神极其恐怖，直勾勾地从侧面凝视着八千代。

可是在八千代的脸上却几乎看不到任何感情波动。她似乎依然处在精神恍惚之中，瞪着一双空虚落寞的眼睛，呆呆地望着远方，但却看不出来她在望着什么。冰冷刺骨的、让人心理失常的妖魅之气正缠绕着她美丽的肩膀，吞噬着她的心性。

喜多婆婆眼神狡黠，她始终在试探着什么，关注着我们的脸色变化，过了好久终于不显山不露水地微微一笑，开口说道："说实话，你们这些人现在心里正在想什么，我的确不大清楚。不过，你们毕竟是你们，无论想什么，反正都不可能是什么好事。好事也罢，坏事也罢，你们爱怎么想就怎么想。铁之进，先跟你说一声，我估计得在这里住上一段时间。我要用这双老眼看看，到底是谁杀了守卫，凶手不出现我决不罢休。从现在开始，我哪里也不去了，就在这里等。铁之进，你看这样行吗？”

我回过头来看了看铁之进，想听听他对于喜多的话究竟会做出怎样的回答。没想到的是，铁之进的回答竟然出奇地平静。

“这个嘛，当然可以了。你想待到什么时候就待到什么时候。至于被杀的究竟是那个笨拙的画家还是咱家的守卫，你尽可以用你那双眼睛去判断。要是知道凶手是谁的话，千万得告诉我们。这样一来，我也就安心了。哈哈哈。”说到最后，铁之进大声笑了笑，然而那笑声却极其不自然，像是故意挤出来的似的。

夜行之人

喜多婆婆的出现，以及她那番爆炸性的证词，好像不仅仅让我们感到胆战心惊，也使得前来侦破案件的警察们极度紧张。

泽田警官知道这些证词之后，急急忙忙赶了过来，整个人的神情为之大变。于是，我们一个一个又被叫到了他的面前，重新接受没完没了的讯问。不过，在这种情势之下，无论他们问多少遍，或者说无论他们怎么怀疑我们，最终也是无济于事。

对于在守卫的大腿上也有一处那样的伤痕的事情，我们就连做梦也不可能想到。要是事先知道这一点的话，那么在检查尸体的时候，我们一定会更加谨慎地去判断，而且也肯定会提醒警察注意这一细节。

但是我觉得，即便是守卫本人可能也不知道有人竟会和自己一样，在身体的同一部位有相同的伤痕吧。大腿上有伤痕——而且也是枪伤。我们仅凭这一点便断定死者是蜂屋。对于伤痕的具体特征，以及详细位置等，都没有能够充分地注意。我觉得，这完全不应该归咎于我们俩。

警察们直到现在还一个劲儿地抱怨，说不应该那么草率就把尸体火化了。不过有一点倒是值得庆幸的，即尸体照片全都保存了下来。作为能够显示尸体特征的唯一线索，那一处枪伤也被放大之后收到了照片里。

警察们又重新拿着照片分别向蜂屋被袭击之后，住院治疗时主要负责其医治事宜的医生，以及守卫受伤时担任其主治医师的内藤医生展示，向他们两人询问相关情况。根据报纸上面的报道来看，这方面的尝试好像并没有取得什么特别令人满意的结果。不管怎么样，毕竟都是半年前的事情了，甚至不止半年，再加上医院或诊所不可能为每一位患者的患部都拍照留底，所以两位医生的记忆都不是太清楚，而且他们好像也都尽量避免做出明确的判断。从两位医生不约而同的模棱两可的态度判断，蜂屋和守卫的伤痕的位置应该极其相似，而且性质也应该极其相似。

唯一值得一提的只有喜多婆婆的表现。看到照片的第一眼，她便立即坚定地表示，照片上的人就是守卫。她坚持认为，无论是从佝偻的形体，还是那处大腿上的伤来看，毫无疑问是守卫，似乎没有一丁点儿退让的余地。

喜多的说法让警察们犯了难，究竟是信还是不信，真的不好判断。喜多由于对守卫的感情实在太深，所以非常恨仙石父子、柳夫人和八千代，因此只要是对他们不利，无论怎么虚妄无稽的证词她都说得出来。而且说句实话，守卫和蜂屋两人佝偻的体形特征的的确确非常相似。关于这一点，不仅是我们这么说，就连家里面的用人们也都可以证明。

除此之外，即便是对于最能证明尸体是守卫的确切证据——伤痕的特征（喜多因此一直坚持认定自己的判断是正确的），究竟喜多的记忆准不准确，她说的话是不是确实，实际上也有待证实。那一伤处，一般来说，没有人会随随便便让医生之外的其他人看见。作为主人的守卫和作为用人的喜多，两人之间的关系就算是再交心，守卫也不会频繁让喜多看到伤口，而喜多也不会总是去看。更何况，守卫伤愈以后，即便是喜多婆婆，也几乎不可能再有机会观察那处伤口吧。

所以说，要想一下子就确定那具尸体是蜂屋，应该说是不大可能的。但是，话又说回来，如果鲁莽地断定尸体是守卫，也是很危险的。最后的结局就是，那具尸体既没有办法断定是蜂屋，也不敢就此断定是守卫。判断来判断去，有伤痕和没伤痕，其结果都是一样的。

警察那方面对于这一意外的进展究竟是持什么样的态度，我现在还弄不大清楚。不过，自从这件事情以后，对整个案件的调查处理越来越谨小慎微了，却是我们一致的感觉。泽田警官在对我们进行讯问的时候，总是想从我们回答的背后找出另外一层意味，对我们的怀疑程度也在一步步地加深。这一点我们可以分明地感觉出来。

"我讨厌这个样子。我现在很害怕。我不想再待在这个家里面了。"

事情发生在喜多婆婆出现之后的第三天。好不容易从警察们的眼皮子底下溜了出来，我和直记、八千代在西式餐厅里面喝茶。八千代冷不丁地说出了这么一句话，同时哐啷一声将咖啡杯摔在了小碟子上。我和直记被她的举动吓了一跳，都回过头来望着她。

八千代做出了一副想要和从心底升腾而起的恐惧感来个生死对决的样子，脑袋左右猛烈地摇晃着，两三下之后，终于用一双无神的眼睛看着我们开口说道："嗯，警察始终在怀疑我。不，不仅仅是警察，就连你也怀疑我，还有你也是……"

那表情就跟喜多婆婆一模一样，她注视着我和直记，接着说道："就连你们两个人也在怀疑我。我知道，你们想瞒着我，不想让我看出来，但是我还是看出来了。在你们眼里，我简直就好像是塞在牙缝里的食物残渣一样，怎么看都不顺眼。这两三天以来，你们难道不是在用这种眼神看着我的吗？你们的表情让我觉得，你们好像有什么事情要问我似的，但是当我回看你们的时候，你们却又立刻将目光转移开了。啊，受不了了，我实在是受不了了。"

八千代的话说得一点儿都没错。我自己也清楚地知道，最近一段时间以来，我甚至不敢正视八千代的眼睛。自从喜多婆婆说出了那一番可怕的言论之后，一直存留在我心里的疑问随着时间的流逝日益加深。八千代和整个事件之间一定存在着某种密切的联系。如果说没有关系的话，那么在鲜花夜总会里面发生的那件事情是无论如何都没有办法解释清楚的。那件事情虽然相对比较微小，但是绝对不能用所谓由于八千代一时酒醉而突然发生的狂暴事件来解释。从那件事情开始，就已经定下了本次事件最根本的基调。八千代应该不会是整个事件的策划者。但是，她有可能是策划者的同谋，或者是成了策划者的某种工具。这方面的嫌疑她是绝对排除不了的。

我特别希望直记能够替我好好地向她询问一下。然而，可以明显感觉到的是，不知道什么缘故，直记好像特别害怕面对这样的情况，最近一段时间以来，他总是故意躲着八千代。不过，即便如此，在八千代没有察觉到的时候，直记的眼睛会一直盯着她，而且充满了一种近似于杀气的、让人觉得不寒而栗的高涨情绪……

“我说吧，你们……你们又在用那种眼神看着我……要是你们真的那么怀疑我的话，为什么不大声说出来，为什么不直接问我？你们为什么不能坦率地将你们心中的疑惑表达出来？我讨厌别人整天不声不响地用一种怀疑的眼光注视着自己。我的天哪，受不了了，实在受不了了，我实在是受不了了。”

“千代……”直记好像是劝慰八千代似的，压低了声音说道。不仅声音低沉，而且有种如鲠在喉的感觉。

“这个时候大声说话可不行啊，千万不能太过激动。你难道不知道什么叫作隔墙有耳吗？现如今，在这个家里面，到处都有竖起来的耳朵呢。哈哈哈。”

直记像是在自我解嘲一般，从嗓子的最深处发出轻笑，然后便急忙将身体朝前移动了一下。

“要是那么说的话，那我可就问了。千代，我想问的，就是关于鲜花夜总会的那件事。”

听了直记的问话，八千代的整个身体不禁惊悚得颤抖起来。

“那件事究竟是偶然发生的，还是从一开始起，就存在着某种类似于阴谋的成分？”

八千代两眼失神，精神完全处于恍惚的状态。她呆呆地望着不知名的远方，过了许久之后，终于将视线转移到了直记身上。

“关于那件事情，我也不大清楚究竟是怎么回事。不过，事情发展到今天，仔细想一想的话，应该说不像是偶然。整件事情看起来像是计划好了的，可以追寻到某种既定的线索。”

“千代，你这话是什么意思？袭击蜂屋小市的人，不就是你本人吗？”

“是的。袭击蜂屋的那个人就是我……”

“既然是你，那你为什么还会说出这种含糊不清的话？”

“我已经说了呀，就连我自己也不太清楚究竟是怎么一回事。”

八千代的声音茫然不知所措。听起来让人觉得好像说话的人还在沉睡，还没有从睡梦之中醒过来。

“什么叫不太清楚？是怎么回事？我说千代，你到底在说些什么啊？”直记在不知不觉当中逐渐提高了说话的声调。不过，好像是发现了自己的声音变化，他降低声调说道，“你听我说，千代，关于那件事情，你依然有些东西到现在都还瞒着我。我说得对吧？要是真的这样的话，我们的谈话大概只能到这一步了。告诉我，究竟为什么会发生那件事情？”

八千代依旧保持着刚才的状态，两眼无光地注视着直记。如果从旁观者的角度来看的话，她现在似乎内心很平静。然而，实际上，此时此刻的她却是极其苦闷不堪的，这一点从她放在膝盖旁边的手的动作便可得知。那两只手一直在不停地搓揉着手绢，简直快要将那手绢扯成碎片。

隔了好一会儿，她终于平淡地述说起来。

“我那天从一个人的口中听到消息，说我肯定会在当天遇到一个佝偻。而且还说，那个佝偻就是前一段时间我收到的那封信里面的那张照片上的人，也就是那个脑袋被剪下来的人将会过来见我。听到这些话之后，我简直都气疯了，浑身不停地颤抖起来。于是我便情不自禁地随口说道，我要杀了他，我要杀了他。听我这么说，那个人跟我说，你可千万不能把他杀了。杀了他之后，事情肯定会很麻烦，而是应该想个办法教训教训他，比方说在他身上留下点儿什么印记之类的。你给他右边大腿来上一枪……说完这些话之后，那个人便掏出了一把手枪递给我。”

我和直记不禁相互看了对方一眼。

“你说的那个人究竟是谁？那个给你枪的人是……”

八千代沉默着，没有说任何话，无神的目光依旧在无助地游移着。

“八千代，那个给你枪的人，不可能是守卫吧……”

八千代依旧默不作声。过了好久，她才终于轻轻地点了点头，默认了我们的说法。我和直记再一次看了看对方。我忽然感觉到，在自己的内心深处，一种莫可名状的恐惧感在一步步地向上攀爬，几乎呼之欲出了。

“千代，你以前知道守卫大腿上有那么一处伤痕吗？”

八千代轻轻摇了摇头，说道：“这还用说吗？我肯定不可能知道。我说直记，你不也是在听了喜多婆婆的说明之后，才知道有这么一件事的？就连你都不知道的事情，你觉得我有可能知道吗？我想你也清楚，虽然我们跟守卫生活在同一个屋檐下，但是实际上我们之间几乎就是陌路。所以当守卫跟我说，要在蜂屋的大腿上来上一枪的时候，我根本就没想过他的话里还可能存在某种特殊的含意。至于后来的事情，我觉得也只不过是恰巧印证了守卫的那些诅咒罢了……”

直记直勾勾地盯着八千代的脸，但始终压抑着自己，没有说出一句话。过了许久之后，他才将身体朝前面靠了靠，说道：“千代，根据你刚才说的那些话，也就是说，守卫那个时候已经知道了那三封奇怪的信件以及照片的事情了。是这个意思吗？”

“嗯，他知道的。是我告诉他的。”

直到现在，我也忘不了直记听到这句话的瞬间脸上的表情。在他的脸上，嫉妒与怨恨纠结在一起，神情之恐怖世所罕见。那是一团熊熊燃烧着的火焰，闪耀着炽热的光。

不难看出，一直以来，他都以为只有自己一个人知道八千代的秘密，并且因此而感到丝丝的快慰和骄傲。然而，从八千代的角度来说，值得信赖并且愿意将自己的秘密以实相告的人，并非只有直记一个。

甚至连直记最看不上眼的守卫都能够从八千代的嘴里享受到那些秘密。要说起来，直记的眼神中会流露出近乎狂乱的嫉妒，也是在所难免的。

不过，八千代对于直记此时的心理变化似乎并没有任何察觉。她只是忽然间害怕起来，眼神中充满了恐惧地说道：“事到如今，警察肯定会重新调查鲜花夜总会那件事情。他们肯定会察觉到，蜂屋小市遭袭事件，绝对不是某个醉酒女郎突然耍起酒疯来所能做出的事情。如此一来，他们一定会接着追踪那个女人，追踪的结果自然就是把我给找出来。天哪，我到底该怎么办才好？我不能再在这个家里面待下去了。我要逃走。我逃走之后，看他们还怎么抓我。”

也许正是因为她是一个放浪不羁的女人的缘故，她才会对自己的身家性命受到威胁感到如此恐惧，甚至比平常人表现得更加激烈。八千代趴在了桌子上，蜷缩着身体，大哭起来。就在这个时候，只见直记忽然站起来，隔着桌子往前探了探身，在八千代的耳边小声地耳语了几句。

听完直记的话，八千代像是被人打了一巴掌似的，刷地一下子站起身来，回过头朝门口看了几眼。她的脸色变得越来越苍白，渐渐地仿佛变成了一张惨白的纸。

在门口，喜多婆婆犹如一尊石像一般，正面无表情地站在那里。然而，就在她那毫无表情的眉毛之下，我能够感受到的，是复仇者的憎恶，黑洞洞的，看不清其中究竟隐藏着多少仇恨。

那些在常人看来相当意外并且极其诡异的情况，我是在那天晚上才发现的。

那天晚上，我怎么也无法入睡。八千代那些不可思议的告白，就如同耳鸣一般，在我的脑海当中不停地回响，它们敲击着我的脑细胞，哐当哐当，每一个都不放过。我在床上一会儿翻过来，一会儿掉过去，任凭怎样努力入睡就是睡不着，心里越是急躁，精神反倒却越清醒。到了最后，我甚至觉得屋里的空气越来越沉重，令我几乎快要喘不过气来。

最后，我走出了自己的房间，顺着楼梯走下楼。沿着这之前与直记一起走过的那条门廊，我来到了庭院当中。之所以会下来，是因为我觉得可能在院子里面散散步之后，那些萦绕在我耳边的蜂鸣声或许自然就会减轻。

月亮已经西沉，不过即便如此，院子里面还是很明亮。不知不觉中，我走到了水池旁边。就在这个地方，铁之进曾经挥舞着那把锋利的妖刀，追着蜂屋围着池子乱跑。

现在想想，整件事情真的是太不可思议了。不管被杀害的那个人是蜂屋也好，抑或是守卫也罢，一个人被杀害，另一个人应该还在啊。现如今，那另一个剩下来的人怎么样了呢？无论他们两人当中谁是凶手，他们那副让人看上一眼就不会忘记的身材肯定是不可能改变的，所以要想一直藏匿起来实际上很难做到。究竟这个人——蜂屋也好，守卫也罢，他跑到什么地方去了呢？

想到这些之后，我忽然一下子害怕起来，就势停在了原地不敢动弹。站了好久之后，我才又重新开始走动。

心脏扑腾扑腾地跳个不停，就连呼吸也变得越来越困难。即便是现在回想起来，也有一种想要呕吐的感觉。

那个时候，我的脑海当中忽然出现了一种相当古怪的想法。弄不好这两个人当中，有一个根本就不是真的佝偻。也就是说，守卫和蜂屋两个人当中，有一个人其实是经过精心伪装化身佝偻的。只不过，守卫从小就是佝偻的事情，肯定没有一丝一毫的怀疑余地。直记和八千代从小和他一起长大，一起生活，他应该不可能伪装那么长时间，把他们俩都给骗过吧。

问题在于，蜂屋会怎么样呢？

关于蜂屋的情况，我一点儿也不了解。总的说来，像蜂屋这样的人，作为战后雨后春笋一般出现的人物，基本上没有人知道他们以前的经历究竟如何。人们只知道这家伙是一个新派画家，专门画一些风格奇特的画。除此之外，没有人知道他战前过着怎样的生活，完全没有人知道。关于这一点，我其实询问过一些人。他们告诉我说，蜂屋因为知道自己身体的丑陋，所以绝对不会让人见到自己洗澡时的样子。还有一种说法是，即便是与他关系相当密切的女人，他也不曾让她们看到过自己的裸体云云。

我忽然感觉到一阵恐惧涌上心头。一瞬间，我感觉自己的身体就像是被煮似的急剧升温。然而就在下一个瞬间，又突然变得冰冷刺骨，冻得说不出话来。

就是在这个时候，我听到了轻轻的脚步声。

我害怕得耳朵都竖了起来，回头望去，水池对面有一个人正在一点点地向我这边走过来。此人全身沐浴着朦朦胧胧的月光，脚步飘飘然，就好像走在云彩上一般，离我越来越近。从此人走路的样子来看，我立即联想到了前一段时间某个晚上的八千代。然而，来人却不是八千代。随着来人离我越来越近，可以清楚地看到，那应该是个男人。法兰绒的睡衣上面系着一条细长的腰带，敞着怀，露出了可怕的胸膛……奇怪了，那不是直记的父亲铁之进吗？

铁之进迈着他那飘飘然的步子，继续朝我这边走了过来。他恍惚地看着正前方，丝毫没有用余光观察两边的迹象。此时他已经走到了我面前，只相距三尺左右了。不过，即便如此，他也丝毫没有觉察到我的存在。

我的心脏开始剧烈地跳动起来，全身上下往外冒汗，黏黏糊糊的，感觉既恶心又害怕。我忽然换了个方位，径直站到他面前，接着便伸出双手，在他眼前轻轻地挥舞起来。然而，面对我的举动，铁之进只是稍稍调整步伐，放缓了一些而已，随后便立即重新开始飘飘然地走动起来。那走路的姿态就好像是踩着云彩一般，软软的，轻轻的……

这究竟是怎么一回事？仙石铁之进，原来他也是梦游症患者！

脑袋

看到眼前的情景，我才想起来之前的一件事情。直记有一个心结一直解不开。他很想弄明白，究竟八千代是不是铁之进的孩子。这就是他烦恼不已的原因所在。

梦游症不是一般的病症，不是说这个人可能会有，那个人也可能会有。在一个家族里出现两个梦游症患者这种事情，如果情况属实的话，那么这两个人之间应该存在着某种遗传性的关联吧……身边的人会有如此的怀疑，也是自然而然的事情。直记心里面清楚，自己的父亲的确患有梦游症。关于这一点，从前段时间蜂屋（或者是守卫）的尸体被发现之后，他对父亲提出的问题上，便可以猜出个八九不离十了。当时直记一会儿问父亲昨天晚上睡得好不好，一会儿又问是不是一直和柳夫人待在一起。总之，看起来他对于父亲还是相当上心。

那个时候的我没有能够完全领会那些问题的含意，反而还觉得有些莫名其妙，为什么他会提出来那种问题呢？依照现在的情况看，当时的直记其实很是担心，他担心父亲的梦游症可能再次发作，并且在发病的时候干出那些令人发指的暴行。

而从铁之进的角度来看，对于儿子的不安想法，他肯定早就知道了。只是在当时那种情况下，即便是他自己，对自己干过什么都没有多大的信心，所以才会表现出战战兢兢的样子。

那件凶杀案难道真的是铁之进在梦游状态下犯下的吗？这个问题暂且放到一边不说，现如今就在我的眼前便站着一位梦游症患者。八千代和眼前的这个人有着同样的病症。而且作为八千代的亲生母亲，柳夫人这个人一直名声不大好，有许多关于她品行的风言风语，更不要说现如今她已经公然成了铁之进的女人。直记认为八千代是自己父亲的孩子的想法，也不是没有道理，或许这一切真的是确有其事吧。

围绕着古神家族的不道德的种种，就好像是一片深不见底的泥沼。对于这一切，我既感到可怕至极，又觉得有种无法描述的恶心感。今天晚上，铁之进又犯病了，这个梦游病患者究竟要去往哪里呢？

铁之进围绕着水池飘飘悠悠地转圈。一点儿都没错，那种走路的步伐，和我之前看到过的八千代走路的步伐简直是一模一样。脸庞微微向上仰起，两只手则稍稍向后面伸出，就好像是走在云彩上面一般……想来这些都是梦游症患者典型的特征吧。

铁之进绕着水池走了几圈之后，向院子里走去。透过稀稀拉拉的一片树林，能够看到对面的西式建筑。铁之进应该是朝着那个方向走去的吧。如果真是这样的话，那么前一段时间的那件凶案差不多就是铁之进干的了。一想到这一点，我不禁从心底感觉到一阵冰冷刺骨的恐惧。不过，虽然如此，我的眼睛却一刻也不敢从他身上离开，始终注视着他的背影。

这一夜，天上挂着朦朦胧胧的月亮。微风柔柔的，轻轻地吹拂着铁之进的衣服下摆。不知从何处传来了阵阵猫头鹰的叫声，好像是在祈雨一般，听得人心里瘆得慌。

铁之进始终保持那种姿势，飘飘然地继续走着。好奇怪啊，这么一来的话，那他所干的那件事情，就不会是在西式建筑里发生了。他到底是要往什么地方去呢？

当然，在梦游症患者发病期间，他们的行为会不会像平常人一样，有着一定的目的，或者有着某种意识，我自然无法知道。然而，既然做梦是在潜意识的状态下发生的，那么作为某种愿望的表现，即便在梦游的过程当中，也必定存在一种不断引诱他们的动机才对。也就是说，要是铁之进路过西式建筑而不入，反而朝着更远更深处走过去的话，那么那个地方肯定有某个让他始终记挂在心的东西存在。究竟会是什么样的东西呢？

西式建筑背面原本好像是一片草坪，然而现如今杂草却在草坪间生根发芽，肆无忌惮地到处蔓延，就好像是在自己的领地一般。

到底是季节到了，杂草也终于恢复了一片春意盎然的景象，甚至让人感觉到了夏天的气息。

在这一片杂草对面，便是武藏野的原生树林，和井头公园里面相似的杉树高高地耸立在那里。在这一片原生树林的包围下，涌水池泛着黑灰色的暗光。铁之进穿过杂草之后，朝着原生树林走了过去。

有一句谚语，叫作酒醉人不醉。意思是说，人在酒喝多了的时候，反倒不会轻易受伤，或者说受伤很轻。其原因就在于，当人处于酩酊大醉状态的时候，其实仍然有一条本能的理性之绳悬在那里。

当酒醒之后，人们可能怎么也想不起来，并且还会觉得奇怪，自己究竟是怎么样才安全无事地回到家中的。其实很简单，在他们睡着的时候，他们的记忆也随之一起失去了。

在我想来，梦游应该与此是同样的原理吧。在其他人看起来，梦游症患者走起路来飘飘然，简直是太危险了。但是实际上，在他们的行为背后，应该有着某种所谓的梦游症的理性在发挥着作用吧，而这种理性也会随着人的清醒一同消失。换句话说，梦游症患者应该可以定义为一种同时具备双重人格的人。

先不管这些了。铁之进还是依然如前，飘飘然地接着往树林里走去。前面也说过了，杂草现在还没有完全长出来，低矮的灌木却一片一片长得很是茂盛。铁之进穿过一片片的灌木丛，轻飘飘软绵绵地，像浮在上面似的。树木之间，月影婆娑，映照着他白色的睡衣，睡衣上留下了一个个奇异的斑点，像是染上去的一样。

铁之进终于穿过了那片树林，朝着水池边走去。

我来到这个家族宅邸的时间并不是太长，而且正好又碰上了那样的事情，所以行动受到了诸多制约。可以说，走到这样一个偏僻的地方还真是头一次。我向涌水池的方向看了一眼，那里的景色极其美丽。在不知不觉间，我已经被眼前的美景所陶醉了。当然了，要是从规模大小来说的话，涌水池和井头那边是不能比的。甚至比善福寺里那个水池的面积都要小得多。不过，要是从幽静程度考虑的话，那绝对是远远超过前面二者。围绕着涌水池的是一片杉树林。杉树之间树枝相互交叉，伸在了半空中。正是这个原因，涌水池的半个水面上出现了一片淡淡的阴影，而另一半则在朦朦胧胧的月色映照之下，幻化成了一张日本画的画布，闪烁着丝绸般的光泽。

走到这片区域之后，铁之进的脚步渐渐变得缓慢了许多。他好像在思索着什么问题似的，歪着脑袋，慢慢腾腾地走向了涌水池边。

在他的光脚之下，沙地传来了一阵阵吱吱的声音。

那件能够紧紧抓住铁之进心神的东西，应该就在涌水池里。之所以敢这么说，证据就在于，他的眼睛连一刻都不曾离开过池面。铁之进始终注视着水面，似乎在深思着什么。他仍然在走动着。一会儿工夫，他就将整个水池转了半圈左右。走着走着，他一下子停在了原地。他要考虑事情，要花很长时间考虑某件事情。他正在思索着什么，我自然没有办法知晓。也刚好不凑巧，他所站的位置，正好位于杉树的树影之下，所以我几乎看不清楚他目前的身姿，更不要说他脸上的表情了。

过了一会儿，又过了一会儿……

隐藏在他身后的我，心脏就好像是在敲着一口大钟似的，怦怦怦地跳个不停。感觉十分干渴，止不住地想要舔嘴唇。

弄不好的话，或许会一直这样，而结果就是什么事情都不会发生。但同时也有另外一种可能性存在，也许要不了多久，便会发生一件惊天动地的大事。我开始紧张起来，就好像全身上下插满钢针一般，而我此时的神经也快要变成锋利的剃须刀，尖锐到了极点。

突然，好像是鲤鱼跳动了一下。只听见清脆的扑通一声，水纹应声而起。它时而明亮时而灰暗，缓缓地在月光下呈现出一道道纹理，晃晃悠悠地四散开去。

铁之进那处在睡眠状态之中的大脑袋好像是被刚才的那水声给惊了一下似的，他的身体再次开始活动起来。迈出第一步之后，他便缓步向前走去。走着走着，正好走到了水池的最上方。

涌水池的形状像是一只葫芦，中间细，两头粗，而就在葫芦颈那一端，还有一个相对较小的水塘。

小水塘大概只有五到十坪左右。将两块水塘隔开的，是一座小巧玲珑的砖桥。

此时的铁之进已经站到了砖桥上，他又恢复了刚才一动不动的状态。眼睛像是被人用钉子钉住了似的，直勾勾地望着小水池。在这个寂静的夜里，此时此刻只能听见流水哗哗地穿桥而过。

也正是在这个时候，我第一次注意到一件事。小池子原来就是所谓的涌水池。从那里涌出来的泉水，穿过砖桥，一波又一波地流向一桥之隔的大水池。

铁之进陷入了深深的沉思，一直紧紧地盯着眼前的涌水池。过了好久，他终于好像是想到了什么事情，转过身来折回到桥头。他一点儿也不担心衣服下摆被沾湿，而是哗啦哗啦地朝着水池的中央走了过去。

涌水池的水相当浅，就连成人的膝盖都没有漫过。在水池底部，铺着一层漂亮的人造沙。

铁之进还在朝着涌水池的最里面走去。那里有个大约一丈高的假山。在假山底部，五六块体积差不多、对人而言不大不小的石头重叠在一起。池水就是从这几块石头中间喷涌而出的。

铁之进把那些石头一块一块都搬到了旁边，好像还在试探着石头下面的情况。

我的心脏又开始了新的一轮悸动。我唯一能够感受到的是，这颗心脏马上就要穿破胸腔，喷发而出了。铁之进他究竟在做什么啊？他把石头都移到了旁边，似乎是想要从石头下面寻找某件东西。

忽然间，我听到铁之进轻笑几声。虽说是他无意发出的细微的声音，但是我由于实在是过于紧张，竟感觉到了一阵耳鸣般的声音。

或许根本就没有任何声音，只是自己产生了幻觉，觉得周围有声音罢了。

不管怎么样，刚才的那个声音就当是从铁之进嘴里发出来的吧。就在我为自己的想法寻找根据的时候，铁之进却扑通一声将原本举在手里面的石头一下子扔进了水里，接着猛地挺起身来，哗啦哗啦地穿过水池，回过头朝着我这边走了过来。我赶忙又往暗处藏了藏。

和之前一样，铁之进走路的姿势依然是轻飘飘的。他并没有发现躲藏在暗处的我，只顾着自己如踩着云彩一般，径直从我面前走过。就在他从我眼前一闪而过的时候，我偷偷地瞄了他一眼，但在他的脸上却看不见任何的表情。

漫无目的的空虚眼神，微微张开的两片嘴唇——这就是梦游症患者最典型的，也是特有的、让人感到无尽空虚的表情。除此之外，再也找不到同样的神情了。

铁之进很快便飘飘悠悠地穿过了树林，不一会儿便不见踪迹了。

一直等到再也看不见他的身影之后，我才从暗处走了出来。铁之进刚才到底干了些什么？好奇心驱使我不得不去一探究竟。强烈的冲动从身后将我向前推。我从砖桥的桥头走到了水池当中。从水池的底部时时喷涌出来的新水，就好像是要将我的双脚剁碎一般，让我觉得疼痛难忍。可是此时的我已经完全成了好奇心的俘虏。对于疼痛其实也是事情过去之后，才在不知不觉中回忆起来的。

我继续向前，趟过水池，走到了假山底部，然后将刚才铁之进搬过的那些石头一个一个都试着也搬了一遍。石头上面长满了青苔，湿湿的，滑滑的，摸起来有点儿恶心。第一块、第二块，就在我搬开第三块石头的时候，我觉得自己的身体也快要变成石头了。全身的血管都被冻僵了，我简直正处在一座冰窖之中。全身的肌肉已经变得硬挺僵直，就好像是突然抽筋了似的。事情过了之后再去想一想，觉得那个时候的自己可能就连呼吸都差不多忘得一干二净。

石头底下是一颗人脑袋，在水里仰面朝天。那两只瞪得大大的眼睛，似乎正在黑暗的夜色当中，死死地盯着我不放。

面对着这极其恐怖的景象，就在这一瞬间，我肯定早就失去了神志。然而，又不知是因为什么，偏偏觉得这样的场景自己好像以前不只一次见到过。我极力想说服自己，这些不过都是梦幻罢了，等到一觉醒来之后，所见到的这一切都不存在。我感到有人就在我旁边小声地向我念叨着我的心中所想。

正因为想着这些，以至于连有人从我身后渐渐靠近，我都没能发觉。直到突然之间，一只手搭在了我的肩膀上。不过，想来也的确情有可原吧。

我就像是被人击打了一下似的，惊恐地回头望去。即便如此，我也没有放下手中的石头。我肯定是觉得，一旦自己放下手中的石头的话，必然会损伤那颗脑袋。

那个将手搭在我肩膀上的人，正是脑子不大好使的四方太。他像一头野兽一般，一边嘴里面喘着粗气，一边越过我的肩膀，盯着石头下面。在这个家伙可怕的一身蛮力重压之下，我的肩膀疼得都快要散架了。

“是仙石……仙石他藏到这个地方的吗？”

我虽然没有觉察到四方太也在，但是可以肯定，他一定也是循着铁之进的脚步跟到这里来的。

“这……这个我还真不大清楚。弄不好也许真的是他……”

“不用说了。是仙石，肯定是仙石那家伙给藏到这里的。要是他不梦游的话，我还真不知道他竟然会把脑袋给藏到这个地方来。”

说完他战战兢兢地对着脑袋注视了一会儿，突然压低了声音，小声跟我说道：“看来应该是守卫的脑袋吧。”

直到现如今，我都觉得有些不可思议。当时十分黑暗，而且那个脑袋已经有些腐烂了，但是为什么四方太一上来就断定那个脑袋就是守卫的呢？

换个舞台

发生在古神家族里的这件事情，前前后后完全是按照一份非常绵密的计划串联到一起的。我相信，这个犹如恶魔一般的策划者肯定有着小说家那样的才能。不断有新的发现，而且在时间上总是那么不早不晚。当他发觉到人们可能会不再关注此事的时候，就会想办法加入一些新鲜的东西，制造出种种新的发现。

前面说到过的喜多婆婆的出场是如此，刚才发现那颗恐怖的脑袋也是如此。古神家族就好像是一个玩物，一波一波，来来回回，被排山倒海的台风一次又一次地侵袭。前一波台风刚刚过去，甚至在人们还没来得及缓口气的时候，第二波台风便又接踵而至了。非但如此，无论哪一次台风，每每都会将古神家族吹得房倒屋塌，将其破坏得惨不忍睹。

我打算将刚才那个可怕的发现暂时先只告诉直记。但是，四方太这种人可不会像我一样口风紧。要想让他也暂时保持沉默，而不把秘密说出去，估计是不大可能的。

兴奋至极的四方太哇哇地高声叫嚷着，不一会儿，就将这件事情通知到了全家上下。眼看着天就要亮了，大家都集中到了作为客厅的和式房间里。此时此刻，每个人都陷入到了焦躁不安的状态当中，只不过原因可能略有不同罢了。

直记听了我的描述之后，便立即与源造一起前往水池一探究竟。看过那颗脑袋之后，他将源造留在那里看守现场，自己则转身又回来了。脸色简直就跟死人差不多，面如土色。

铁之进好像还是一副没有完全睡醒的样子。即便在从四方太的口中了解情况之后，他仍然对当前的恐怖气氛一点儿也没有感觉。他双手抱着头，注视着前方不远的地方，但是却不知道在看什么。与此同时，他还会时不时地颤抖起来，有时甚至还很厉害。

平常总是很一本正经，以至于正经到让人厌恶的柳夫人今天也变得有些不可思议地慌乱。她看起来相当兴奋，声音也有些尖厉，所以使得本来就冷峻的表情显得更加严厉起来。两只眼睛不知为什么忽然瞪得大大的，狐狸精所特有的阴险狡诈全都暴露无遗，一下子展现在了众人面前。

在这种形势之下，依然能够泰山压顶毫无愦色，冷然端坐在原位上的，只有喜多婆婆一人而已。她微闭着眼睛，冷冷地但是却很讽刺辛辣地观察着在座众人的脸色。我越来越感觉到，正是因为有冷静的喜多婆婆在这里，才更加明白地凸显出了众人的狼狈和心理状态的变化，才更加显示出了众人的惊愕不已。

“仙石，是你吗？是不是你将那个脑袋藏起来的？一定是的。一定是的。如果说不是你的话，你怎么可能知道脑袋就在那个地方？

仙石，人也是你杀的吗？是不是你杀死了守卫？”

四方太突然站起身来，气势相当可怕，就像是公堂上负责鞭打犯人的两班衙役一样。看来这个脑袋转不过弯来的人平常也是有不少郁闷累积在心中的。也正由于他脑袋有些问题，所以他才没有办法压制自己的心绪，才没有办法让自己不去想那些事情。

“你这个浑蛋，你这个畜生，你这个衣冠禽兽。人面兽心的家伙，简直连畜生都不如……禽兽不如啊……”

四方太不停地跺着脚，两只拳头紧紧地握住，想要冲上来，但是最终他还是没有那份勇气将双拳挥向铁之进。

“你看看，看看他，什么玩意儿嘛，那副表情……你以为瞪我一眼我就害怕了吗？遇到这种事情，还有人会感到害怕吗？对于你来说，守卫可是你的主人吧？杀死主人可是要判绞刑的呢。这个猪狗不如的畜生！”

不管他说什么，铁之进都不做回答。他只是时不时地歪着脑袋，那副表情就好像是要将隐藏在自己记忆当中的事情全部都查找上一遍似的。

“我说仙石……”我回过头来看着直记，“那个脑袋……你能肯定真的是守卫吗？”

仙石表情阴郁，默默地点了点头。

“这么说的话，被杀的那个人真的就是守卫了。这么一来，蜂屋那个家伙现在不知道怎么样了。”

“你们没有必要老追着蜂屋不放。我觉得那个姓蜂屋的人跟这件事根本没有什么关系。”

就在人们还没怎么在意的时候，从房间的角落里忽然传来一阵尖锐的说话声。说话的人正是喜多婆婆。

喜多两只眼睛半睁半闭。不过，那眼神依旧尖锐，犹如钢针一般。她死死地盯着铁之进和柳夫人，接下来便是直记。

“蜂屋那个家伙，跟废人没有什么区别。他只不过是一个被人带过来的道具，作用就是掩盖事实真相。而真相就是，所有的事情都是你们干出来的，目的就是为了杀守卫。铁之进、阿柳，还有直记，你们三个人想尽一切办法，杀了守卫。这些我都知道得一清二楚。从一开始我就知道。”

喜多的话说得很平静，毫不激动。语调极其尖锐，但很镇静，一字一顿，每一句话都饱含力量，好像是在向世人宣告似的。虽然话不是很多，但是其中所表现出来的气魄和震慑力，足以渗透到人们的骨髓里。

“父亲，”直记故意无视喜多的存在，强行打断了她的话，但是他的声音却如鲠在喉般，“你为什么会去水池那边？为什么要去看水池？你是不是从很早之前就知道水池底下埋着那个可怕的东西？”

铁之进脸上没有一丝表情，只是一直不停地眨着眼睛。

“我不知道……我什么都记不起来了。我想问一下，我真的去过水池那边吗？”

“我说仙石，你是不是想就此蒙混过关啊？我告诉你，想蒙混过关可不是那么容易的。你把水池里面的那些石头搬来搬去的过程，都被我看到了，而且看到的并不只是我一个人。在座的这位先生姓什么来着，你姓……屋代，是屋代。屋代当时也看得一清二楚。想把自己洗得一干二净，劝你还是别想了。怎么说来着，对了，最最重要的证据就是你身上的睡衣。你自己看看，那个下摆……是不是早都湿透了……这完全可以证明你曾经进入过水池。”四方太一面拍打着大腿，一面大呼小叫着。

“父亲，你真的什么都记不起来了吗？不过也难怪，当时你正好处于发病的过程当中，所以也可以理解。不过，要是据此就说因为你半夜犯病了，才飘飘悠悠地、不知不觉地走到石头旁边，而那个地方正好藏着那颗人脑袋，说起来总是让人觉得太不正常了。父亲，你跟我说说，是不是你以前就有种感觉，觉得在那个地方应该会藏着人头？”

铁之进依旧是那副不明就里的表情，接着又眨了眨眼睛说道：“照你这么说的话，最近一段时间，我可能真的想过那些。我这个人哪，生性不愿意被别人看到自己慌乱的样子。所以即便发生了那种事情，我也尽量保持冷静沉着，可能是人都会选择这么做吧。发生了这么大的事情，我其实也受到了很大的冲击。无论白天还是夜里，我都在思考着那件事情。无时无刻不在想那具无头的尸体。到底凶手将脑袋给带到什么地方去了呢？他把它藏到哪里了呢？我就是想弄明白。天天想，天天想。我忽然想到，像人脑袋这种东西太招人耳目了，凶手应该不可能将其带到远处去。另外，咱们的这个院落面积也不算太小，要想找个地方藏点儿东西，应该不是什么难事。想藏到哪里都可以，到处都可以藏。而且我感觉凶手一定会把脑袋藏到咱们这个院子里面。这就是我想来想去得出的结论。”

铁之进说到这里，咽了口口水，缓和了一下，接着说道：“如果是这样的话，凶手究竟会将脑袋藏到哪儿呢？我忽然想到，自己完全可以站在凶手的角度来考虑这个问题。如果我自己是那个凶手的话，我会选择一个什么样的地方藏那颗人头呢？当然了，可以藏匿的地点有很多。我觉得，自己一开始想到的那些地方，大体上都被那帮警察搜查过了，几乎没有出他们的搜查范围。虽然他们搜查过了，但是却没有什么实质性的进展，所以不可能是那些地方。最后才想到了一个地方，就是那些石头下面。我很早以前就知道，在那些大大小小的石头底下，其实就好像涵洞一样，是空的。那些洞穴的体积不大不小，正好容得下一个人的脑袋。要是在那个地方的话，事情还是很有意思的，不禁让人觉得似乎那个地方就是为了藏匿人脑袋而存在的。不仅如此，那个地方警察也没有搜查过，他们是不可能想到搬起石头检查下面的。”

铁之进此时屏住了呼吸，短暂停顿之后，接着说道：“想到这一点，我觉得很兴奋。但是转念一想，这些想法大概也就是自己瞎想罢了，很多人也都觉得我的想法很幼稚。要说到能不能自己亲自过去检查个究竟，我并非没想过。但我当时认为，除了自己，其他人应该不可能知道石头底下其实是空的，更不要说凶手了，想来他应该也不会知道。我越想就越觉得自己真是够傻的，最后还是决定不要过去检查了。不过，虽然表面上放弃了过去一探究竟的想法，然而内心深处，我还是对这件事很在意的。总是不经意之间对自己说，水池里面的石头下面……水池里面的石头下面……像这样的话老是萦绕在我的耳边。我觉得自己今天之所以会犯病后去那个地方，很大的原因就在于上面说的这些。不过，说实话……那个地方真的有一颗人脑袋吗？你们说的都是真的吗？不会是在故意逗我玩吧。”

“当然是真的。当然是真的了。那个东西你不但藏匿过，而且还曾经去看过。人脑袋就藏在那几块石头底下。”四方太尖声大喊起来。

“用不着再问了，该说的他自己不是都说了吗？铁之进，你刚才说的什么话，你自己应该清楚吧。你是不是说过，说知道那些石头底下有洞穴的，除了你就没有别人了。照你这么说的话，那个将脑袋藏到石头底下的人，毫无疑问就是你了。除了你之外，我想不出来还有谁能够干出这种事来。”喜多婆婆不紧不慢地接着四方太吱吱的尖叫声，从一旁插话说道，语气就好像是在嘱咐众人一般。她的话说完之后，众人忽然一下子都沉默了，全场变得鸦雀无声。

正在这个时候，阿藤走了进来。

“那个……”她惶恐不安地将在场的众人扫视了一遍，“我一直都没看到小姐，不知道她去哪儿了……”

“你说什么，千代她不见了？”直记就好像是被人重重地击打了一下似的，回过头来说道。

“是的。不仅如此，我还在她的枕头旁边发现了这件东西……”

阿藤说完便伸手递出来一个粉红色的信封。直记不由分说，一把将信封抢了过来。

信封里面是八千代留下的一封信，上面写着如下几行字：

我已经决定要逃走了。你们没有一个人愿意相信我所说的话。不，不是的，不相信我的人并不仅仅是作为他人的你们，甚至就连我也快要不相信自己了。我准备好要逃走了。我要从此将自己隐匿起来。你们谁都不要来找我。因为就算你们再怎么找，也是白费心机。

八千代

我和直记不禁对视了一眼。

八千代逃走了，而且随着她的不见踪迹，整个事件的舞台也变得更大了。发生在古神家族的这起杀人案件，开始转向家族的旧领地，转向冈山县山岳地带的小村落。

第三章　金田一耕助登场

金田一耕助登场

姬新线是连接姬路城和伯备线上的新见城两城之间的地方铁路线。

所谓伯备线，是指贯通表日本的冈山县和里日本的米子城之间的铁路线。[①]新见火车站正好位于这条线路的中间。也就是说，姬新线穿过了冈山县的中部，以及稍微偏北一点儿的崇山峻岭间的山麓部分，从中间将整个县一分为二。

我在姬路车站换乘，通行于姬新线上。三月早已经过去了，四月也过去了，紧张匆忙的春天也离人们越来越远了。铁道两旁的树木郁郁葱葱，呈现出青黑色。今天是五月六日，太阳正炙烤着大地。

现在回想起来，自己卷入到发生在古神家族的那件可怕的杀人事件时，才刚刚三月初。那个时候，花都还没有开。在位于东京西

①本州岛上面向太平洋的地区称为“表日本”，面向日本海的地区为“里日本”。

郊小金井的古神家族的阴冷瘆人的别墅里，我们发现了一具可怕至极的无头尸体。自打那时候起，时间已经过去将近两个月。这两个月让人觉得是那么短暂，犹如一位匆匆过客。

直到现如今，每当闭上双眼，我都还能看到那具惨绝人寰、浑身是血的佝偻尸体，它好像就存在于我的眼睑后面。不仅是尸体，包括紧随其后陆陆续续发生的一连串蹊跷事件，以及各种各样的发现，就好像是变成了一幅幅鲜明的油画，非常清晰地印刻在了我的脑海深处。无论选取哪个片段都是一幅令人惊惧不安的恐怖画，直看得人血液都凝固了。到了最后一个阶段，脑袋发现了，八千代离家出走了……到了这个阶段之后，让人觉得古神家族的杀人事件差不多快要进入高潮了。

报纸上的报道，就好像是马蜂窝被捅似的，一下子变得热闹起来。负责侦查的各路人马也都集中到了此地。位于小金井的古神家族，就像是一片被卷入龙卷风当中的树叶，随风不断地飘荡着。公众疑惑的眼睛都在注视着此次事件，在这种情况之下，有关古神家族的各种秘闻被悉数挖掘出来，暴露于大众的视线之中。

然而，事情的结果呢？最终的结果是不了了之。如果不是的话，那又会是什么呢？尽管负责侦查的人尽一切努力，但是八千代依旧杳无音讯，至今仍不知身处何方。而与此同时，蜂屋小市也没有一点儿消息。

蜂屋小市？是的。既然那具尸体已经可以确定是守卫，那么蜂屋小市一定还活着，他一定活在这个世界的某个角落。警察好像也打算重新搜寻蜂屋。不过，要是说到结果的话，不免又是一场徒劳无功的战役。

蜂屋小市……这个家伙可真是神龙见首不见尾的人物啊。长着一副怪异的身姿，一跃进入战后日本画坛，制造了各种各样的问题，最后的情节便是此次的杀人事件。事到如今，对于他的身世，我们依然无从知晓。他身上笼罩着一层薄薄的烟雾，让人看不清他的庐山真面目。没有人知道他战前住在什么地方，他以前是干什么的。他就好像是一株漂浮在水面上的无根水草一般，而战争就是水面。在水面之上，他给人的印象用一个词来形容，便是强烈，甚至是过于强烈了，他已经深深地印在了人们的脑海当中。然而，在水面之下，他这株水草却没有一处固定的依存之所，隐约地在神秘的水底深处摇曳摆动着。

一时间，各种疑惑的眼神全部集中到这个奇怪的人物身上。蜂屋他真的是佝偻吗？搞不好的话，他可能是为了迎合战后的人们喜好千奇百怪事物的风尚，绞尽脑汁，故意将自己装扮成那样一副尊容。等到他杀了守卫之后，便立刻将那个醒目的特征从身上取了下来，现如今不知道正在什么地方若无其事地看着好戏呢。还有就是八千代，她虽然算不上是同犯，但是她肯定早就知道杀死守卫的凶手是蜂屋。在和蜂屋达成了某种默契的基础上，她一定是偷偷地跑到蜂屋那里躲了起来……这些说法大致上可以代表当时的社会舆论。此种推测，对于了解八千代以及她那放浪不羁的性格的人来说，说实话，在某种程度上也是可以接受的。

不过在我看来，仅凭这些还是不能够完全解释整个事件。我倒是觉得，在八千代和蜂屋之间，除了浮现在表面的那些事实之外，应该还有着某种更深层的关联。当然，这只不过是我个人的一种推测罢了。

但蜂屋他究竟是因为什么杀死守卫？难道仅仅是因为那天他们

俩之间有过争吵，然后便耿耿于怀，最终怒不可遏痛下杀手的吗？

不可能，绝对不可能。我怎么也不会相信，如此纷繁变幻的事件竟然只是出于这么一个单纯的原因。

首先，关于那具尸体的真实身份，我们一会儿判定是蜂屋，一会儿又认为是守卫，来来回回折腾了好久。难道这真的只是偶然吗？两个人的身上都有异于常人的佝偻特征也就算了，偏偏还有让人更加迷惑的地方，大腿上的伤痕竟然也出奇地相似。难道连这么蹊跷的事情也是偶然吗？

不！不！不！我越想越感到在事件背后可能有着某些让人毛骨悚然又不为人知的秘密，一定有着绵密的计划。那计划是用恶魔的智慧勾连起来的……

那些先不管，还是回到杀人事件本身来吧。事到如今，整个事件好像戛然而止。让人觉得眼见着电影的高潮就要到，却有人突然把放映机给关了。如此一来，与此事件相关的人们更加焦躁不安起来。除此之外便是舆论。一开始简直就和汹涌而来的波涛似的，吵得沸沸扬扬。但是随着时间一天一天过去，渐渐变得平缓了许多，以至于到了最后，人们竟然觉得有点儿索然无味，没能看到结局让很多人觉得心里空荡荡的。

也正是在这个时候，直记的父亲铁之进提出，想要回乡下的老家住几天。后来我问过直记，他说其实也不是单单那时想去，铁之进每年都会回乡下老家待上一段时间。他必须回去的原因，据说是要管理那些留在乡下的大量的金银财宝，回去查一查看一看，时不时地监督监督。夏天回去，一方面可以对家产进行监督管理，另一方面也可以避暑，所以每次都是在五六月份。不过今年的时间有些提前，四月末他便提出来说要早点儿回去。

直记好像曾经阻止过他，让他考虑考虑周围人的舆论。但是对铁之进来说，正是因为那些风言风语，他才更应该早点儿离开东京，远离这个是非之地。警察那边不知道他是怎么说的，反正后来取得了他们的同意，最终在四月二十二日那天，他从东京起程，前往乡下老家去了。一行人当中，除了铁之进，还有柳夫人和四方太，总共三人。后来没过多久，铁之进又传过话来，说让女佣阿藤也回去。阿藤是个女孩子，不可能让她单独一个人上路。于是，直记便带着她一起回去了一趟。

直记回来之后跟我说道："那个地方比想象当中的还要好呀。光是听不到周围的风言风语就让人心情舒畅了很多。怎么样，寅太，你也跟着一起过去吧。我都计划好了，准备这个夏天就在那个地方过了。"

我看着直记的脸，像是在搜索着什么东西似的。

"这个嘛……事情不是还没结束吗，打算怎么解决呢？要是大家都走了的话，岂不是让人觉得你们是举家潜逃吗？况且，一旦你们不在家的话，八千代她如果回来了可怎么办啊？"

"你也不想想，她怎么可能回来呢？别提那个家伙了。不过寅太，你觉得她现在还活在世上吗？她这个人绝对忍受不了不自由的生活，那样的日子过上两天她就会厌烦的。就算她再怎么对蜂屋死心塌地……当然了，也说不好……抛开繁华的红尘，一起住进荒无人烟的山里面，这么高雅脱俗的人间美谈，她可是绝对办不到的。要不了多久她就会感到厌倦，到最后，不管面临怎样的危险，她都是要回来的。你也不看看她，根本就是那种没有原则和信念的人。这才是真正的她。话虽如此，事情都到这个地步了，她现在还是没有回来，这么说的话……”

“这么说，她已经死了吗？难道说她已经和蜂屋两个人一起殉情了吗？”

“很难说是殉情了还是被人给杀害了。”

听到这句话，我的心扑腾扑腾地跳个不停，又看了一眼直记。

“你说什么，被人给杀害了？被谁杀了？”

“当然，我说的都是最极端的情况，应该是被蜂屋那家伙杀的。八千代就是一个不折不扣的大傻瓜。她的口味与一般人不同……刚开始那段时间，当她看到蜂屋是佝偻的时候，她便对人家有了意思，觉得与众不同，心里面已经开始想着怎样去接近那家伙了。后来蜂屋成了杀人凶手，她更加觉得那家伙魅力无限，被迷得死去活来。在她心里，蜂屋那家伙简直就是盖世大英雄。这下明白了吧，她就是这样一个人。与其说她是不道德的人，还不如说她根本就不知道世间还有道德二字。从她出生的那一刻起，她就从来没有意识到，这个世界上还有道德观念存在。再后来，她便追随着蜂屋的脚步，跟他一起逃走了。而最终的结局就是，在某个不为人知的地方，蜂屋残忍地把她给杀了。”

“嗯。”我并没有对直记的一段说辞心悦诚服，但从现在的情况来看，事到如今八千代依旧下落不明，所以从某种意义上来说，也许事实真的像他所说的那样也未可知。不知怎么回事，我觉得自己的五脏六腑里就好像是被人生生地塞进了一捧捧的沙子似的，压得我喘不过气来，痛苦不堪。

“要说起来的话，八千代离家出走的时候，身上不知道带了多少钱。”

“那谁知道啊。在钱这个问题上，我们家的老爷子从来就没算清楚过。如果是数目巨大，比如说成千上万的话，他可能还会压一压。但是，如果没那么大的数额，像零花钱之类的，老爷子可是极其慷慨呢。或许说慷慨都不准确，应该叫放手不管才对。正是由于他的慷慨大方，我才不至于在钱上受制约。不过要是说到八千代花钱的话，那可不是我能比得上的。她随随便便出去买一趟东西，包里面也都要装个十万二十万的。她真的就是这样呢。对于蜂屋来说，她简直就是一个活钱包。兜里装满了钞票、等着去送死的年轻新娘……禽兽不如啊！”说到这里，直记的表情变得越来越严峻。不过，说完之后，很快便转变成像是厌烦的样子，打了个哈欠，继续说道，“算了，算了。咱们还是不要说这些事了。刚才说什么来着，你到底是跟我去还是不去啊？”

“听你这么一说，我还是跟你一块儿过去的好喽。”

我故意将语调放缓，想看看直记的反应如何。直记听后用惊讶的眼神看着我，但很快脸上便浮现出冷冷的笑容。

“你看你说的什么啊，要是不想去的话，直接说不就行了，干吗要勉强……我原本真的很想说，不想去的话，那就算了。不过，说句心里话，还真的是希望你能够跟我一起回去。我一个人太没意思了。跟我老爹和柳夫人在一起，其实就是在耗费时间。你要是不跟我一起过去，让我一会儿讽刺讽刺你，一会儿训斥训斥你的话，我老感觉浑身上下都不自在，难受得很。这个癖好自然不好。不过其中有一半原因可得由你来承担。你别不说话呀，到底是去还是不去，给句痛快话。哎哟喂，你说你一个三流小说家，写的作品差不多也就是鬼才会看看。靠你那点儿破玩意，能挣几个钱啊。”

这种事情我已经习以为常了，然而被他这样当着面噼里啪啦地一顿奚落，自然心中不大快活，只不过嘴上没有说出来而已。

“好吧，好吧，有这样的反应才的确是寅太先生。不过我说，你倒是说句话呀，我正在问你话呢。我的寅太先生啊。哈哈哈，你说你可真够讨厌的。”

直记看起来心情很不错。我还以为他会立即带着我一块儿回去，不过没想到事情并不是自己想象的那样。

“那就这么办吧。我准备明天晚上出发。票我早就买好了。你等我过去之后，隔两三天再去。去之前先给我拍个电报，到时候我会去车站接你的。我？我是明天晚上八点钟的车。你说什么，不用，不用了，你不用到车站去送我。我还没有确定是不是从东京车站上车呢。”

那个时候的直记为何表情如此古怪呢，而且我也并没有说要去送他上车啊？从谈话的前后来看，他之所以会那么慌张，可能是因为他觉得我会说要去送他之类的话。要是据此推断，可能是因为一旦我去送他，会碰到一些他不愿意让我看到的东西吧。

我不知道是怎么回事。我一点儿也不知道到底发生了什么。我唯一知道的就是，直记他对我隐瞒了什么。另外就是，自己绝对不可以和他成为交心的朋友。

这些先放到一边不说，我也离开了东京，比直记晚四天。现在这个时候，我正坐在姬新线的列车上，车身咔嗒咔嗒摇晃个不停。

也许世界上真的有所谓感应一说，从我离开东京的那一刻开始，我就已经知道，这次旅行定然不同于以往，不可能简简单单就过去的。任何事情，只要有开头，就必须要有结局。我不相信，那么一件恐怖的事情，最后会像一只被掐掉了尾巴的蜻蜓一样，有始无终。看起来，所谓的结局很有可能在此次旅行当中出现。

一想到这里，我就好像是被人当头浇了一盆冷水似的，全身上下不禁颤抖起来。也正是因此，我一下子从那些虚幻的冥想中清醒了过来。我将视线从车窗外转移到了车厢里面，惊慌失措地扫视着周围。就在此时，我的视线落在了一个人的身上。

那人三十四五岁的样子，全身上下没有一点儿特别之处，换句话说，这个人普普通通，长着一张平常的脸。列车上凌乱的环境，已经令他的哔叽上衣被挤得乱七八糟。他下身穿着一条好像是古代衣服一般破旧的裤裙，脏兮兮的软帽底下，可以看到乱蓬蓬的头发。无论怎么看，都不能说此人风采不俗。个子也不高，与其说是平凡，还不如说连平凡都算不上，简直就是一个形容猥琐的男人。我第一眼看到他的时候，差点儿以为自己见到某某山村的村公所书记了。

唯一使我印象深刻的是那个人的眼神。那双眼睛真的长得非常漂亮，水汪汪的，清澈透明。不仅仅是清澈透明，其中还透露出睿智的光芒。而且即便如此，也不会使人感觉到寒意。温和的，暖暖的，并且能够让人感受到他内心的镇定自若。

当我们视线交会的时候，那个人好像打算对我微笑。不过在他露出笑容之前，我便早已将目光转移到了别处。过了好久之后，当我再次看他的时候，那个人已经头枕着座椅，闭上眼睛静静地在那里休息了。之后我便再也没有想起过他。

火车抵达目的地 K 车站的时候，已经是一个多小时之后了。虽然平时这个时候人来人往的也不少，但不知怎么搞的，下车之后总觉得比想象中的还要热闹许多。我随着一大群乘客一起走出了检票口。直记果然已经按照约定在大门外准时等候了。平时一想到直记我就会感到厌恶，不过在这样的时候，我很高兴能够看到他的身影。想来应该是因为还没有完全适应一个人的旅行吧。

“喂。”

“哎呀，你来了啊。”

“欢迎，欢迎啊。”

“你可真得欢迎欢迎我啊。这种地方，来一趟可真不容易。真不好意思，在你面前说这个地方的坏话。”

“看你说的是什么话。这么一点儿事情就让你觉得大惊小怪啦？到时候还有更让你吃惊的事情呢。”

“更加吃惊的事情？”

“是啊。从这里出发，还得走上二十四里多的路呢。”

“二十四里？你不是开玩笑吧，从这里走的话还得二十四里路？”

我越想越觉得心里没底，便朝四周看了看。不时有一些自行车经过，却没有看到公共汽车，更不要说是私人汽车之类的交通工具了。

“你也真会说笑话。咱们可不是乡下种田的人，二十四里路你能走，我还走不了呢。我这次来可是带着秘密武器了，你看我连牛车都准备好了，专门用来接你的。”

往直记手指的方向看去，果然看到了一辆早就预备好的牛车，正在车站外面的遮阳棚下整装待发。“我们一会儿就坐这个吗？”

“哈哈哈，你可别看不起它。在这种地方，就连牛车也都是好不容易才预备下来的哦。你可以把它想象成是平安时代[①]贵族们乘坐过

①日本历史上指以平安京（今京都市）为首都的时代，时间为794年到1192年。

的高级牛车，然后再坐就舒服多了。”

没想到直记倒在这个时候说出了如此有风情的话。

但是，就在我们准备登上牛车的时候——

“不好意思，我能打听个道吗？”冷不丁地从身后传来了打招呼的声音。回过头来一看，竟然是刚才在车上的那个猥琐男。

“你说什么？”直记很是诧异地回答道。

“不好意思，我想问一下，你们两个人是不是打算到鬼首村的古神家去？”

从直记口里得到了肯定回答之后，眼前穿着哔叽上衣的人微笑道：“那真是太好了，正巧我也要到古神家去。要是不麻烦的话，能不能把我也带上，咱们同路而行可以吗？”

“去古神家族……敢问你是……”

我和直记不约而同地看了对方一眼。

“是的，正是你的父亲大人请我过来的。刚才不好意思，失礼了。想必你就是仙石直记吧，而这位就是屋代寅太了。其实是这么回事……”

眼前这个奇怪的人递过来一张名片，上面只简简单单地写着几个字：金田一耕助。

第二幕

没过多久，载着我们三个人的牛车便哐当哐当离开了火车站。

走了四里左右，道路开始变成上坡路，越来越难走了，两旁的山峰层峦叠嶂，重重地压了过来。绕过位于路左侧的一处山脚之后，我看到一条河流奔腾而过。没多久，所走的道路就和溪流会合在了一起，我们来到一座很高的山崖上。我们伸脑袋看了看，河谷高度大约有数丈，所到之处全都是巨岩大石。穿过河谷的是一条水量极为丰富的河流，它正悄无声息地静静流向远方。不知道是不是走到了山里面的缘故，忽然间觉得空气好像变得越来越冰冷了。

“这条河叫什么名字？”

“这里是旭川的上游。由于今年雨水稀少，即便是这样的水量，据说也都算是比较少的了。古神家族的那些木材都是在绑上筏子之后，顺着这条河一直漂流到 K 那里的呢。不过由于今年雨量较少，要想放筏的话看来有些困难了，好多人因此还感到不高兴呢。”

“什么？都什么年代了，还存在像放筏那样充满古代气息的生产活动吗？”

“这也是没有办法的事情。你也看到了，这里的道路就是这个样子，像拖拉机之类的交通工具是没有办法开进来的，就算开进来也派不上用场。的的确确是原始生产，据说和江户时代几乎没有什么分别。”

“原来如此啊，怪不得路这么难走。”

所到之处，路上总能看见或大或小的石头裸露在地面上。牛车就在这样的路上，一会儿上、一会儿下地颠簸着，向前驶去。我真担心，要是聊天的时候一不小心的话，很可能会把自己的舌头给咬下来。

“是呀。不过这种状况还算是很不错的了。要是来一场大暴雨的话，两边的山崖很可能立刻就塌方，所有的路全都会被堵住。要是真的碰到那样的天气的话，包括鬼首村在内的这附近的三个村庄，便会断绝和外界的一切联系。而且据说这种情况基本上一年当中总要发生一两次呢。”

“哎哟，你这家伙又开始担心起来了呀。”我故意夸张地缩了缩脖子说道。不过，在说这些话的同时，不知道为什么，嘴里面就像被塞进了什么东西似的，总觉得不是滋味。而且我刚才就看出来了，我担心的事情，直记好像也已经想到了。不对，不对，比起我的担心来，直记应该更加心神不宁吧。然而，由于有金田一耕助这个不速之客，我们之间很多想说的话不能说出来，更让人觉得心里面焦躁得慌。直记本来就是一个任意妄为的人，在这种情形之下，他开始有点儿不高兴了。在车站的时候，我就曾经偷偷地看过他一眼，那时候就感觉好像是有什么事情发生了。在发生奇怪的事情的时候，在对蹊跷的事情感到惊慌失措的时候，直记反倒会变得轻佻起来，话也会越来越多。爱面子的他，在越是吃惊、越是困惑、越是混乱的时候，越是不愿意将内心的真实感受全都倾诉出来。他会尽可能一点点地、若无其事地将事情慢慢说出来。而倾诉之前，他总是会呈现出轻佻焦躁的状态，最明显的莫过于唠唠叨叨地说个不停。刚才那几段连续不断的、关于溪流的不瘟不火的对话正是前兆。

但是，当意识到像这样的话无论说多少都不能缓解自己心中的苦闷的时候，直记突然一下子变得不高兴了，之后他一直默不作声。

金田一耕助这个意外的闯入者肯定也已经洞悉了周围的气氛。他忽然从牛车的前面站起身来。“不好意思，我打算在这里就下车。”

“什么？”

“我想下去解个小便……没关系的，我就在这里下，你们先走吧。

下来之后我还可以顺便走一走。沿着这条路一直走下去，应该就可以了吧？”

“是的，是的。顺路一直走下去，保准不会出错。”

“那这样吧，我把行李还放在车上，麻烦你们带过去。我要是走累了的话，到时候再跑快一点儿，接着坐牛车。刚才一段路真是太感谢了。”

金田一耕助从牛车上跳了下来，身手十分麻利。紧接着便对着路旁的小草刷刷地开始解小便。

我们在牛车上回过头来看着他，同时车夫挥动了手中的鞭子。牛车还是遵循着和刚才相同的节奏，哐当哐当地在颠簸的石头路上前进。山道渐渐变得越来越狭窄，空气也开始变得清冷起来。不知道从什么地方传来了知了清脆的叫声。

“算是怎么回事啊，那家伙……”走了很长时间之后，直记气鼓鼓地踢了一脚金田一耕助留在车上的行李箱，一边踢还一边小声地嘟囔着。

“难道你也不认识他吗？”

“我怎么可能认识啊，那样一个人。”

“他刚才不是已经说了嘛，说是受到你父亲的邀请才过来的。难道你父亲请他过来的事，一点儿也没跟你说吗？”

“反正我是不知道。真是令人大吃一惊呢。我们家老爷子请这样的人过来，到底是想干什么啊？”

不知什么缘故，直记好像一副心神不宁的样子。他频繁地咬着平时精心保养的手指甲。但我最担心的不是他的手指甲，而是此时此刻他内心的不安。我回头向后看了看，金田一耕助早已远离了我们的视线。我看了看赶车的牛倌，压低声音说道：“我说直记，这个人可靠吧？”

我下颌向上挑了挑，那意思是说，赶车的人靠得住吧？

“没关系，这个人肯定没问题。喂，小银，小银。”

直记扯开嗓子，大声喊着牛倌的名字。不过，牛倌根本连头都不回，牵着缰绳，慢慢腾腾地只顾着向前赶路。

“你看到了吧。他的耳朵不大好使。因为我有些话想对你说，所以来的时候故意选他过来的……真是畜生，金田一这个畜生。”

看起来，对于平时为所欲为的直记来说，金田一耕助这个不速之客的到来，的确触动了他心里面那根愤怒的神经。

“你是不是感觉到什么不一般的事情了？”我一边从侧面注视着直记的脸，一边情不自禁地大声向他询问。

直记摆出一副很严峻的面孔，点了点头说道：“回来了，那个家伙回来了……”

他声音沙哑，小声嘀咕着，就好像是被人掐着嗓子似的。

“什么、什么回来了？是谁回来了啊？”

“什么叫谁回来了，你难道还不明白吗？八千代回来了啊。”

听了他的话，我感到自己好像是被人从天灵盖砸下了一根钢钉似的，惊得目瞪口呆。我十分茫然，不知道该说什么好，过了许久才回过神来。

“仙石，你、你刚才说的，是真的？”

直记阴沉着脸，轻轻地点了点头。

“这究竟、究竟是什么时候的事情啊？”

“前一段时间，我不是跟你说要离开东京回到这里的嘛。我回到鬼首村的时候，大概是二日夜里八点钟。中途牛车突然发生了一些事故，最后剩下大概一半的路途，不得不徒步回去。回到家之后，我马上洗了个澡。吃完饭之后，便回到了自己的房间里。进去一看，那个家伙竟然正在睡觉。”直记故意愤恨地说道，那口气就好像是在折断一根树枝一般。

他的一番话听得我心里直发毛，一种无法描述的恐惧感油然而生，我能感觉到自己的牙齿在打战。

“那么说，家里面的人都还不知道她已经回来了。”

“嗯，好像还没有察觉到。准确一点儿说，在现阶段，只有我老爹和柳夫人，以及女佣阿藤知道这件事。对其他的人我们一直都还保密。”

“那现在八千代的状态怎么样？”

“一开始两三天根本不像个样子。这也讨厌，那也看不惯。就好像是刚刚交配完的母猫一样。就算是我在她身边她都会觉得生气。”

“也就是说，现在的状态已经恢复正常了吧？”

“嗯，差不多。如果说那样的状态是正常的话，那就算是吧。”

“她有什么异常的举动吗？”

“要说不正常也确实不正常，要说正常也可以说是正常，要看怎么说了。换句话说，她的性格一直以来就是那样，而且最近变得越来越极端。她身上那种原始的野性这一次完完全全地展现出来了。如果一个人想要否定身边所有事情的话，最后的结果大概就是那样吧。总而言之，现在的情况很棘手。”

“我就想弄明白，她前一段时间到底待在什么地方。”

“谁知道呢。我也问过她，不过她并不回答我，只是哼哼地嘲笑我。反正不管怎么样，我打算先把她的事情尽可能地瞒着再说，我老爹也好，柳夫人也好，我都已经跟他们打过招呼了。要是被警察追到这样的穷山恶水之地的话，那简直就真的没有办法了。不过，八千代那个家伙，她完全看透了我的软弱本性，总是很任性，老是提出一些让我为难的要求。事情如果顺利的话，或许她可以换个名字，重新生活。她自己心里也是这么想的。然而事情其实正好相反。她利用自己的窘迫做武器，反过来向我要挟。虽然我觉得她的做法真是够傻的，但是也没有办法。以前老听人说，这个世界上本来就是正直的人受委屈。现在想想，这句话说得还真是有些道理呢。"

直记大声笑了出来，那声音就好像是有一根鱼刺卡在了咽喉里似的，让人听起来都觉得害怕。

"话虽如此，但如果一直这样的话，也不是个办法啊。总有一天，她回来的事情肯定会被大家知道。"

"你说得一点儿没错。如果只是知道，问题其实也还好办……关键是，弄不好的话，可能要判个窝藏凶手的罪名呢。不过这种事情说到底还没有发生，我现在最担心的，就是最近心里老觉得好像还要发生什么可怕的事情。"

"会是什么可怕的事情？你是不是已经发现什么蛛丝马迹了？"

直记阴沉着脸，默默地点了点头。紧接着忽然打了个激灵，全身上下颤抖起来，用一双惶恐不安的眼睛东张西望，然后压低了声调开口说道："那个家伙也回来了……"

"那个家伙……"

"蜂屋小市。他肯定是追寻着八千代的足迹跑到这里来的。"

我犹如被晴天霹雳击中一般，再一次惊得不知说什么好了。不仅如此，不知不觉中，我的双手双脚也开始变得麻木起来。

“你说什么？蜂屋小市他也跟过来了？”

“笨蛋！谁让你这么大声说话的！”

“那你们是把他赶走了吗？也没把他抓起来……”

我呼吸紧张，恨不能一下子将想问的问题都说出来。我感觉干渴难忍，舌头开始不自觉地舔起嘴唇来。

“你真是个笨蛋，怎么可能像你说的那样。就算那个家伙胆子再大，他也不敢明目张胆地跟我们正面冲突。我们要是看到他出现的话，肯定不会轻易放过他的。定要将他五花大绑给送到驻在所去。”

“那他现在在什么地方？”

“要说在什么地方，我还的确不大清楚。至于现在他正躲在哪里，那我更不可能回答上来。但是我可以肯定的是，那个家伙肯定来过。因为据村里人反映，有两三个人看到过他的身影。事情就发生在前天晚上。在离村庄不远处，有一架水车。据看管水车的值班人员说，那天晚上深夜时分，有一个人曾经向他问过路，说去鬼首村是不是走这条路。值班人员还说，那个问路的人是个佝偻，穿着一身西服，脖子上还系着领结。会有如此打扮的人，应该就是那个家伙了。另外，半个小时之后，又有一个半夜赌博的人也说看见了。据此人交代，他跟人打牌输了钱，在回家的路上，曾经遇到过一位和上面描述的外貌特征相一致的人物。对方还向他询问，说古神家族的宅邸在什么地方。综合两人的说法，时间在半夜一点钟左右。然而奇怪的是……”

“怎么回事？”

“奇怪的是，昨天早晨，阿藤跑进我的房间，战战兢兢地跟我说了一件事情。她说她昨天晚上过了三点钟的时候，曾经去过一趟卫生间。她从卫生间的窗户往外边看时，无意中发现从八千代的房间里面好像出来一个人。眼前的情景使得她大吃一惊，仔细一看之后才发现，原来是一个穿着西装外套的佝偻。由于是夜里，所以没怎么看清楚那个人的脸。不过她还是近乎歇斯底里地跟我说，她看到的那个人肯定就是蜂屋小市。她还说，弄不好蜂屋小市还会做出一些不利于小姐的事情。听了她的话，我也感到事态的严重性，赶紧跑到八千代的房间里去看了看。结果看到八千代正在蒙头大睡。想来她昨天晚上一定很累，要不然睡姿不可能那么不讲究。看到她的样子，我腾地一下子就火了。我赶忙把她叫醒责问她。然而她依旧还是那副德行，也不回答我，只是哼哼两下，冲我嘲笑了几声。不过即便如此，我也没有放弃，仍然不依不饶地又问了几个问题。这下子她终于开口了，没想到她竟然问我是不是因为嫉妒……我实在气不过，就打了她一巴掌。那可是我生平第一次打女人呢。结果八千代那家伙忽然大声号叫了起来，一个劲儿地说，你杀了我吧，你杀了我吧，反正我的死期已经不远了，我现在就等着你们把我杀了……听到这些话之后，我实在再下不了手了。”

说完之后，直记精疲力竭地闭上了嘴巴。此时太阳应该仍挂在空中，不过峡谷里却感觉昏昏沉沉的，好像天早已经黑了一般。从溪流中传来了蛙鸣声，但在我听起来，却好像是从某个遥远的地方传过来的似的。

直记冷不丁地昂起了头，脸色十分苍白。

“我说寅太，你说这究竟算是怎么回事啊。首先是我老爹和柳夫人以及四方太最早来到这里。我和阿藤两个人前脚刚到，八千代那个家伙就跟着过来了。接下来，追寻着她的蜂屋也出现了，再后来你又过来了。除了守卫那家伙之外，所有的出场人物一下子全都聚集到了一起。搞不好的话，大概第二幕快要开场了。要是这第二幕真的上演的话，不知道又会出现什么离奇的怪事呢。”

“是不是快要到鬼首村了呀？”忽然从我们的身后传来了一句问话。我们吓了一跳，赶紧回过头来望了望牛车后面的人。金田一耕助正手拿着帽子，用力地擦着脸上的汗水，满脸微笑地从车下抬头望着我们俩。

是的，出场人物这下子全都聚齐了。或许就在这鬼首村，第二幕将要正式开演了。不对，不应该说是或许，而是一定会开演。

然而，让人心生疑问的是，这个叫作金田一耕助的最新出场人物将会扮演什么样的角色呢？

海胜院的尼姑

很多人都想弄清楚，为什么鬼首村会有一个如此奇怪的名字。实际上，在冈山县，像鬼首村这样名字里面带有“鬼”的地方，为数可谓不少。大家都说，这可能跟四道将军有关，应该都是来源于此人的事迹。在当时那个年代，只要是和将军作对的贼人，都会被看作鬼魅。之所以此地会以鬼为名，据传说是由于本地的贼人首领，或者是相当于山大王之类的人物，脑袋被砍去之后，被人给埋在了某个地方。

像这样古老的传说先不去管它了。对于我来说，这个村子的名称竟然会带有一个首字，着实让我感到了一丝丝的寒意。一开始我根本就没有想到，自己会因为这样一件事情而回到家乡，而这件事情竟然又和脑袋有着深不可测的关系。我的天哪，就连想一想都让人感到害怕。可怕的无头尸体，还有那更加令人毛骨悚然的人脑袋。我不敢再想了，实在是太恐怖了。而且弄不好这所有的事情，一切的一切，或许和这个村庄的名字有着某种神秘密切的关联呢。

先不说这些了。到底是因为夏天来了的缘故，我们进入村庄的时候，全身上下都被汗水浸透了，而此时的天已经完全黑了下来。鬼首村的北部区域是一片丘陵地带，在山丘的轮廓之上的空中，可以清晰地看到闪电的光芒，一道接着一道，几乎没有停止过。不仅如此，从远处还会时不时地传来极大的雷鸣声，差不多都快要将牛车震翻了。

“哎呀，这可真不得了啊……看起来北面的雷阵雨下得可真够大的。咱们可得小心了，弄不好那雨一会儿就会到达这边。”

金田一耕助真是个奇怪的家伙。不知道他心里面是否清楚自己给我们带来了不少的麻烦，不过他的表情好像是在告诉别人，他一点儿也不在乎。他像个孩子一样，将两条腿搭在牛车的边缘，让腿随着车的颠簸而晃悠起来。与此同时，他还不忘关注北部的天气情况。看着他那副模样，真不知道该怎么说才好，既可以说是恬不知耻，也可以说是不认生，反正就是让人难以捉摸。

“如果真要下雨的话，我倒是愿意下大一点儿，最好能下他个天翻地覆才好。今年的天还真是干得够呛呢，大家可都等着一场及时大雨。”

直记的口气听起来好像是在故意指责什么人似的。

没过多会儿，我们乘坐的牛车很快就到达了古神家族宅邸的后门。

古神家族庞大的庭院就坐落在位于村庄北面的小山丘上。庭院背后是一片十分茂密的竹林，从外面看起来，就好像是和山丘融为一体似的。根据我后来听到的信息，这个山丘俗称“御阵屋迹”，这里很久以前就有古神家族的宅邸，明治时期曾经一度被烧毁，后来又重新修复。所以要论起规模来的话，现在比以前要小得多。但是即便如此，透过古色古香的庭院外墙，便可以看到高耸入云的杉树。据说仅是这棵杉树的树龄就已经超过了三百年，让人不得不感叹庭院的古老坚固。

后门处挂着一个巨大的灯笼，上面写着“古神家院门”几个大字，外面还罩着一层铁丝网，颇有点儿古代贵族之家的风格。走过灯笼之后，我们从小门进入了庭院。在到内玄关的路上，有一间屋子，里面挂着消防钩、软梯子，以及现在只可能在画中看到的水枪等物件，很是少见。

“我说那个谁，就是你。”直记唤着金田一耕助，口气相当傲慢，“你是我们家老爷子的客人，请你从这边进去。那儿挂着一个像是铜锣一样的东西，看到了吗？你到那里之后，只要轻轻地敲一下，就会有人出来接你。屋代，咱们俩从这边走。”

直记径直朝着较暗的那边走了过去。

“我说仙石，你看我来都来了，不去跟你的父亲打声招呼，恐怕不好吧。”

“没关系。我老爹每天都喝得醉醺醺的，打招呼不用急，明天也可以。”

转过建筑物的拐角之后，是一堵墙，墙头长满了芝麻。穿过墙上简单的小门，便进入了中庭。就在此时，我听到身后传来了轰的一声响，声音有些沉闷发钝。大概是金田一耕助正在敲打铜锣吧。不过说实话，那声音听起来让人觉得有点儿阴森森的。

进入中庭之后，我看到房檐处的遮雨板关着，从楣窗的缝里透出一丝明亮的灯光。

“奇怪了，怎么回事？”看到这之后，直记稍稍放缓了步伐，“是不是有人来了？”他皱了皱眉头。

“怎么了？”

“客厅里面正亮着灯呢。”

直记加快了步伐，很快便绕着建筑物走了一圈。没想到回到原地之后，镶着玻璃的齐腰高的拉门咔的一声忽然开了。这里应该紧邻浴室，已经烧开的洗澡水的气味，对于长途旅行疲惫不堪的我来说，真是让人心旷神怡。里面一个人也没有，一盏昏暗的电灯从黑不溜秋的天花板上垂吊下来。

“你往这边来。我一般都是从这里进出的。”

经过一段长长的走廊之后，没过多久就到了一间开着灯的客厅前面。估计直记对里面的客人有些不放心，他偷偷摸摸地将拉门打开，却忽然啊的一声叫了起来，然后快速地将拉门又关上了。

“啊，那不是少爷吗……”

“你们先、先等一下。我去换身衣服再过来……屋代，咱们先去我的房间一趟。”

直记站在我和拉门之间，有点儿手足无措，似乎不知该往哪边走，随后他便用肩膀抵了一下我。

不知道为什么，我忽然觉得有些奇怪。直记打开拉门的时候，我虽然只是不经意间瞥了一眼，但是老觉得屋里面的客人好像是个尼姑。那个人头发剃得光光的，身上穿着一件像是素衣一样的衣服。没看错的话，应该是一位上了年纪、体态有些发胖的老尼姑才对。

不过奇怪的倒不是老尼姑，而是直记的态度。我总觉得，他好像是故意不让我看到那个老尼姑似的。这家伙真是奇怪。他表面上看起来似乎一直对我很信任，但是实际上，在某些关键问题上，他有很多东西都是不愿意让我知道的。我忽然想起了小金井那座远离主屋的西式建筑。记得直记曾经跟我提过，他说在那个常年不开灯的西式建筑里面，关着一个女人。但至于那个女人究竟是什么人，他却没有跟我说。我其实一直都在等待着，认为总有一天他会将其中的秘密告诉我。然而从现在的状况来看，他却连一点儿告诉我的意愿也没有。我也不是那种执拗的人，他不想说的话，我也干脆不问了。久而久之，这个问题就好像是一根卡在咽喉处的鱼刺一般，成了我们俩之间永远无法解开的结。

“刚才的那个客人挺奇怪的。”

从客厅那边出来之后，拐过走廊，大约走了三间房子，我跟着直记进了他的房间。快要进屋的时候，我试探性地问了问直记，然后看了看他的脸。

“嗯。”

“好像是个尼姑呢。”

“刚才你看到了吗？”

直记的眼睛忽然闪闪发光。

“是啊，我刚才看到了。你不是已经把那扇拉门给打开了嘛……

对了，是不是不可以看啊。”

直记没有说话，只是一直盯着我的眼睛看。他好像也在观察着我的一举一动，想从我的表情当中搜索出什么来。

“哈哈哈。”冷不丁地，直记忽然从喉咙深处发出了一声干涩的笑声，“看你说的什么啊，没这回事……不过，那个人还真是烦人哪。”

“怎么烦人？”

“嗯，那个人过来其实是为了筹措点儿钱罢了。像这种乡下地方还要捐钱，难道不是烦人吗？”

难道真的仅仅因为这一原因吗？仅仅是因为这个，直记当时至于那么惊慌失措吗？再有就是，如果仅仅是因为这点儿事情的话，他也没有必要非得不让我看见那个尼姑啊。算了吧，我依旧保持沉默。

正在这个时候，传来了一阵轻快的脚步声。是阿藤进了屋子里。

“您回来了呀，怎么也没有提前说一声呢？”阿藤站在拉门外跟屋子里面的直记打招呼说道，“少爷，海胜院的师太说想见见您……”

“嗯，我知道了。”

没等阿藤把话说完，直记就很不高兴地打断了她。他迅速地扫视了我一眼，应该是在观察我的脸色变化。随后他稍微思考了一下，开口说道：“那好吧，就跟她见个面吧。完了赶紧把她赶走，省得在这里闹得慌，搅得谁都不安宁。”那口气感觉有点儿像是在自言自语。

“阿藤。”

“在。”

“你去给屋代拿一身衣服去。然后……洗澡水都烧好了吧？”

“烧好了，正好可以洗澡。您是不是要洗澡？”

“不，我就不洗了。今天晚上太累了。你先带屋代洗洗吧。”

不知怎么了，直记说完这些话之后，却好像十分不甘心去见那个人似的。不过可能是因为太担心客厅那边的事情，最后他还是一狠心，咬咬牙走出了房间。

“阿藤，好久不见了。”

“哎呀，哎呀，看看我，到现在还没有跟您打招呼呢……欢迎您再次过来。”

“哪里哪里，是我给你们添麻烦了。不过要说起来的话，你可真是不容易呢，来到这样一个杳无人烟的山里面，你难道不觉得寂寞吗？”

阿藤没有回答我的话，只是把一件和式棉袍放在浴衣上，然后将领子理了理。

“请您先换衣服吧。”

“哎呀，真是谢谢你了。”

阿藤转到了我的身后，一边帮我换衣服，一边跟我说话。

“屋代先生。”

“嗯。”

“寂寞不寂寞，我倒不是太在乎。只是不知怎么搞的，老是感到害怕。”

“害怕？噢，我想起来了，听说八千代她回来了。”

“您已经知道了呀？”

“嗯，是直记刚才告诉我的。另外我还听说，蜂屋最近也经常在这一带出现。”

“是的，的确如此。正是因为这个，才让我感到更加可怕……屋代先生，您是不是也觉得，很快就会有恐怖的事情发生呀？”

对于她的问题，我不知道该如何回答才好。我不可能一口断定说不会发生任何事情。不过，要是直接回答她说会发生的话，弄不好会吓着眼前的这个年轻姑娘。阿藤一直很能干，当女佣实在有点儿可惜。而且自从今年春天发生了那件事情之后，她憔悴了不少，因此平添了一种凄艳的味道，让人觉得更加楚楚可怜了。

“八千代她在什么地方？不会也住在这里吧？”

“她就住在对面的那间屋子里面。”

“这个院子还真不小呢。”

“是呀，正是因为院子太大了，所以更感觉瘆得慌。您说这么大一个院子，总共没几个人，要是真出个什么事情的话，可能根本就不知道。”

“你是不是两头跑，既要负责客厅，也要负责那边？”

“是的。那边其实也有一个人负责看守，不过您也知道，那是个乡下人，所以很多时候不怎么招夫人待见……因此我还是经常会被叫过去。不过，自从八千代小姐回来之后，她那边我也不得不去照应着……”

“是呀，八千代的事情可不能轻易交给外人去办啊。我想问一下，八千代回来的事情，是不是还没有人注意到？”

“是的，幸亏这个院子比较大……不过，小姐她，怎么说呢，您也知道，本来就是个放浪不羁的人。再加上因为最近的事情，整个人已经自暴自弃了，所以我真不知道她究竟会干出什么样的事情来。我真是捏了把汗呢。屋代先生，这种事情要是让警察知道的话，我是不是也会跟着受牵连啊？”

看得出来，阿藤心中被这件事情搅得十分不安，眼泪就在眼中打转，几乎快要哭出来。

“看你说的，你没事的。要是真的出了什么事情的话，你就把一切都归到主人身上就行了。对了，八千代她知不知道我已经过来了？”

“她应该知道吧。我记得今天少主人去迎接您的时候好像跟她说过，所以她应该知道吧。”

“她现在在干什么呢？”

“她应该是刚上床……”

“这么说，今天晚上我见不到她了。”

我略感失望。对于我来说，八千代这个女人我还不太了解。她这个人身上有着常人少有的、超乎寻常的奇怪性格……我所能了解到的，也仅仅是这些而已，而这也是她将我深深吸引的主要原因。我在想，等到哪一天，我开始真正深入了解她之后，也许她不过就是一个普通的女人罢了……

“刚才我看到好像客厅那边来了什么客人呢。”

“是来客人了。”

“来的人是谁呀？听说是仙石的父亲请过来的。”

“是呀，把我也吓了一大跳。那件事，我还真的一点儿也不知道呢……那位先生他还问我们，说不知道你们是否已经到家了。你们是不是一起回来的啊？”

“嗯……不过，我还真想知道那个人究竟是干什么的。他跟我们说他叫金田一耕助……”

“我也不大清楚。他和老爷两个人一直待在客厅里，想来此刻应该正在说着事情呢……”

听了她的话，我心里面开始此起彼伏地波动起来。仙石的父亲到底为什么一定要大老远地请这么一个人过来呀？难道此人的到来和之前发生的事情有着某种联系吗……不过，比起这些，我还有更想知道的。

“刚才的那个老尼姑，据说是来自海胜院的师太……”

“是啊，是海胜院的师太，听说叫妙照。”

“这位妙照师太，经常过来找直记吗？”

“没有啊，今天我还是头一次见到她呢。说实话，我吓了一跳。来的时候，慌慌张张地说想要找直记……我估计少爷和这个尼姑应该是关系很亲密的朋友吧。要不然的话，也不可能我们刚来没多久，她就过来拜访……”

“你说的那个海胜院，就在村子里面吗？”

“这个嘛，怎么说呢……我想起来了，老听人们说足长的海胜院。”

“什么意思？你说的足长是什么？”

“是旁边村子的名字。这一带村庄的名字起得可真叫奇怪呀。一会儿是鬼首，一会儿是足长……据说离这里四十里路开外的地方，还有一个村庄叫作手长呢。”

说完阿藤笑了起来，不过还是能看出她内心的迷茫。

“足长村海胜院的这个尼姑，她究竟是因为什么事情来找直记的呀？”

“我也不大清楚。她来的时候曾经说，事情非得当面跟少爷说……”

正在这个时候，直记从客厅的方向走了过来，我们赶忙打住了刚才的那段对话。直记看着我和阿藤的脸，来回打量了一番，好像是在寻找什么东西似的。

“你怎么搞的呀，怎么还没去洗澡？”

那副语调近乎咬牙切齿。

“没什么，有一段时间没见着面了，一聊天便聊过了头。对了，那位客人回去了吗？”

“嗯。”

“是吗，看来我还是先去洗个澡。你打算干什么？”

“算了，我就不洗了。不知怎么搞的，今天晚上特别累。阿藤，等屋代洗完澡之后，你准备点儿酒，我要和屋代喝几杯……”

“知道了。那屋代先生，我先带您过去洗澡吧。”

洗完澡，我和直记两个人面对面地坐着喝起了酒。与此同时，伴随着巨大的轰鸣声，天上开始下起了瓢泼大雨。后来想一想，这场大雨就好像是前奏曲，它的出现正预示着那可怕的第二幕惨剧的开始。哎呀，这种事情，就连想一想都觉得毛骨悚然。耀眼的闪电，轰隆隆的雷声，几乎能冲走一辆牛车的雷暴雨。就在这狂暴的电闪雷鸣当中，一出血淋淋的惨剧即将开始……从现在起，幕布正在一点点被拉开。

感官上的风景

那天晚上。

我的房间就在直记卧室旁边，大小差不多有十叠[①] 的样子。虽然房间里只有我一个人，但是我却怎么也睡不着。

屋子外边雷雨下得犹如瓢泼，时不时地从挡雨板的缝隙中，还会透进来一丝亮光，就好像是被磨得十分锋利的剃刀一般，闪着夺人的寒光。带电粒子互相撞击产生出惊人的、犹如坚硬的石块摩擦一般的雷鸣声之后，总会有一阵轰隆轰隆的余韵伴随着滚滚而来，能够从山的这一边一直延续到远远的那一边，以至于让人觉得，每一次雷声过后，大地就像是被人摇晃了似的，震颤个不停。

由于挡雨板关得死死的，所以很是憋闷，而且还可以清楚地感觉到，湿度正在急剧地上升。这就好像是被人拿着一条湿漉漉的毛巾捂住了口鼻一样，就连呼吸都开始变得困难了。我躺在床上，来回翻着身子，就是没办法入睡。

然而，那天晚上让我久久不能安睡的原因，想来一定不仅仅是窗外的大雨和黏人的湿气，绝对还有其他原因。我不知道它是什么，我只知道它正在向我一步步逼近。对于可怕的、未知的将来，我有一种朦朦胧胧的预感，它就好像是一根尖锐的钢针一般，刺得我的神经骤然变得紧张起来。

雨敲打在房檐上的激烈的声响，还有轰隆轰隆的雷鸣，二者共同演绎着协奏曲。在它们之外，我还听到了另一种声响……就好像是非要听出来点儿端倪不可似的，我的所有神经都集中到了耳朵上，同时还屏住了呼吸。

难道这些都只不过是我的幻觉吗？是不是我想得太多了？明明

---

①日本计量房屋面积的单位，1 叠约为 1.62 平方米。

没有会发生什么事情的保证，却令神经被内心的慌乱和期待如此肆意驱使着的人，只有我一个吗？其他人现在都怀着愉快的心情安睡着吗？

不，不，不会是这样。睡在隔壁房间的直记也好，睡在更里面房间的八千代也好，他们绝对不可能安心入睡的。他们一定和我一样，辗转反侧，难以入眠，内心充满了不安和恐惧。甚至不只是直记和八千代，就连直记的父亲铁之进以及柳夫人，再到四方太和阿藤，肯定也都像在等待着某件事情发生似的，屏住了呼吸，翻来覆去睡不着。

话说回来……如果真的是这样的话，那么大家到底在等待着什么呢？估计众人心里都清楚，围绕着古神家族，不发生点儿事情肯定是不可能的。但不应该这么巧，竟然都不约而同地觉得，事情的发生就在今晚。肯定是因为今天晚上天气的缘故，看来真的只不过是自己的胡思乱想罢了。

我强打精神，努力赶走这些汹涌而来的慌乱不安。我需要尽量地使自己安静下来，尽快进入梦乡。然而，心里面越是着急，脑子却越清醒。一闭上眼睛，眼睑下便会浮现出各种奇怪的影像。看来今天真的睡不着了，忍耐不了失眠痛苦的我，干脆趴在床上，打算抽支烟解解闷。在黑灯瞎火之中，我伸出手，打算去够香烟和打火机。

就在这个时候，从不知道是哪儿的很远的地方，传来了哇的一声极其惨烈的呼叫。在黑暗当中，这一叫惊得我倏地一下子从床上坐了起来。没想到，紧接着又传来了第二声、第三声。那女人的惨叫声响彻四周，接连不断。紧随着惨叫声，我又听到了咚咚咚慌乱的脚步声，以及男人不停叫骂的声音。我惊慌不已，赶忙起身来到了走廊。没想到正好撞见了从隔壁房间里飞奔而出的直记。

“怎、怎么回事，直记，刚才是什么声音？”

“不知道是不是客厅那边又耍起了酒疯。走，咱们过去看看。”

偏房和客厅之间，由一段面积不小的开间走廊相连接。在开间走廊里，有一盏像是古代大灯笼似的电灯，一会儿亮，一会儿灭，闪烁不停，估计要不了多久就会停电。走廊外边依旧是刚才的阵势，大雨稀里哗啦地下个没完没了。

走到客厅门口的时候，我看到连衣服都没有穿好的阿藤也着急忙慌地赶了过来。

“啊，是少爷呀。”阿藤看见我们之后，上气不接下气地跟我们打招呼道，“赶紧过来，赶紧过来吧。老爷他……老爷他……”

“老爷他怎么了？”

“老爷他又喝多了酒……柳夫人被他……”

“什么，又喝酒闹事了？！算了，任由他去闹吧。反正柳夫人天天摆架子，老觉得自己高人一等。偶尔敲打她两下，给她点儿颜色看看，也未尝不是件好事。”

“不过，您不知道，老爷正挥舞着大刀，满屋子追着柳夫人跑呢。可不能让老爷伤着夫人哪，要是有个好歹那可不得了。您还是去看看吧，想个办法赶紧让老爷安静下来。”

“你说什么，他又拿刀砍人了？你说说这个老头子，年纪一大把了，手怎么还这么欠哪。寅太，不好意思，麻烦你跟我一起进去看看。”

客厅在普通廊檐里面，之间又添加了一道室内走廊。不用说，这也是江户时代诸侯大名们建造房屋时经常使用的结构。在阿藤的带领下，走过长长的室内走廊之后，好不容易才终于到达了柳夫人的卧室门口。离得老远，就听到从屋子里面传来了铁之进的怒号声，简直就像是发疯的公牛。

“放开我！放开我！四方太你听见没有，再不放手，小心我连你也一起给砍了。”

“算了吧，算了吧，我说仙石，你能不能冷静一下。你有事没事就闹这么一出……多危险啊，你到底知不知道。”

“什么危险不危险的，我当然知道了。你，你放开我，我要把她给杀了，把她给砍了……我说，阿柳，你难道没有什么要说的吗？”

没有听到柳夫人答话的声音。我们赶紧冲到化妆间里一看，这正是卧室里闹得最欢的时刻。铁之进正站在厚厚的真丝被褥上，那副尊容像极了仁王菩萨。他左手抓着柳夫人的头发，右手则挥舞着那把日本刀，不知道是刀在抖动，还是手在战战兢兢。四方太紧紧地握住他的右手，拼命地拦着他。

看到这样的景象，我直吓得五脏六腑都快要停止运转了，实在是太可怕了。然而，与此同时，说实话，不知道为什么，我差点儿要笑出声。三个人的神态，只让人感到滑稽。

这不过是众人合力上演的一出戏罢了。就在那一瞬间，我产生了这种强烈的想法。当然了，也许众人一开始并没有想到要逢场作戏。铁之进的怒不可遏，柳夫人那一副让人不明就里的面无表情的恐惧，四方太那傻里傻气的慌乱神态，要说起来的话，也应该有真实的成分。话虽如此，真实也是有限度的。

铁之进身穿一件白色的睡衣，就像是在伊势神宫里进行祭祀一样。他敞着怀，从大腿到兜裆布一带完全暴露在外，眼中布满血丝，全身青筋暴起，散发着难闻的酒气，愤怒显而易见。然而，那只挥舞起来的右手即便没有四方太的阻拦，想来也不会真的落下去，这也是显而易见的。再来看看柳夫人，她后脑勺的头发此刻正被铁之进抓在手中，身上的衣服早已经凌乱，白嫩丰满的乳房和膝盖全都裸露在外。她正竭力地用两只手保护着自己的头发。同样的，这样的神态，怎么看都像是故意做出来的，目的就是演给要看到的人看。我当时就是这么想的。就连那个智力有些问题的四方太，也好像是得到了加古川本藏的真传一样，表演得十分卖力。不知道什么缘故，在我看来这也就是乡下剧团演出的一幕场景罢了，甚至只能算是用泥巴捏出来的简陋造型而已。我越看越觉得恶心，真的有种想要冲上前去，啐他们一口的想法。

“父亲，你这是在干什么呀！”

直记的叫喊真可谓一锤定音。听到直记的大声斥责，铁之进的身体不禁晃动了一下。他转过身子，看到来人是直记之后，满是肥肉的脸像个孩子一般，又好像是被人揪了一把似的，一下子歪到了一边，刚刚一直举着的手腕也失去了力气。

“看你干的什么好事，再看看你现在的样子……都一大把年纪了，你难道就不觉得羞耻吗？四方太叔叔，快点儿把那把刀给没收了。”

从铁之进手里将日本刀取下之后，四方太捡起掉在地上的刀鞘，啪的一声把刀插进鞘中。

“直记，这把刀怎么处理？要是还放在这边的话，恐怕还会出问题。”

“先把刀放我这里吧。家里面有刀有刃的差不多也就是这个物件了。要说危险，确实很危险。寅太。”

“嗯？”

“这把刀暂时先寄放到你那边吧，你保管一段时间。”

“放我那里？放在你那边，你自己看着不就行了吗？”

“不行。放我这里，我可没有自信。不管怎么说，我的身上流着父亲的血，不怕一万，就怕万一呀。我怕自己哪天也会拿着这把刀跑出来上蹿下跳，这也说不准哟。啊哈哈哈。”

那笑声实在是可怕，我不禁朝他看了看，想知道他现在是什么样的表情。直记好像在故意回避我的视线，此时已经转过身子面朝着柳夫人那边了。

“柳夫人，你是不是也做得有些过分了。又不是七八岁的小孩子了。”

“我……”柳夫人正在一本正经地整理身上凌乱的衣服，散乱的头发已经整理好了。觉察到膝盖从衣服下摆里露了出来，她慌忙扯了扯衣服，将膝盖盖上了。

铁之进一屁股坐在被褥上面，肩膀不停地抖动着，像是在喘粗气。

“我怎么了？我可没有做出格的事情。你老爹喝完酒就要酒疯，我想你比我更清楚吧。你自己怎么不想一想，以后怎么想办法把他好好地看住。我跟你说说是怎么回事吧。在对面那间屋子里，他把阿藤给支开了，自己喝得跟一摊烂泥似的，完了便跑到我这里来……我只不过说了一句话，说一身酒气真讨厌而已，没想到他就忽然发飙了……看起来这次他真的发疯了。结果就是你们看到的那个样子。”

柳夫人说了一通，样子就像是什么事情都没发生似的。听完她的话，不知怎么地，我感到浑身酥酥的、痒痒的。从柳夫人的声音当中，我感觉到了母猫的气息，它正咕噜咕噜地从嗓子深处发出某种叫声，全身上下都散发着色眯眯的召唤，让人觉得既可恶又可怕。再明显不过了，经过刚才的一番经历之后，柳夫人内心的欲望已经被调动了起来，全身的毛孔已经像旋涡一般张开，此刻她正在享受着应该已经到来的感官上的快感。

“呸！”就好像是想要把嘴里面的脏东西给吐出来似的，直记动了动舌头，发出了这样的声音。

“寅太，咱们走。四方太叔叔，你也别在这儿了。”

快要离开走廊的时候，四方太好像很担心的样子，不时地回过头看看后面。

“直记，不会出什么事吧？那两个人就那么放任不管，他们不会再出什么问题吧？”四方太不安地问道。

“没事的，没事的。那两个人最近一直精神恍惚，要是没有那样的事情刺激一下的话，他们自己还觉得不够满足呢。没什么可担心的。吵架之后才享受到的欢乐，不是会更为浓烈吗？哈哈哈，看看我们几个，咱们才是不顾脸面的人哪。”

对于直记说的话，不知道四方太到底是听懂了还是没听懂，他只是呆呆地停在走廊上不走了。

“哎呀，没什么可担心的。你赶紧回去休息吧。阿藤，你也回自己屋，早点儿睡吧。”

“知道了。”

在阿藤关上走廊拉门的时候，我朝里面的卧室回望了一眼。柳夫人一副懒洋洋的架势，她正好在关那边的拉门。就在这一瞬间，我浑身上下腾地一下子像是被点燃了一样，再次产生了那种酥酥的、痒痒的感觉。

我们和阿藤还有四方太告别之后，又回到了偏房里。经过这么一闹腾，八千代她还能睡得那么安稳吗？然而，事情都结束了，还是没看到她的身影。

“仙石，这把刀怎么办呢？”

“啊，那个啊，反正今天晚上暂时先放到你的房间里面吧。”

“放我那边，我可不好办哪。”

“不好办？为什么呢？你有什么不好办的呀？哈哈哈，你是不是觉得，今天晚上还得再发生点儿大事？放心吧，什么事情都不会发生的。明天起来之后，我会想想怎么把这把刀给处理掉，今天晚上你先帮忙给看管着吧。哎呀，真的好困。我先去睡了。你也早点儿休息吧。”直记说完便迅速回他自己的房间里了。

没有办法，我只好将刀带回了自己的房间。回屋之后，我把刀放进壁橱，然后钻进被窝。雷电交加的大雨仍在继续。不对，不应该说仍在继续，应该说越下越大才对。我想着要赶快睡着，于是便闭上了眼。但是只要闭上眼，柳夫人刚才的身影便会浮现出来，不停地刺激着我的感官，使得我久久不能入睡。

虽说如此，可能是由于白天太累，我终于开始有些迷迷糊糊起来。那之后不知道过了多久，就在那一段时间里，我好像是做了个噩梦。我感觉自己的胸前好像被人压了一块千斤的巨石，心里面都清楚，也想大声叫嚷出来，但是舌头却怎么也不听使唤。我想让自己的双手双脚动起来，但是完全动弹不得。全身上下已经被汗水给浸透了。我拼了命想摆脱“鬼上身”，然而就在此时出事了。走廊的拉门开了，有一个人一闪身溜了进来。不知道是梦幻还是现实，我感觉到有人进入了我的房间。在黑暗当中，那个人走到了我的床前，观察了一会儿我的睡眠情况。过了好久，来人起身，无声无息地离开了我的房间。

那之后没多长时间，我终于挣脱了鬼上身的束缚，回到了现实世界当中。很长时间，我如仍在睡梦中一般迷迷糊糊地想，刚才是真的有人闯进来了吗，还是只不过是在梦境当中自己描绘出来的幻景而已呢……就在这个时候，我听到了一个声音，好像是有人打开了挡雨板。我赶忙踢开被子坐了起来。

然后，我打开电灯，看了一眼壁橱。

我发现壁橱里的那把刀已经不见踪迹了。

龙王瀑布

“仙石，你赶紧起来。大事不好了。刚才发生了一件奇怪的事情。”

我推了推直记，让他赶紧起来。

“怎么回事，发生什么事情了？”

直记很是吃惊的样子，从被窝里面跳了起来。我便把刚才的事情简明扼要地跟他说了一遍。听完之后，直记瞪大了双眼说道：“你说什么，那把刀不见了？”

他咬着牙，大叫起来。“快，咱们过去看看。”

直记立即来到了我的房间里。

“那把刀，我就竖着放在壁橱的这个位置。后来我感觉好像有人进来了，但我也不敢确定……再后来，我就听到了挡雨板被打开的声音。咱们现在就过去看看吧。”

果然，走廊下面的一块挡雨板已经打开了。从那里吹进来的狂风暴雨已经将地上弄湿了一大片。地点正好就是晚上尼姑等人时所处位置的前面。

外边电闪雷鸣。直记借着闪电的光芒观察着情形，然后说道：“你在这里稍等我一下。我去那边查一查，马上就回。”

直记迅速地转过走廊拐角，没过多久便回来了，不过脸色极其苍白。

“果然没错。八千代她又犯病了。”

“八千代她犯病了？她现在不在房间吗？”

“嗯。被子里是空的，不过还留有余温，由此看来她离开房间应该没多长时间。”

“照你这么说的话，难道是八千代把那把刀给拿走了吗？”

“应该是的。老爷子那边闹腾的时候，她一定都看到了。于是，她便对那把刀产生了兴趣。随后那个病就发作了，飘飘然地跑到你的房间里，把刀拿了出去。不过，真不知道她要把刀藏到什么地方去……”

“就这么放任她不管，真的没问题吗？”

“那肯定不行。哪能任由她想干什么就干什么呀。反正现在咱们先去找找看吧。”

我们分别回自己的房间换了衣服之后便走了出来。我心里面清楚，在这种倾盆大雨当中，打伞也没有多大作用，于是便带了一套用防水布料做成的雨衣。直记也跟我一样，穿着同样的行头。

外面仍是狂风暴雨，直下得天昏地暗。时不时地，闪电就像是刻刀一般，在房屋上、在群山上、在风雨飘摇的树梢上，留下它那惊悚的雕刻。振聋发聩的雷鸣声轰隆隆地在我们的头顶炸响。

“我说，咱们应该往那边走。”

“先把院子里面给搜一遍再说。”

我们翻过院墙，走出了偏房，来到客厅的内侧。没想到的是，竟然有人从屋子里面跟我们打招呼。

“哎，你们这是在干什么呢？”

我们被吓了一大跳，回过头来一看，金田一耕助正从茅房的窗户里面注视着我们。我和直记不约而同地看了对方一眼。

“都这个时候了，而且还下这么大的雷暴雨，你们两个人这是要去哪儿？”

金田一耕助奇怪也不是没有道理。让人为难的是，对于他的提问，我们不知道该如何回答才好。因为我们已经达成了一致意见，八千代回来的事情，除了家人以外，绝对不能对任何人说。

就在我和直记对视的时候，金田一耕助又开口说道：“如果我没有猜错的话，你们两个人应该是在追逐刚才的女人吧？要是那样的话，我可以告诉你们，她从那个地方向左边走了。”

“嗯，你是不是看到过她？”

“是呀，看到了。我刚才才到这里，一边上厕所，一边向外边看的时候，我看到一个穿着白色衣服的女人飘飘悠悠地从窗户外边走了过去。于是，我赶紧回去换好衣服，现在正打算跟上去找她。你们先等我一下。我跟你们一起去找。”

“我说，咱们走。”直记忽然猛地抓住了我的手腕。

“咱们不等那个家伙了吗？”

按照金田一耕助刚才告诉我们的方向，我们向左走去。前面是一片茂密的杉树林，在树林的最深处，有一个小小的栅栏门，正被大风吹得左右乱晃，啪嗒啪嗒地响个不停。看到眼前的情景之后，我们断定，八千代肯定就是从这个地方走出去的。

栅栏门外是一片竹林山丘，位处院落后方。竹林里有一条细长的林中小径。我们顺着小径跑了起来。

我们各自手里面拿着一支手电筒，但是实际上根本没有什么必要，周围到处都是闪电的光。

“千代，千代，你在哪里？”直记一边跑，一边把手拢到嘴边，大声呼唤。只不过在这雷声轰鸣当中，在这狂风呼啸声中，在这无休无止的大雨声中，那呼叫声刚刚从直记的口中喊出来，就消散在了黑暗当中。再者说了，即便他这么用力喊叫，声音能够传递到八千代的耳中，那又怎样呢？对方不是梦游症患者吗？

穿过竹林山丘，便走到了山路上。山上原本应该是覆盖着各种各样的栎树，但是现在都已被开发，变成了梯田，到处都是红薯的藤蔓。

“她究竟跑到哪里去了？”

“咱们还是再往山上走一走吧。”

我们顺着曲曲折折的山路爬了上去，但是却感到好像双脚在走动的时候碰到了什么东西。低头捡起来一看，原来是刀鞘。我们再次不约而同地看了看对方。

“看来她是顺着这条路上去的。”

“嗯，不过既然刀鞘丢在了这里，那就说明，她应该是只拿着刀走上去的。”

不知道为什么，我感觉到牙齿在咯咯地响个不停。危险，太危险了。一个梦游症患者，提着一把已出鞘的刀，如果她要是摔倒的话，那会产生什么样的后果呀。

“喂，咱们得快点儿。”

“嗯，快点儿走。”

我们顶着迎面而来的狂风暴雨，拼了命地加快了脚步。我们戴的防水帽已经湿透了，水流顺着帽檐如同瀑布一般流了下来。这场大雨简直就像是打翻了天宫的水盆一般。

“喂。”我上气不接下气地跟直记打招呼道。

“你说什么？”

“我就是想知道，八千代到底是因为什么，才会拿着刀跑到这座山上来的。虽说她是梦游症患者，但是我觉得她也不可能完全没有意识。反倒正是因为事先有了某种潜在的意识，所以才会在梦境当中做出一定的行为。八千代在睡觉之前，肯定考虑过要怎么处理那把刀。于是那些想法便成了潜在的意识，接着便开始支配起处于睡眠当中的八千代，这一点我敢肯定。所以现在的问题就是，她究竟打算怎么处理那把日本刀。”

“嗯，你说得对。刚才我也在考虑这个问题……搞不好的话，她的目的地也许就是龙王瀑布。”

“龙王瀑布……”

“在这座山的深处，有一处非常大的瀑布。本地人都叫它龙王瀑布。我来到这个地方之后，也就仅仅去过一次。八千代在逃回家里之前，据说有一段时间在那个地方出现过。跟她聊天的时候，她也说到过瀑布……所以我觉得，八千代很可能是想把那把刀给扔进瀑布里面吧。”

“顺着这条路走下去，可以到达那个瀑布吧？”

“嗯，正好就是去瀑布的方向。现在我们看到的流经谷底的水，就是那个瀑布流淌下来的。”

不知道从什么时候开始，我们已经进入到了幽深的溪谷当中。从谷底可以听到轰轰轰的声音，那是流水在撞击岩石。我们两个人只顾着一直沿着这条溪谷向前跑。跑着跑着，直记忽然啊的大叫一声，停下了脚步。

“怎、怎么了？”

“八千代她……”

“八千代她怎么了……你是不是看到八千代了？”

“嗯，刚才你也看到天空打闪了吧。就在那个时候，我看到八千代在山顶上面……她……啊……”

在我们说话的时候，一道电光扫过附近的天空，就好像是忽然点着了一堆镁粉似的。在闪电的光芒之下，我也清楚地看到了。

八千代脚步轻飘，就好像是走在云彩上面似的，飘飘然地走在离我们五六丈远的山路上。不仅如此，她的一只手里面还提着那把日本刀……

“我说，咱们走快点儿。”

“嗯。”

闪电消失之后，四周又重新陷入黑暗当中，犹如被涂上了一层黑漆似的。在黑暗当中，轰鸣的雷声、狂风呼叫声、树木摇晃的噪音、倾盆大雨的声响，还有夹杂在其间的流水声，共同演奏出一首可怕的交响曲，震得人耳朵都要聋了。

我们已经忘掉周围的一切，只顾着向前猛跑。跑着跑着，忽然听到从下面传来了“喂”“喂”的呼叫声，底下有人在跟我们打招呼。

“真讨厌，又是金田一耕助那个家伙。”

“那个人到底是来干什么的。怎么老是在别人着急的时候出现，真是讨厌。”

“不知道他是干什么的。不过我知道，只要被那家伙撞到，肯定就没有好事。我们必须趁着他还没有过来，赶紧把八千代抓住，尽快给藏起来。”

“龙王瀑布是不是还有很远的距离呀？”

“一会儿就到了。要是在白天的话，站在这里都能看见了……”

当我们抬起头往上看的时候，又一道电光闪过天际，照亮了无边的黑夜。然而，也就是在这个时候——

“啊！”

我们好像被人用钉子钉在了原地似的，都停下脚步，久久不能移动半步。

“喂。”

在黑漆漆的夜色当中，我能够清楚地感受到，直记紧紧握着我手腕的手，冰冷冰冷的，像是刚从冰水里拿出来一样。牙齿在咯咯地发着声响，身体就如同树叶一般，在狂风暴雨之中颤抖不已。

“你看到了吗？”

“嗯，看到了。”由于太过恐惧，我的舌头也开始打战。

“刚才那个是蜂屋吧？”

“应该是……虽然没太看清楚他的脸，不过……”

“他手里好像还拿着一把刀呢。”

“嗯。难道说他已经把八千代给……”

事情实在太可怕了，我没有办法将自己的话接下去。一想到这，我便感到自己的心上好像被人压了一块重达千斤的巨石，喘不过气来。

在刚才的那一道闪电光中，我们看到了这个世界上最为可怕的人。我们简直不敢想象，他竟然会出现在这里。在瀑布上面的巨型岩石上，站着一个男人。那个人就好像是蝙蝠一样，舞动着披风的袖子，而他的右手则赫然提着一把长刀。雨水从他的头顶流到脚上，就如同旁边的瀑布一般。他头上的帽子帽檐很宽，所以看不大清楚他的脸。但是有一个特征我们是不会看错的，那就是他背后的肉瘤子。

那人是个佝偻。他就是蜂屋小市。

在无边无际的黑暗当中，我们呆呆地站在原地，像两尊石像。也就是在这个时候，一声凄厉的女人的惨叫声，划过了漆黑的暗夜……

是八千代。那是八千代向我们呼救的声音。

“到、到底出什么事了。对面的那块大石头上面，好像站着一个奇怪的男人……”

我们被吓了一大跳，转过身来向后望去，在手电筒的光中，出现了一个人。原来是金田一耕助。

就在此时，黑暗中又传来了女人悲惨的叫声。

“咱们过去。肯定是出什么事情了。快点儿走。”金田一耕助里面穿着一件和服，外边套着一件类似于防雨斗篷一样的衣服，一边跑一边向我们喊道。

直到这个时候，我和直记才终于回过神来，赶紧跟在金田一耕助后面冲了上去。

此后，闪电继续展示着它的威严，在片刻之间照亮大地。然而，在电光石火之间，蜂屋小市和八千代却都不见踪迹了。

轰隆隆的雷鸣声、肆虐各处的狂风、轰轰轰的瀑布声，还有几将摧毁大石头和树木的大暴雨……这景象令我想到了地狱，让人真的有种身处地狱的感觉。没要多久，我们就爬到了瀑布上面的岩石上。但是，那里却空无一人。我们没有看到蜂屋和八千代。

“千代，千代……”如今事情已经到了这步田地，我们也没有必要顾忌金田一耕助了。直记大声叫嚷着。

“八千代，八千代……”接着直记的呼喊，我也叫了起来。

不过，任凭我们再怎么叫唤，始终没有任何回答。我们的声音消散在无情肆虐的狂风中。

“一起找吧。咱们最好分头去找。”

金田一耕助脸色苍白，显得很紧张。和那个笑眯眯的耕助完全不同，此刻他神情凝重。

“好吧，寅太，你帮忙去那边找一找。我往这边走。”

“那我就往那边去找。”金田一耕助开口说道。

直记却好像没听到他的话似的。

“寅太，你可要小心点儿，对方手里面可是提着一把刀呢……黑灯瞎火的，要是被他砍上一刀，那可就全完了。”

在直记的声音中，我听到了自嘲。不过，虽然听到了他的提醒，我却没有特别在意，只是朝着刚才他指示给我的方向，默默地加快了脚步。

就是在这个时候，我才第一次知道，原来当恐惧的程度超过了某种限度的时候，便意味着虚无了。我已经接近虚脱状态了，拖着一副没有魂魄的身躯，我就像个机器人一样，机械地向前迈着步子，朝着瀑布上面的河流走去。

瀑布的上方有一条非常宽的河流，两侧都是高耸的山峰。由于今天的这场大雨，河水暴涨，打着巨大的旋涡。我们每人负责一个方向，分别行动。没多长时间，便看不到其他人的身影了。

此后大约过了三十分钟。我漫无目的地走在倾盆大雨中，不知道自己的脚下一步该往什么地方迈。我这么做，究竟是为了什么呀？我开始觉得现在的自己有点儿像个傻瓜。在心里，我真的就是这么想的。我没法隐藏这些片刻间掠过自己心田的想法。

对于能够见着活着的八千代，我几乎已经不抱任何希望了。

手中提着日本刀，伫立在瀑布旁边的蜂屋……还有那凄厉的惨叫……我开始胡思乱想，想象着满身是血、倒在路边的八千代的身影。然而，越是想象，我越是感到，自己将要面对的，就好像是一出滑稽戏。

与此同时，我的胡思乱想终于应验了。

我忽然听到有人在呼喊我和直记的名字。听声音应该是金田一耕助。从他的声调当中可以听出来，他一定是发现什么了。我赶紧顺着声音传来的方向飞奔过去。在瀑布上面的大石头上，和直记撞了个满怀。

声音是从瀑布的谷底传过来的。我们不约而同地看了看对方，然后默默无言地走下了险峻的山崖。

轰隆轰隆的瀑布声压迫着我们的耳朵。虽然雷声已经越来越远了，但是闪电却仍然时不时地闪烁在天空，就好像是对大地有着不舍依恋一般，亲吻着周围的黑暗。

我们走到瀑布谷底的时候，看到金田一耕助像石头一样，呆呆地站在那里。他浑身上下已经被淋透了，衣服在狂风的作用下不住地飘动，看上去，他的全身都在止不住地颤抖。不，不只是看上去，金田一耕助他确实在战战兢兢地发抖。

“怎、怎么回事？”直记声音沙哑地向他问道，就好像是被人掐着脖子说出来的似的。

金田一耕助不紧不慢地转过身来，回头看着我们。他的脸上没有任何表情。与其说是没有表情，不如说是几近茫然的状态。

过了一会儿，金田一耕助将手电筒朝前方照了照。

我们两个人都屏住了呼吸，急忙将各自手中的手电筒照向了同一个方向。

从我们现在所在的岩石看去，隔着三块岩石左右的距离，便是瀑布谷底的中央，那里有一块巨大的岩石。八千代就好像是摔死了一般，躺在那个地方。我们看到的是八千代那穿着白色睡衣的身体……但是，怎么回事，八千代身上竟然没有脑袋……

佝偻的瘤子

八千代被砍下了脑袋，凶手将她的脑袋带走了。

她的脑袋直到最后也没能够找到。凶手应该是把脑袋给藏到什么地方去了。在这么一座宽广的大山当中，要想找出一颗人头，那无异于在无边大海当中去寻找一根小小的银针。也就是说，那几乎是不可能实现的事情。

不过，话又说回来，这已经不是第一次了。凶手为什么会一而再地将被害者的脑袋给砍下，然后带走呢？为什么凶手不能满足于仅仅杀死受害人呢。杀死受害者，接着砍掉脑袋并带走，这些行为的背后，凶手肯定自有理由。难道说，凶手是一个专门收集人脑袋的变态收藏者吗？

将脑袋砍下来之后带走……应该说，这么做大约有两点动机可以考虑。

一种情况就是，有点儿像是古代的武士一样，将敌人的首级取下带回，放到父亲或是主君的墓前，用其作为祭奠。但依照现在的情况来看，这个动机应该可以排除，因为前面已经有过先例了。最先被杀害的守卫的脑袋，不是在院子里面的水池当中被发现的吗？

另一种情况就是，通过将被害人的脑袋给砍下来带走，故意使得被害人身份难辨。这在侦探小说当中经常会出现，应该说是一种掩人耳目的伎俩罢了。弄不好这次的事情很可能就属于上面说的第二种情况。

由此推理下去的话，也的确如此。第一次发生杀人事件的时候，我们一开始确确实实坚信被害者就是蜂屋小市，而且还据此怀疑，守卫就是凶手，并且他已经藏了起来。

直到后来，守卫的脑袋被从水池当中发现了之后，我们的判断才被最终推翻。也就是脑袋被发现了，如果没有发现那颗脑袋的话，可能我们到现在还觉得被杀害的人就是蜂屋，而杀人凶手不是别人，就是守卫。

然而……

要是上面的说法成立的话，这次的事情究竟是怎么回事呢？难道说这次的事情也和第一次杀人事件一样，凶手又在耍弄诡计吗？也就是说，被杀害的人其实并不是八千代，而是其他女人。如果说是其他女人的话，那么被害的女人到底是谁？这个成了八千代替身的女人，无论从年龄还是体形上看，都和八千代极其相似——莫非直到现在，我们和这个女人都没有见过面吗？

不，不，即便我们一直以来都没有见过这个女人，可能对于凶手来讲，要想找到一个和八千代外形相似的女人做替身，也不是一件什么难事。不，不，不，也许在我们看来十分难办到的事情，对于凶手来讲，恰恰是其作案的绝佳条件。在本次事件当中，找一个和所有人都没有任何瓜葛的人作为替身，反倒能够使自己的诡计不容易被别人看破。

一想到这里，我一下子不寒而栗起来。越想越不敢往下想，实在太可怕了，以至于全身上下都开始颤抖起来。太可怕了，太可怕了，我一直在发抖，我没有办法让自己停下来。

啊，啊，我到底是在想什么呀。那具尸体身上不是明明正穿着八千代的白色睡衣吗？而且就是那件睡衣，在我们发现这具尸体没多长时间之前，的的确确就穿在八千代的身上。如果说有异常的话，难道八千代先是将自己身上的睡衣给脱下，然后再将其穿到尸体的身体上吗？没有特殊理由的话，只可能是这样。当然了，这是在八千代她没有被人给杀了的前提之下。

……

我无论如何也不相信，八千代也被人杀了。因为虽然说凶手十分凶狠敏捷，但是他也不可能在那一瞬间杀死两个女人。

要是这么说的话，八千代可能就是凶手，或者说起码是帮凶。是的，应该就是这样，八千代就是共犯。

虽然八千代的性格在常人看来极其异常，但是要说她就是那个残暴的凶手，所有的暴行都是她一手制造出来的话，还是令人难以置信。

主犯肯定另有其人，而八千代则从旁相助。如此考虑的话，这之前很多无法解释清楚的事情，还有各种各样的谜团，从某种意义上来说，都可以得到相对合理的解释。

这回遇到的事情也是一样，其实我们看到的一切，从头到尾都是诡计，目的就在想让人们相信，八千代已经从这个世界上消失了。第一次杀人事件发生的时候，八千代就是重大的嫌疑人，或者说是相关人，受到了警察的严格调查。为了避免再被警察盯上的危险，最好也是最安全的办法就是成为一个死人，从这个世界上消失。如此一来，她便可以变身为世外之人，从而得到重生，想来她现在正在背地里伸着舌头，偷偷地嘲笑着我们吧……

要真是这样的话，那主犯到底是谁呢？对于这个问题，已经有答案了，那便是蜂屋小市。在昨天晚上的电光石火之间，我不是看到蜂屋小市的身影了吗。当然了，他的脸我的确没有看得十分清楚。不过，那如果不是蜂屋的话，谁又会有着那么一副让人恶心害怕的体形呢？是的，所有的事情都是蜂屋和八千代合谋干出来的……

当然了，仅凭这些证据，还有很多无法解释清楚的事情。从逻辑上来讲，总觉得有些地方说不通。但是不管怎么说，我觉得，至少推断出不是蜂屋一个人做出来的，就已经或多或少地开始接近谜团的中心了。

啊，啊，八千代是共犯……在这一出鲜血淋淋的滑稽剧里，她的那双白嫩的手也曾经参与其中……

恐怖的气氛实在是太强烈了，我感觉到自己全身都是鸡皮疙瘩，一粒一粒的十分可怕。总得想个办法才是，得将这些可怕的想法从脑中抹去。我绞尽脑汁，想要从自己的推理当中找出某种不合情理的成分。实际上，这么想的结果就是，至少比起在此之前的那种漫无目的的暗中摸索，还是有些进步的。我清楚地知道这一点。

“你这是在想什么呢？”

有人突然从我的身后跟我打招呼。我吓了一大跳，急忙转过身来，向后面望去，是金田一耕助。我一时间也不知道该说什么好。可能是由于自己想得太投入，所以一下子没能回过神来。

“啊，没什么，我没想什么……”

我慌慌张张地拿出了手绢，擦了擦额头上渗出的汗水。刚才的那种想法犹如噩梦一般，惊得我全身止不住地向外冒汗。

“看来你想得还挺投入的啊。我刚才就注意到你的神态了。”

听了他的话，我忽然心生不快。难道说这个家伙一直像间谍一样，始终监视着我吗？

金田一耕助好像觉察到了我的不快，开口说道：“你不必想得太多，我并没有监视你的想法。实际上，我就是想跟你打个招呼，所以一直在等着。不过，你好像刚才一直处在深度思考当中，我也是在不经意之间注意到你的，希望你不要太过介意。”

“啊啊，没什么，我倒没什么……那边现在怎么样了？”

“现在正在调查当中。”

“直记那家伙他现在怎么样了？”

“他可能不会那么容易脱身。因为不管怎么说，他都是中心人物……”

天已经亮了，附近的警察也已经赶到了现场。在他们的大规模行动之下，鬼首村就像是一锅烧开了的水，顿时沸腾起来。乡下跟城里不一样，历史的进程是很简单的。像杀人这种事情，可能几年，甚至几十年也不会出现一次。另外，即便真的发生了杀人事件，动机和犯罪过程也都非常简单，绝对不可能出现不知道凶手是谁之类的复杂情况。

一个女人被杀，脑袋还没了，并且也没能查出来一点儿关于凶手的线索。像这种奇谈怪事，对于单纯的乡下人来说，可谓头一次见闻。也难怪他们被吓得脸色苍白、双腿瑟瑟发抖了。

“他算什么中心人物。直记不是一点儿也不知道发生了什么事情吗？”

“你说得也有道理，不过仅仅是窝藏八千代这一条罪状，他就推卸不了责任。”

“要是照你这么说的话，那我也知道八千代回来的事呀。”

“那可不一样，你不是昨天晚上来到这里之后才知道这件事情的吗？所以说，无论怎么追究，你都说得过去。但是仙石他就不行了，他没办法洗脱嫌疑。”

“如此说来，他这次可真得受点儿教训了。”

“是啊。”金田一耕助亲切地笑了笑。

古神家族和仙石家族的所有人都被叫到了堂屋里面。每个人都要在此接受办案人员的严格讯问。当然了，虽然我不是他们家的人，但是由于与此事也有关系，所以按照程序，也接受了讯问。可能后来办案人员也觉得，我跟这两个家族的关系也不是那么密切，而且我昨天晚上才来到此地，所以他们对我其实并不是那么在意，简简单单地核查了一下我的基本身份之后，他们便让我去偏房，等着可能还会有的二次讯问。

“你觉得怎么样，屋代先生？过一会儿我还想再去龙王瀑布那边转一转，看看能不能发现什么新的线索，你要是有时间的话，跟我一起过去好了。”

“你是说我吗……去当然可以，不过现在警察命令我必须待在屋子里，一会儿可能还有讯问……”

“没关系的，我已经跟他们都说好了。办案的那些人他们都知道。你知道吗，我特别想找一个像你这么优秀的助手呢。”

听完金田一耕助的话，我感觉有点儿吃惊，又重新打量了一下他。他一边亲切地微笑着，一边说道：“哈哈哈，你心里面可能会说，我对你还不大熟悉，谁知道你是一个什么样的人哪。看来我还有必要介绍一下自己。我接受仙石……当然了，这个仙石是作为父亲的那个仙石，接受他的委托，专门过来负责调查这件案子。”

我越听越觉得不可思议，只顾着看着他的脸，想看出个究竟。

“你是说负责调查这件案子？那么说的话，你不就是……”

“是的。我其实就是私家侦探。或者换句话说，就是技术很一般般的侦探而已。哈哈哈。”看起来金田一耕助还是很愿意向别人展示自己的身份的。他一边说着，一边在鸡窝一样的头上不停地挠来挠去。

听了他的自我介绍，我有点儿震惊，以至于过了好久，我才想起来话是怎么说的。这么一个人竟然是私家侦探？这么一个猥琐不堪、留着鸡窝头、登不上台面的邋遢男人，竟会是私家侦探！人选择什么样的职业都是个人的自由。所以说，这个人立志要当私家侦探，最终的结果无论失败也好，成功也罢，都是他自己的事而已。而我最怀疑的反倒不是这个人，而是仙石的老爹。家里出了这么大一件事情，这位老爷子竟然不知从哪里找来这样一位人物，真不知道他脑子里究竟是怎么想的。

我内心对眼前的这个人无比轻视，但是与此同时，出于想看看他的本事的想法，好奇心也被他勾了出来。

“哦，原来是这么一回事呀。那我真是太失礼了。像我这样的人您都看得上眼，还想让我当您的助手，对我来说简直是无上的光荣呢。您就下命令吧，有什么事情尽管让我去办。”

我一这么故作谦恭，眼前的口吃侦探高兴得都不知怎么办才好了。

“我要说什么来着，啊，真、真的很感谢你，能、能够说出这样一番话来。反、反正不管怎么说吧，您从最开始的时候起，和本次事件的关系就跟他们不一样。虽说关系重大，但是您却是一个局外人。再加上您还是一位作家，并且还是一位写侦探小说的作家，您的观察视角肯定和其他人的有所不同。所以我才觉得，要是能有一个像您这样的人给我当助手的话，那、那简直就太完美了。”

我心里在犯嘀咕，这家伙说了这么多，到底想说什么呀？不过，我还是一边压抑住内心的好奇，一边嘴上还不忘表现出自己的兴奋。

“您过奖了，虽然不知道能不能派上用场，但是我一定不会辜负您的期望，我一定会努力工作的。对了，时间已经不早了，咱们还是赶紧出发吧。”

昨天的那场大雨也没有打声招呼，就无声无息地停了。今天天气很好，绿绿的叶子在枝头迎风摇摆，让人看着心里就舒服。天空万里无云，满眼都是一望无际的蓝色，山上的树木则是一片一片青翠欲滴，二者相映成趣。鬼首村背后的群山，竟然有着如此美丽的景观。循着昨天晚上走过的道路向山上进发，我想到了在狂风暴雨当中看到的那些让人心惊胆战的各种各样的场景。然而，面对着眼前的美景，我越想越觉得，那应该不过就是一场可怕的噩梦吧。

在通往龙王瀑布的路上，我和金田一耕助都说了些什么话，如今我已经记不大清楚了。

刚才出现在我脑海当中的那个可怕的想法，让我感觉自己像是喝醉了酒一般。再加上昨天的旅行疲惫，以及昨晚经历过的那些事情，可以说我现在十分兴奋。人都是这样，只要一兴奋，便会开始喋喋不休起来。

我简直就像是在演讲似的，只顾着自己不停地说。可能就在说的过程当中，那些可怕的想法和疑惑也被抖了出来。

金田一耕助听完之后，觉得十分钦佩。他看了看我说道：“原来如此。你说的那些，的的确确是可怕的想法呢。只不过……原来如此，原来如此呀，也许从你的论述当中，我们能找出破解此案的关键线索呢。哎呀，多亏有你这样一个敏锐的助手出手相助，要不然的话，我还真不知道办案竟然如此轻松快乐呢……”

金田一耕助的确显示出一副很享受的样子。

龙王瀑布附近，有很多巡警和便衣警察在四处搜寻线索。不仅如此，他们还得负责将前来看热闹的众多不明真相的围观者赶出场外。他们也真够不容易的。

我不免一阵担心，像金田一耕助这样只会说大话、长相猥琐的家伙，搞不好也会和那些看热闹的人一样，被巡警给赶出去吧。但是没想到，真的没有想到，警察对他竟然极尽殷勤和礼遇。看到之后，我吃惊得简直不知如何是好了，忍不住想要再看看眼前的猥琐男。

“有没有什么新的发现？”金田一耕助抓住了一位像是负责人的警官，向他询问道。

“嗯，实际上，刚才我们发现了一些很奇怪的东西。麻烦您跟我们到这边看一下。”

警官说的地方位于龙王瀑布上方，靠近河流的那个方位。他带着我们在河流中的岩石间来回穿梭。我们则一刻也不敢怠慢，紧紧地跟在他的身后。

昨天晚上，我们为了找八千代，也曾经在这片河流旁到处搜寻过。只不过白天和黑夜所看到的景象以及感受，可以说有着天壤之别。我没有见过这样的景观，所以感觉很稀罕，一边欣赏着周围的风景，一边默默地跟在警官后边往目的地赶去。

由于昨天的那场大暴雨，河流水位暴涨，看起来都让人觉得害怕。河水冲刷着岩石，向下游奔腾而去。河流两岸都是陡峭的断崖，放眼望去，断崖上面全是绿色。在绿色的树木当中，黄鹂鸟一直在不停地歌唱着。

就在我们爬到大约一半的时候，警官忽然停下脚步。

“你们看，就是这个。”

顺着警官所指的方向望去，在右岸的断崖底部，有一个跟成年人身高相当的洞穴。昨天晚上我们在这片区域寻找八千代的时候，应该也到过这里，只不过因为当时四周黑暗，自然没能够注意到。

“这个是……”

“咱们先进去看一看吧。”

警官走在前面，先进了洞穴。金田一耕助紧跟上去，而我则最后走了进去。

进去一看，我们感到很意外，没想到里面面积竟然还不小。再往里走了一段之后，便来到了一处差不多有五平方米的空间。警官掏出了手电筒，一边照了照地面，一边指引着我们说道：“你们看看这个。”

随着他的手电筒的光在洞内观察着，看到他指示的那个东西之后，我不禁倒吸了一口凉气。

湿漉漉的地面上，有着斑斑点点的黑色印记……不用说，肯定是半干的血迹。

金田一耕助也吓得瞠目结舌。

“原来如此，看来凶手就是在这个洞穴里面实施了犯罪。”

“的确有很大的可能性。即便凶手是在外边的某个地方实施了犯罪，但是至少将脑袋砍下来的这个过程，肯定是在洞穴里面进行的。你们看这个地方。那把刀……”

警官移动了一下手电筒的光，随着灯光出现在面前的是一把日本刀。不用说，刀上沾满了血迹。

“原来如此。也就是说，在这个地方将脑袋砍了下来，然后把身体移到了瀑布那边，扔在了那里。”

听完我说的话，金田一耕助慢慢悠悠地摇了摇头说道："不对，应该不是这样。要是照你说的那样的话，凶手的身上一定会沾满血迹。凶手将尸体拖出去，然后给扔到了前面的河流里去了。所以说，尸体本来应该就在这周围。不过，由于昨天晚上的那场大雨导致水位上涨，结果尸体就被水流抬升，给带到了瀑布那边。你昨天晚上没有看到尸体，所以你不知道，尸体的身上有多处骨折，还有擦伤，几乎全身都有，相当可怕。"金田一耕助解释道。

"不过，我觉得是不是还应该有一些其他的……"

"有啊。不过，这件东西看上去可是让人百思不得其解。"

警官将手电筒的光移向了下一个地方。金田一耕助和我看了之后，都不禁皱起了眉头。

"那是什么东西啊？"

"你拿起来看一看。很有意思呢。"

金田一耕助觉得非常奇怪，他将地上的东西捡了起来。就在他捡起来的一瞬间，我不禁大叫出声。

原来那些东西包括黑色的披风，还有裤子，以及一顶宽檐帽。除了这些之外，还有更为奇怪的东西，那就是一个像是小型竹篓一样的东西，上面还附有两根带子。

"佝偻的瘤子。"我情不自禁地大声喊道。

金田一耕助好像很吃惊的样子，回过头来看了看我，然后便点点头说道："是的。肯定就是你说的那玩意儿。披风，裤子，还有这个小竹篓……我们昨天晚上在闪电亮起的那一瞬间看到的那个佝偻男人，其实并不是蜂屋小市。肯定是有人穿上了这些衣服，将自己打扮成了蜂屋小市。"

我感到了一种无法描述的恐惧，它正从我的脚底开始慢慢地向上蠕动。为了赶走它，我觉得有必要移动一下自己所在的位置。就在这个时候，我感觉脚尖好像碰到了什么东西。

捡起来一看，原来是化妆粉盒。

“哎，你手里拿的是什么？”

警官对我捡起来的粉盒也不熟悉，看来之前他没有注意到。他吃惊地看了看我手中的东西。

“是粉盒。埋在土里面的。”

“有可能是被害人的吗？”

“怎么可能……”我不禁轻声笑道，“八千代昨天晚上是穿着睡衣从家里出来的。她应该不可能带着粉盒。可能是有另外的女人……”

说到这里，我猛地停住不再往下说了。接着我和金田一耕助同时看了看对方。难道说，我的那些可怕的想法和疑惑真的灵验了吗？难道说，从现在开始，又会有一个新的女人出场吗？如果真的有的话，那又会是谁呢……

第四章　另外一个女人

另外一个女人

佝偻的瘤子和粉盒……啊，这些到底是怎么回事？

有人曾经背上那个奇怪的竹篓，故意把自己打扮成佝偻，看来这件事情的确是没什么可怀疑的了。问题在于，那个人到底是谁呢？

从这件事情的最初就脱不了关系的一干人等，全都集中到了鬼首村。然而，话虽如此，在这些人当中，能够在昨天晚上的那个时间、那个地点假扮成佝偻的人，或者说有可能扮成佝偻的人，却怎么想也没头绪。

就在那道电光闪烁之时，也就是我们看到佝偻身影的那一瞬间，直记和我是在一起的。据此推断，他首先便可以并且是一定可以从可怕的嫌疑者当中排除出去。同时换一个角度来说，由于直记的存在，我自身不在场的证明也便可以得到确认。除此之外，难得的是，金田一耕助当时紧紧地跟在我们身后，他几乎与我们在同一时间看到了岩石上面的那个佝偻，所以他肯定清楚地知道这一点。

这么一来的话，直记的老爷子铁之进，还有柳夫人、四方太以及阿藤等人，他们究竟有没有可能呢？弄不好的话，也许就是他们之中的某一个人，在我们走出院子之前就已经出发了，化完装之后，便一直等待着八千代的出现，准备伺机下手。不对，这种想象似乎有些不合情理。为什么这么说呢？因为昨天晚上八千代旧疾复发的事情，应该不会有人预先知道，更不要说还能够预测到她会往龙王瀑布那边去。对于这些人来说，没有一个可以做到。

那么，有没有可能是看到八千代走出家门之后，他们中的某一位跟着也出去了呢？不会的，这种假设的可能性也是微乎其微。究其原因就在于，如果真的有人跟在八千代后面的话，直记和我绝对不可能发现不了。在那些可怕的闪电光中，我们曾经不只一次亲眼看见八千代的身影。如果说在八千代和我们之间真的存在某个身份不明的人物的话，其身形定然逃不出我们的眼睛，这一点我可以绝对肯定。

话又说回来，其实根本没有必要像我这样来来回回地胡思乱想。昨天晚上下了那么大的一场雨，要是真的曾经在家与龙王瀑布之间往返过的话，那事后肯定都会知道的。然而，我们并没有得到相关的信息，所以从这一点上来分析的话，必然可以得出结论，昨天晚上离开屋子的，肯定是我们之外的人。

推理来推理去，昨天晚上的那个佝偻，究竟是谁？

难道说那个人真的会是蜂屋小市吗？

说来也是，关于蜂屋到底是不是真正的佝偻，有一段时间，舆论曾经闹得沸沸扬扬。其中有一种说法就是，那可能是他为迎合战后与众不同的时尚风潮，故意伪装出来的外表罢了。

如果这种说法成立的话，那么残留在洞穴里面的竹篓，想必就是蜂屋用来伪装的工具了。

不过即便如此，我还是觉得有些东西弄不明白。如果蜂屋的佝偻是伪装出来的，那么他肯定不得不自始至终力图避免自己的装扮被别人识破。只有这样做，原本不是佝偻的蜂屋才能避开人们的目光，在世间生存下去。还有重要的一点就是，那个竹篓实在是太过于轻巧简便了。我们不难想象，即便蜂屋的佝偻是伪装出来的，用于伪装的工具怎么可能会是那样一种过于简单的东西呢？

哎呀，搞不明白。昨天晚上的那个佝偻，到底是谁呀？

"哈哈哈，对于你来说，很难想明白，是吗？"

这句轻声在耳边响起的话语，使我脑海中的各种幻想戛然而止。我实在太过吃惊了，以至于差点儿跳起来。等缓过神来之后，我看到和我一同前来的金田一耕助正在路上急速地行走着。

是这么回事。那个时候，我和金田一耕助两个人已经从洞穴中走了出来，然后再沿河流逆流而上，翻越一座山丘，准备朝着山那边的足长村进发。

足长村——当然了，我并不知道金田一耕助将会在那里做出什么样的事情来，但是当他跟我说想要到足长村去一趟的时候，我脑海当中立刻想到了一件事情，那便是被称作海胜院的尼姑庵。关于这座尼姑庵，直记总好像有事情瞒着我似的。所以我以前就曾经想过，觉得自己有必要找个时间到足长村走一趟，去见一见海胜院的妙照师太，亲口跟她确认一下到底是怎么回事。当我们在洞穴当中发现了那些奇特的东西之后，金田一耕助便随即提议到足长村那边去看一看。对于他的提议，我几乎连考虑都没考虑，便立刻表示赞同。

“那个，不好意思，您刚才说什么？”我战战兢兢地回问了他一句。

金田一耕助一边亲切地微笑，一边说道：“没什么。怎么了，你刚才是不是一直在思考那个佝偻瘤子的事。你想知道到底是谁背上了那个篓子，昨天晚上化装成佝偻出现在瀑布旁，不过看起来你好像还没有完全想明白。我跟你说，你还别不服气哟。你心里在想什么，我通过你的眼神就能够猜出来。不仅如此，你在深入思考事情的时候，总是会不经意间便下意识地自言自语起来，这已经都快成为你的毛病了。哈哈哈。”

金田一耕助爽朗地开怀大笑，似乎心中没有一丝一毫的芥蒂。他这么一笑，反倒搞得我有些不好意思了。

“真的吗？那我刚才都说了些什么？”

“哈哈哈，不用担心，没有什么值得担心的事情。算了，咱们还是聊聊昨天晚上的那个佝偻吧，那个人到底是谁，你是不是真的到现在还是没有一点儿眉目？”

“的确想不明白。不过，如果说那个人真的是蜂屋小市的话，那可能事情又得另说了。”

“蜂屋小市？”对此金田一耕助嗤之以鼻，他大笑道，“我说你不会是来真的吧，你真的是那么想的吗？难道你不觉得，像蜂屋小市那样的人，跟个废人又有什么区别呢？”

“这么说吧，这一点我也考虑过。只不过如果这样的话，那么对于昨天晚上的那个佝偻到底是谁的问题，就不好解释了。因为既要保证那个时候有时间出现在那块岩石之上，又要保证跟此事件相关，连一个满足条件的人都没有……”

“连一个都没有吗？你真的觉得连一个都没有吗？”

金田一耕助两只眼睛睁得大大的，滴溜来回乱转，紧紧地盯着我的脸看个不停。不知道因为什么，我觉得他的眼神有些恶作剧的味道，也许这就是他的魅力吧。

被他这么一看，我几乎都有点儿喘不过气来了。

“那照你说的话，那个人应该是谁呢？”

金田一耕助表情相当平静，他微笑着说道：“屋代先生，看来你已经陷入盲点了。其实本来就不是什么大不了的事情。也就是说，盲点已经达到了它的效果，那就是故意让本来并不复杂的事情变得复杂难测。你听明白了吗？好吧，现在就让我来帮助你将盲点戳破吧。昨天晚上，我们在闪电的光亮之下，看到在岩石上面有一个长得像是佝偻的人。其实在那个时候，应该有一个与本次事件相关的人，已经到达岩石上面了。”

“所以说呀，我想听听会是谁。你所说的那个人指的是……”

“八千代。”

“你说什么？怎么会是八千代？”

他的话让我不禁觉得自己就好像被人从天灵盖钉下了一根钢钉似的，受到了一种从未有过的巨大冲击。我呆呆地站在原地动弹不得，双肩不停地抽动着，一双眼睛像是着了火似的，死死地盯着金田一耕助。

金田一耕助不紧不慢地伸出手掌，张开五根手指，一边轻轻地梳理着脑袋上的头发，一边开口说道：“是的。就是八千代。为什么不可以是八千代呢？话说回来了，事实上最先表达出这种想法的人，正是你自己呀。那具没有脑袋的尸体，其实并不是八千代。虽然尸体身上穿着八千代的睡衣，但是应该是别的女人才对。八千代想方设法地找了一个人做自己的替身，然后假扮自己已死，从而躲避警察的追捕。最先对事情感到怀疑，并且做出上述假设的人，难道不正是你自己吗？而我对于你的一番假设论证，真的是佩服得五体投地呀。事情的真相的确就像你说的那样，因为除此之外，实在想不到能让凶手做出那种惨绝人寰的暴行的更充分的理由了。如果说这所有的一切都是八千代一个人谋划的话，为了制造出一个虚构的凶手，她肯定会想办法让我们看到那个佝偻的身影，而这种手段对她来说，大概顶多算是小菜一碟。事实上，那个时候，在闪电光中，我们看到的不过就是一个身影罢了，至于那个人的脸，我们并没有看清。除此之外，看到那个人的时候，偏偏八千代却不见了，你不觉得这也很奇怪吗？也就是说，在当时的情况之下，八千代利用了黑暗和闪电，巧妙地导演了一出好戏，而她自己则一人同时分饰两角。”

“不过，不过……”

我感觉喉咙开始变得干渴，像被火燎过般剧痛。一种沉重的、说不出来的痛苦，正压向我的内心深处。“照你这么说的话，那些可怕的杀人事件，以及后来更为恐怖的斩首行为，难道都是八千代她亲手干的吗？”

金田一耕助没有立即回答我。他很认真地凝视着我，看了好久之后，才终于向前迈出了步子，慢慢悠悠地来回走动起来。

“关于八千代这个人，说实话，我还不是太了解。不过，综合各方面的信息来看，那些事情我觉得应该不可能是她做的。再者说了……”

金田一耕助话说到这里打住了，然后便沉默不语。我一直等着他往下说，然而他始终不发一言，没了下文，我有些沉不住气了。

“再者说了……”

我催促他接着说下去。被我这么一催，金田一耕助回过头来看了看我，露出洁白的牙齿，冲我笑了笑说道：“没什么，没什么，我觉得咱们还是不要讨论那么远的事情了。这个问题还得再好好地研究一下，如果没有深入探讨的话，恐怕查不出来个结果……哎呀，光顾着说话，好像已经到达足长村了。”

不知从什么时候开始，我们已经越过山顶，踏上了足长村的土地。从表面看，足长村和鬼首村没什么区别，唯一不同的就是，这里好像没有能够与古神家族的宅院相匹敌的大房子。

进村子之后，金田一耕助找了几个在田里面干活儿的村民，跟他们每个人都聊了一会儿天，像是在打听什么，过了好久才笑嘻嘻地回来。

“现在弄清楚了。应该就是这个地方。”

说完之后，他甩开步子，一路向前走去。我们来到了一户位于山丘中腹部的人家。这家的屋顶是用细细的蒿草铺成的，而大门则是用木头搭建的，想来应该花了不少木材吧。眼前的景象，作为一般的农舍来说，还是非常漂亮的。整个建筑样式有点儿像是茶道专家特有的，让人不禁联想到隐居世外。

我没有多想，只是朝木门的门柱上看了一眼，上面挂着一块不大的木牌。然而，不看不要紧，一看之下，我的眼珠都快要蹦出来了。

由于长时间被风雨侵袭，木牌已经发黑了，但上面的三个字却赫然在目：海胜院。

哦，原来是这么回事。看来金田一耕助是要到这座庵里查找线索。说起来，此人还真不是等闲之辈。他也是昨天晚上才刚来到此地，只不过一个晚上而已，便能如此深入，实在让人吃惊。

金田一耕助看了看我，亲切地微笑着说道："有些事情，我想跟这里的师太了解了解。我觉得想问的东西你也会感兴趣，才特意邀请你跟我一同前来的。咱们先进去看看再说吧。"

我们来得还算凑巧，庵主妙照师太今天正好在家。乡下人大都心地良善，很好接触，所以她很快便答应见我们一面。见面之后，我发现一点儿没错，就是昨天拜访过直记的那位尼姑。

"今天贸然造访，实在抱歉得很。实际上，有些事情，我们想跟您打听一下……不好意思，我们太失礼了，一紧张就忘了，还没向您自报家门。我叫金田一耕助，受到邻村的仙石铁之进老爷的邀请过来的。这位叫屋代寅太，他是仙石家的少爷直记的好朋友。他此次是受到直记邀请，来到古神家做客的。"

金田一耕助做完自我介绍之后，老尼姑很天真地瞪大了眼睛，那样子好像在说，原来是这么回事呀。

"要说到古神家族，听说昨天晚上好像出了一件大事……"

"是的，是的。正是关于这件事情，我们想跟您打听一个人。前一段时间，直记他不是把一个姑娘交到了您这里吗。关于那姑娘的下落，您现在还知不知道？"

听完之后，我吓了一大跳，惊讶地看着金田一耕助。

直记曾经把一个姑娘交到了这个地方？这究竟是怎么回事？金田一耕助他又是怎么知道这件事的？好奇让我的心扑腾扑腾地跳个不停，我太想知道答案了。我来回地看向两个人的脸。

老尼姑妙照师太好像也有些吃惊，她凝视着金田一耕助的脸。

“我想知道，你是怎么知道这件事情的。直记少爷曾经叮嘱过我，叫我不要跟任何人提起这件事情，为什么你……”

“哈哈哈，直记这个小子，看来他还有些不好意思呢，所以才会跟你说替他保密之类的话。有句话怎么说来着，对了，欲盖弥彰，换成俗话就是好事不出门，坏事行千里。哈哈哈。那个人应该就是直记的恋人吧？”

不管金田一耕助怎么表现得与人亲近，想借此营造出轻松的谈话气氛，妙照师太却好像始终心里面有所忌惮。她露出了笑容，不过笑得有些勉强。

“这个呀，还真不知道该怎么说才好。其实我也不大清楚他们究竟是什么关系，只知道那个姑娘长得很漂亮。不过，说起来还真是可怜呢，那个姑娘的脑子好像有些不大好使……”

我和金田一耕助情不自禁地对看了一眼。精神不正常的女人……这么说来的话，应该就是绿瓦宫殿的西式建筑当中，那个终日见不到阳光的屋子里面关着的女人了。

金田一耕助缓过神来说道：“是的，是的。这件事情，他跟我说过好几回呢。想起来了，那个姑娘叫什么名字来着，是君代，还是小雪？您看我，明明跟我说过的……”

“不是，你说的那些都不对。直记少爷跟我说，姑娘叫小静。不过，至于她姓什么，我就不大清楚了……”

“师太，还有一件事想跟您打听一下。您知道直记那小子为什么要把人暂时先放在您这里吗？您是不是很早之前就认识直记了？”

“这个嘛，是这么回事。早些年我去东京的时候，曾经到位于小金井的古神家族的宅邸去拜访过，并在那里住了一个星期左右的时间，真的是给他们添了不少麻烦……我记得好像是上个月月底吧，直记少爷突然来到我这里，而且还给我庵里捐了不少香火钱。然后，他就提出来，说有这么一位姑娘，想暂时先让她住在我这里，麻烦我给照看一下。他还说，虽然姑娘精神不大正常，但是却非常文静，因此绝对不会给我添麻烦。他跟我说完之后，我心里面就想，要送来的人不是正常人，如果真的像他说的那样的话，还真不好办呢。当时我心里其实是想拒绝来着，不过既然收了人家那么多香火钱，要是还拒绝的话，恐怕不大好。于是，他便回了一趟东京，然后将那个姑娘给带了过来。之后他再过来就到了五月四日，对的，应该就是五月四日。当时都已经是夜里了，他偷偷摸摸地背着人……”

明白了。我终于明白了。直记第二次回老家的时候，一看到我有想为他送行的意思，他立刻变得慌里慌张。如此看来，当时他应该是带着那个姑娘过来的。

“那个姑娘她现在怎么样了？那个叫小静的姑娘……”

“这件事情说起来我也感到头疼呢。她只是在我这里住了一个晚上而已，第二天傍晚的时候，我有些事情外出。趁着我外出不在家，她不知道走到什么地方去了。后来我也找人问过，有人跟我说，那天晚上曾经看到过好像有那么一位姑娘，跟着一个好像是佝偻的男人进山里去了。听到这一消息，我感到很吃惊，所以昨天我才到鬼首村把事情跟直记少爷说了一下。”

金田一耕助好久也没有说一句话，他在静静地思考。终于，他从怀里取出了什么，然后跟妙照说道：“师太，您看看这个东西，是不是在什么地方见过？”

他张开手掌，掌中正是刚才我们在洞穴里面发现的那个粉盒。

妙照师太只是打量了一下，便开口惊叫道：“啊，这个，这个是小静的粉盒……”

听到她的回答，我感到一阵从未有过的恐惧感穿透我的后脊梁，正一点点地往上蠕动。

阿藤的坦白

从足长村回来之后，警察对直记的讯问也好不容易结束了，人也被放了回来。此时他正在偏房里面等着我的归来。然而，他的脸色看起来却好像十分不高兴。

“我说寅太，你到底去什么地方了？”他咬着后槽牙说道，口气就好像是要吃人似的。

看起来他应该被办案人员折磨得不轻，印堂发乌，脸色苍白，满面油光，两只眼睛失去了神采，透露出与往常不一样的感觉。不知道为什么，我真的没有办法去正面观察他的那副表情。

可能此前自己一直太小看眼前的这个家伙了。这个人平时就是个无赖，嘴巴毫无遮拦，什么难听说什么。他总是故意想尽各种办法去伤害别人，然后站在一旁，以欣赏别人的痛苦为乐。虽说如此，我却总是觉得，其实这家伙内心怯懦，做起事情来有时候也畏首畏尾。然而，通过今天的事情，我觉得可能自己真的错了。也许这个人才是世界上最可怕、最擅长使用奸计的大恶人。

“喂喂喂，我说寅太，你倒是说句话呀。你今天去什么地方了？”

直记开始有些焦躁不安起来，这是他第二次催促我回答问题了。

“啊，嗯，那个，金田一耕助那个家伙，他邀请我到犯罪现场去转了转。”

“金田一耕助？我说寅太，那个家伙到底是干什么的？”

“据说是个私家侦探。是他自己说的。”

“私家侦探……”

直记两只眼睛瞪得大大的，然后忽然张开了大嘴，哈哈地笑起来。那种笑法看起来的确很吓人。

“那种人竟然会是私家侦探……就他那样一个鸡窝头、猥琐男也敢冒充侦探……我说寅太，你是不是在跟我开玩笑呀？”

“不是，我没有跟你开玩笑。不仅如此，那个家伙看起来还真的有些本事呢，就连警察都让他三分，非常尊敬他。他看问题的角度相当尖锐。”

“你能不能不说那些不着边际的话。像他那样的人能干出什么像样的事情啊？不过……嗯，是这样，嗯。”

直记从窗台上拿过来一瓶威士忌，然后摆上了两个杯子。

“我说寅太，咱们喝两杯吧。”

“算了，我就不喝了。喝不下去。”

“你今天是怎么了？好像心事重重的样子。算了就算了吧，不想喝就不喝。”直记给自己倒上酒，开始一杯接一杯地喝起来。

“照你那么说的话，那我大概就能明白我老爹为什么会请他过来了。虽然我不知道我老爹是从什么地方听说他的名号的，不过既然会请他来，想来应该有相当了不得的本事吧。不是有句话说得好嘛，人不可貌相，海水不可斗量。”说到这里，直记又一次发出了那种可怕的笑声，“话说回来了，寅太，你们去现场有没有发现什么新的线索？”

“嗯，发现了一些奇怪的东西。”

“什么叫奇怪的东西？”

于是，我就把在山洞里面发现佝偻的竹篓和粉盒的事情跟他说了一遍。说话的时候，我的眼睛一直一动不动地盯着他。

“佝偻的竹篓和粉盒？”直记开口说道，声音就好像是从嗓子里面挤出来的似的。说完便用可怕的眼神紧紧地盯着我，一直盯着，恨不得眼睛能飞出来，我走到哪儿就跟到哪儿。

“粉盒？究竟是什么样子的粉盒？”

我把粉盒的样子跟他做了说明。

“仙石，你是不是对我刚才说的那个粉盒有点儿印象？”

直记赶紧慌慌张张地将眼神移向了别处。他的喉结在一个劲儿地跳动着，额头上也开始往外冒汗。不过，就连汗水流到了脸上他自己也没有觉察到。他急忙端起了酒杯，想要往嘴边送。

“不知道。不知道。那个东西我也不大清楚。再说了，你也是，这种问题你问我不是白问吗，我怎么可能知道呢？”

直记的话就像是任性的孩子在反驳别人一样。他咕噜一声将酒杯里面的酒一口气喝了下去，随后问道：“关于这件事情，金田一耕助那个家伙是怎么说的？”

“这个嘛，他也没说什么……像他那种人，总喜欢将自己的想法隐藏得很深，就算猜也猜不出来。所以我也是一头雾水，不大清楚他到底在想些什么。”

金田一耕助跟我说过，他让我一定守口如瓶，关于发现佝偻的竹篓和粉盒的事情，跟别人说说也无妨，不过，再深入的东西，无论是谁，暂时都先不要说。

直记看着我的脸，露出一副将信将疑的表情。他好像正在和侵袭他的紧张和不安做斗争似的，紧握着威士忌酒杯的手渐渐开始颤抖起来，最后毫不怜惜地将酒全部洒到了桌子上。

看到他这样子，绝对想象不到这样一个男人真的能干出什么惊世骇俗的大事来。然而，事实上，现在所有的证据都指向了这个人。哎呀，究竟这个谜团会通过什么样的方式才能最终解开呢？

“我说，寅太。”直记清清嗓子，看起来他有话要说。

然而，就在此时，却发生了一件意外的事情。有个人像风一般迅速跑进了房间里。就在我们还没有反应过来是怎么回事的时候，来人却又趴在榻榻米上哇的一声大哭了起来。原来是阿藤。

“少爷，我错了。对不起，对不起。请您原谅我，请您原谅我。”阿藤肩膀抽搐着，一边大声哭号，一边说道。

我和直记一时竟然不知道该如何应对，不约而同地看了看对方。

“你怎么了，阿藤？让我原谅你是什么意思？究竟你干了什么见不得人的事？”

刚才的可怕情绪终于一点点地从直记的脸上慢慢退去。

“是的，我的确做了不好的事情。一直以来，我都在撒谎。”

说完之后，阿藤咬着袖子，再次哭了出来。不知道究竟是什么事情，竟然会让她如此歇斯底里。

“什么撒谎？你撒什么谎了？我说阿藤，别哭了。你一哭，我们就听不清你在说什么了。你好好地说清楚。你究竟撒什么谎了？”

被这样一训斥，阿藤终于不再哭了。应对歇斯底里，其实只有这一种办法。要不然的话，你越是去哄，对方可能会越来劲儿。当别人激动的时候，当头一喝也许是最有效的方法。

“是这么回事，那个……我想说的是守卫少爷死时的事情。”

“什么，守卫死的时候？”

我和直记再一次互相看了看对方。究竟阿藤知道什么内情呢？

“阿藤，你先别哭，你说说看，究竟是怎么回事。那个时候，你究竟对大家说了什么谎。”

“知道了，我会把我知道的所有事情都说出来的。那时还在小金井的宅子里面。你们还记得发生那起可怕的杀人事件的前一天晚上，在蜂屋先生的房门前，我跟你们碰过面的事情吗？”

“嗯，对的，咱们确实碰到过。当时是夜里十二点钟左右。”

“就是这件事。准确时间应该是十二点过了一会儿。当时少爷您曾经训斥我，问我在干什么。事实上，从那个时候开始，我就已经说谎了。”

“说谎了？”

“是的，当时我不是说，蜂屋先生打来电话，让我给他端点儿水上去的吗？其实那都是骗你们的，实际的情况是……”

阿藤羞赧得从脸一直红到了脖子，忸忸怩怩地一边搓揉着袖子，一边说道：“在那之前，我就跟他约好了，所以当时是偷偷摸摸过去的。他之前曾经让我一到十二点就到他房间里面去，所以我才……”

我和直记同时有种不祥的预感，互相交换了一下眼神。然后，直记忽然将身体向前倾了倾，说道：“阿藤，照你这么说，你跟蜂屋之间……究竟发生了什么事？”

“是这样的……”阿藤委屈地说道，“一开始我也觉得他太过分了。肯定是因为在小姐那里没有占到便宜，为了缓解心里面的郁闷，才想拉我过去，目的不过就是想玩弄我罢了。然而……”

“然而怎么样……”直记就好像是故意要催促她说下去似的，鼻子里面哼哼着，发出了一阵可怕的嘲笑，“一开始可能是对方提出过分的要求，然而一旦等你们尝到了滋味，你们便会主动地投入其中了，是吧？嘁，女人这种东西呀，简直就是动物，都是同一个德行。就跟到处觅食、寻找荤腥的猫一样。”

阿藤看起来的确是有些生气了，她翻着白眼，盯着直记看了许久，最后终于缓和了下来，说道：“事到如今，不管您说什么都行，我也不再辩驳了。不过，在我看来，蜂屋先生的确是个可爱的人。于是，那天晚上我便准备悄悄地溜到他的房间里去。然而，在我打开房门，准备进去的时候，正好被你们撞见了。”

直到说到这里，我才开始真正对阿藤的话产生了兴趣。

“阿藤，”我向前倾了倾身子，“也就是说，那个时候，你并不是刚刚从蜂屋的房间里面出来。”

“是的，所以说，我才要向你们道歉，请求你们原谅我。那个时候，我其实是刚刚把房门打开。与此同时却听到了你们的脚步声，所以我赶紧将手上的动作变换成关上房门的样子，使自己看起来就好像是刚刚从屋子里面走出来。”

“我记得你好像说过，说蜂屋正在睡觉，没敢打搅他，所以把水放到了他的枕头旁边。这又是怎么回事？”

“这也是谎话。因为我刚刚打开房门，所以根本没有时间去观察屋子里面的情况，就连当时蜂屋先生他究竟在不在房间里我都不大清楚，更不要说其他了。”

“那不对呀，第二天早上，我们查看蜂屋房间的时候，明明看到枕头旁边摆着水壶和水杯呀。”

“至于那些东西，是因为我后来一想，要是谎言被戳穿了，那可就不得了了。所以第二天早上我准备好东西拿过去，偷偷地摆在那里。也就是说，差不多十二点的时候，我本来是想偷偷溜进房间的，但是没有能够进去，所以说我的的确确不知道蜂屋先生究竟在不在房间里面。虽然不知道，但是面对你们的质问，我不得不撒了谎。再有就是，后来警察不也都过来做调查了吗，每次问到我的时候，我都会坚称蜂屋先生在十二点左右的确还活着，当时他正在房间里面，而且睡得很香。现在我告诉你们，我所说的那些都是骗人的。”

我回过头，看了看直记的脸。

“阿藤，”我又一次向前倾了倾身子，“我现在就想知道，你为什么现在想起来要把事情的来龙去脉跟我们说清楚的呢？”

“是这样子的。因为……住在对面的那位先生，是他跟我说，让我把事情老老实实地跟你们也说清楚的……”

“对面的那位先生指的是谁？”

“就是那位叫金田一耕助的先生。他这个人实在是太可怕了。来了之后竟然很快便看穿了我的谎言，迫使我最后不得不全都交代出来了。”

我和直记意味深长地交换了一下眼神。某种毫无缘由的恐惧感渐渐地压向内心最深处。

说到这里，阿藤忽然抬起了头，眼睛里面闪烁着光芒，像是被注入了兴奋剂一般，在我和直记身上来回打量着。

“话都说到这个份上了，我还有一件事情要跟你们说清楚。在小金井的老房子的西式建筑里发现的那具无头尸体……的确是蜂屋先生。是的，完全不可能有错。虽然说我们相处的时间并不长，但是我敢肯定，那就是曾经疼爱过我的人。就算是没了脑袋，我也照样认得出来。蜂屋先生他每次抱我的时候，从来不穿任何衣服，总是光着身子……”说着说着，底下的话就越来越含糊了。过了一会儿，她又重新抬起了头，“正是因为这样，我才敢说，蜂屋先生的身体，他身上的每一个地方我都了解得一清二楚。哪怕是再小的特征，我闭着眼睛都能够认出来。所以我才说，绝对不会有错的。西式建筑里面的那具尸体，的确是蜂屋先生。”

“不过……不过……”直记大口地喘着气，大叫起来。一种莫可名状的恐惧涌上了他的心头，他额头上布满汗水。

“那个脑袋……脑袋……难道不是守卫的吗？”

“是守卫少爷的。正因为如此，所以说被杀害的人其实不只一个。蜂屋先生和守卫少爷，他们两个人都被人杀害了。”

啊，她说的都是什么。照她这么说的话，那个脑袋和那具尸体根本就不是同一个人的。竟然会是这样吗？简直太令人恐惧了。蜂屋只是被发现了身体，而守卫只是被发现了脑袋。蜂屋的身体，守卫的脑袋，用两个人的不同部位，我们竟然硬生生地拼凑出了一个人。如此说来的话，那到底蜂屋的脑袋、守卫的躯体会去哪里了呢？

听完她的话，我和直记两个人许久都没有办法开口说一句话。从一开始就让人觉得残忍至极的事件，到如今，只能说其残忍的程度已经超出了任何语言所能表达的范围了。

我像是在黑暗的梦魇当中痛苦地游弋着。过了很久，我才终于缓过神来，向她问道：“阿藤，我问你，蜂屋的佝偻究竟是真的还是假的？”

“那还用说吗，肯定是真的了。我觉得那个瘤子很可爱，还时不时地摸一摸，用脸蹭一蹭呢。极端的时候，甚至会觉得，那个瘤子简直就像是古代武士才具备的特征一样。蜂屋先生他也觉得很高兴……他还跟我说，在那之前，他跟很多女人有过关系，但是让女人看到身上的瘤子，我还是第一个呢……”

阿藤的脸上没有一点儿害羞的神情，她很是干脆地向我们诉说着一切。

可怕的错误

由于阿藤的一番话，既定的结论被完全推翻了。

当然，如果真的像金田一耕助所说的那样，昨天晚上的惨剧发生之前，我们看到的那个佝偻的确是八千代假扮的，那么对于昨晚的事情跟蜂屋小市究竟有没有关系就得存疑了。事实上，在阿藤跟我们交代之前，我心里已经在考虑这个问题了。

不对，甚至都不应该叫作存疑，我有种感觉，也许只有认为蜂屋与此事毫无瓜葛，才是正确的推理。

为什么这么说呢？因为如果跟蜂屋有牵连的话，那么他应该尽可能地不让别人看到自己的佝偻身姿才对，我们也就不会那么清晰地看到。但是，昨天晚上，无论是八千代也好，还是别人也罢，用那样的竹篓假扮成佝偻，故意将佝偻的身影展现在我们面前，一心想让我们看见佝偻的特征。这一点再明确不过了，就是想将罪行转嫁到蜂屋小市身上。利用这些线索，进行反向推理，便可以得出结论，昨天的那件事情，跟蜂屋毫无关系。

是的，事到如今，已经没有必要再去用什么三段论之类的来进行推断了。只消根据阿藤的告白便可以知道，在小金井的古神家族宅邸的西式建筑里面发现的那具无头尸体，毫无疑问就是蜂屋小市本人。也就是说，从那天开始，蜂屋已经从这个世界上消失了。人都已经不在世上了，又怎么可能和昨天晚上发生的事情扯上关系呢？

然而……如此一来的话，那究竟是怎么一回事呢？照这么推断的话，昨天晚上的事情，所有的一切，难道都是八千代一个人策划、一个人实施的吗？不会的，不会的，要是这样的话，那简直太可怕了。像八千代那样一个柔弱的女子，会亲手从尸体上将脑袋砍下来吗？这种可怕的手段，真的有可能是她做出来的吗？

不，都已经到如此地步了，我应该抛开所有的感伤，从事理本身来考虑前因后果才对。暂且先将八千代看成是世界上最为恐怖的恶魔，最为冷血残忍的杀手，再来思考，她真的可以一个人单独行动，导演并演出那一场鲜血淋漓的杀人惨剧吗？我得冷静地思考……

想来想去，还是觉得，不可能。

八千代怎么知道在邻村的尼姑庵里藏着一个和自己年龄、身高、体态都非常相似的女人呢？按理，她不可能知道。即便是假定她在某个偶然的场合得到了这一信息，那她为什么能够在那样的时间，那么顺利地将那个女人带到倾盆大雨之中，带到龙王瀑布那样一个人迹罕至的地方去呢？

我觉得，如果想完成这一切，一定得有人从旁协助。而且协助者必须具备以下若干特征——

首先，这人必须知道，在邻村的海胜院里面，藏着一位和八千代年纪相仿的姑娘。并且，这人还得清楚地知道，八千代和那个叫小静的姑娘有着极其相似的体貌特征。也就是说，这个人无论是对八千代还是小静的身体都非常熟悉。只有这样他才有可能实施调包计。

其次，这人对于叫小静的女人来说，肯定具有非常大的影响力。为什么这么说呢，因为叫小静的那个女人，竟然会冒着那么大的狂风暴雨，只要那个人有命令下来，即便是那个时候，她也愿意前往龙王瀑布。

同时具备以上两个条件的人是……推理到这个阶段，我突然觉得，好像有人正拿着一根粗大的铁钉狠狠地从自己的头顶钉了下来，我被自己的推断惊呆了。不知何时，战栗正顺着我的后背一点点地向上蠕动。它在不停地往上爬，我不知道它要前往何处。

至于完全符合刚才列出来的两个条件的人，我比谁都清楚。那人就是……我不能说！我绝对不能说！这不正是事情最可怕的地方吗?

那一整晚，我都为这种恐惧所困扰，在床上翻来覆去就是睡不着，就连一分钟都没有合过眼。窗外刮起了一阵风，现如今就连风声都能让人吓破胆。只要有声音我便会想象一个场景——自己房间的拉门敞开着，而那个人正两眼泛着绿光，手里面提着一把日本刀，晃晃悠悠地朝我走过来。以前老是听人说安达原的黑冢那里总是闹鬼，要让我说的话，自己肯定比那些夜晚借宿黑冢的旅人还要心慌。他们可体会不到我心里的悲痛。

不过，幸好那天一夜无事。我一直等啊等，等到东方鱼肚白的时候，才终于安下心来，昏昏沉沉地睡着了。等我醒来的时候，时间已经接近正午了。

“你怎么了？你不是最讨厌别人睡懒觉的吗？看来昨天晚上你睡

得不太好啊。你这个家伙可真没什么胆量。哈哈哈。”

起床去洗脸的时候，冷不丁地被直记劈头盖脸地说了一通。虽然他在笑话我，但是其实他看起来也是刚才才睡醒，现在正在刷牙。我观察了一下，他昨天晚上好像也没睡好，眼睛里面布满了血丝，目光黯淡。我不敢再看了，如今我已经不敢正视他了。

“是呀，你说最近可怕的事情一件连着一件，搞得我脑袋都有些不正常了。我说直记，你昨天晚上睡得很好吗？”

“昨晚睡得好还是不好，你看我这张脸不就知道了吗？看来没有出息的不只是你一个人呢。我现在已经不再相信任何人了。”直记一边说，一边用充满血丝的双眼凝视着我，越说声音越小。

“我说，寅太，我听说今天早上又来了一位新客人。”

“新客人？”

“嗯，据说是矶川警部，是县里面有名的警官，有着警界之狐的美誉。由于事情闹得实在太大，估计乡下的警察很难处理，才派了县里的警察过来，看来是想彻底查清此案了。完了，完了，这下完了，看来今天又得被盘问一整天了。今天这个问，明天那个问，简直问个没完了。”

直记嘴里满是牙膏，但是仍然还不忘说一些让人觉得不舒服的话。只不过不知道为什么，他的语气显得很是无精打采。不知道是不是潜意识的缘故，我觉得他说到最后都已经开始颤抖了。

“那也是可以想象的。你说发生了这么大的事情，光靠本地的警察肯定是不够的。不过，既然从县里面来了这么一位本领高强的警官，那金田一耕助那个家伙，他以后该怎么办呢？”

“金田一耕助？啊，哈哈哈，你是说那个傻了吧唧的侦探吗？那还用说，他肯定卷铺盖走人呗。那是必然的呀。你看看人家，可是号称警界之狐。那个傻了吧唧的猥琐男怎么会是人家的对手呢？”

直记好像很开心的样子，对金田一耕助嗤之以鼻。只不过，事实却让人有点儿吃惊，跟直记的预想完全背道而驰。梳洗完毕之后，没用多长时间，我们便吃完了饭，只不过不知道该算是早饭还是午饭。之后阿藤来了，她说金田一耕助叫她过来跟我们说，让我们到堂屋去一趟。我们互相看了对方一眼，那意思好像在说，终于来了。因为在这种情况下没有办法拒绝，所以我和直记便一起走了过去。到了堂屋之后，看到的景象让我们非常吃惊。一眼便可以看出来是警部的那个男人，正在和金田一耕助非常亲密地交谈着。可以看出，警部对金田一耕助的态度除了亲切之外，更多的是敬畏。

我和直记眼睛瞪得极大，情不自禁地对视了一眼。

金田一耕助看到我们过来之后，依旧露出了以往那种亲切自然的微笑。

“哎呀，你们好。真不好意思，还得让你们特意过来一趟。既然大家全都到齐了，我觉得要是再这么等下去的话，也是浪费大家的时间，所以我就想看能不能催一催……那个，阿藤，你待会儿也不要走。”

原来直记的父亲铁之进也在这里。柳夫人也在。四方太也在。除此之外，守卫的奶妈喜多婆婆也在。再加上我和直记，还有阿藤，差不多跟此次事件相关的所有人员都已经悉数到齐了。

金田一耕助笑嘻嘻地环视了一下在座的众人。

“一直以来就想将大家凑到一起，今天这个想法终于实现了。大家也知道，阿藤最近提供了一些新的证据。我觉得有必要以这些新的供述为基础，从头开始，将整个案情重新梳理一遍。在进入正式程序之前，我想还是先做个介绍。这位是矶川警部，从县警本部专程过来处理本案的，也是我的老朋友……警部先生，这一位是直记先生，是仙石老爷的公子。这一位叫屋代寅太，是直记的好朋友，是一位作家，以侦探小说为主要创作类型。”

我和直记慌慌张张地跟对面的人行礼，然后再一次相互看了对方一眼。矶川警部也微微点头，跟我们打招呼。他好像在寻找什么似的，十分快速地瞥了我和直记一眼，然后便将视线转移到别的地方了，不过看不出来他究竟在看什么，只是感觉他好像很在意的样子。

如此一来，警部和我们的第一次见面就这样结束了。接下来，金田一耕助依旧还是带着那副亲切的笑容，看了看在场的所有人。

“那么，接下来说一下这次会议的主持人的问题。当然了，主持的大事本来自然应该由警部先生亲自担当的。只不过警部先生很谦虚，一再推辞，说自己刚刚来到此地，还不大了解案件的内情，所以鄙人只好越俎代庖，权且代为主持本次会议。想必大家昨天晚上都听到阿藤的坦白了。”

我们脸色忧郁，轻轻地点头表示肯定。突然，从旁边传来了一阵吱吱的叫喊声，原来是喜多婆婆。

“我不是早就说过了吗？那个佝偻画家只不过是一个傀儡罢了，被人家利用来利用去……怎么样，现在灵验了吧？那个画家他早就被人杀了。一个死人怎么可能会杀守卫呢？杀守卫的人就是，你，还有……”喜多婆婆用手指了指铁之进，“还有你……”接下来手指了指柳夫人，“还有你，你们三个人。”最后她用那只瘦得皮包骨头的手从正面指了指直记的脸。

喜多婆婆当面谴责并且告发三个人的情况，这已经是第三次了。不知道为什么，每一次她指责众人的时候，我都觉得在这个疯狂的老太婆的话语当中，才真的蕴藏着事情的真相，而今天我的这种感觉尤其强烈。我感觉到了自己脊背上流淌着的汗水，它不禁让我感到了气氛的恐怖。

在她说完的一瞬间，在场的众人立刻变得鸦雀无声，安静得像是几尊石像一般。过了好久之后，金田一耕助终于很不自然地咳嗽了两声，清了清嗓子。

“你看啊，这样行不行，老婆婆，你先等一等，好吗？不要一上来就把事情搅到一块儿去。不管凶手是谁，我们首先还是要按照顺序，从头开始将事情梳理一遍。不过，刚才老婆婆说的这番话当中，确实包含着某种真实的情况。也就是说，蜂屋小市先于守卫被人杀害。据此推断的话，杀害守卫的人，不可能是蜂屋小市。如此一来，肯定存在另外一个人……”

“你说蜂屋先于守卫被杀害，有什么证据吗？”

就在这个时候，我旁边的直记从一旁插话说道。在他的话语当中，分明可以听到一种可怕的、挑衅的口气。

金田一耕助仍然还是那副标志性的笑容。

“是的，的确就像你所说的那样，从目前来看，蜂屋和守卫被人杀害的时间，确实还没有得到切实的证据证明。不过大体上说来，蜂屋差不多是在那天晚上九点钟之前被人杀害的，而那时守卫他还活得好好的。”

“九点之前被人杀害？”

直记和我满脸惊愕，互相看了看对方。接着，直记以责备的口吻说道：“你、你究竟在说什么胡话呢！那天晚上，阿藤十二点钟左右还去过蜂屋的房间……”

说到这里，直记好像忽然想到了什么似的，闭上了嘴，眼看着额头上的青筋渐渐暴起。

金田一耕助微笑着注视着直记的脸。

“啊，看来你终于意识到了这一点。根据昨天晚上阿藤跟大家说的那些话，我们便可以知道，那具没有脑袋的尸体，其实就是蜂屋小市。这个线索非常重要。她虽然十二点钟左右曾经去过蜂屋的房间，但是实际上并没有进去，她在门口就折回了。据此推断，那个时候蜂屋到底在不在房间里头谁都不知道。我们之前都被阿藤的证词所蒙骗了，一直都坚信十二点钟左右蜂屋正在自己的房间里面睡觉，导致我们更加关注凶案发生之后的事情了。不过，我们现在知道了，按照当前的状况来分析的话，这种推理其实是没有任何事实根据的。”

“不过……不过……”汗水和油脂不断地从直记的额头上渗出来，然而他还是坚持问道，“你说的都不过是有可能罢了，而你却坚持认定那个时候蜂屋已经被人杀死了，难道不觉得结论下得有点儿早吗？那个时候……啊，我想起来了。那天我们吃完饭之后，八千代去蜂屋的房间给他送过饭菜。当时大约是十点钟。送去之后，蜂屋还吃了呢，有证据可以证明这一点。因为后来做尸检的时候，从他的胃里面检测出了当时的那些食物，而且从状态上来说，应该差不多消化了有两个小时左右……所以说，就连东京的警视厅方面都已经确认，蜂屋被人杀害的时间是在半夜十二点钟前后。除此之外……”

与直记的咄咄相逼正好相反，金田一耕助反倒是显得越来越镇定自若了，他一边笑呵呵地看着直记，一边开口反问道：“除此之外……”

“除此之外，还有一点，那就是沾在八千代拖鞋底的血迹。那天晚上，八千代的梦游症又发作了，过了半夜时分，她飘飘悠悠地朝西式建筑走了过去。血迹就是从西式建筑里的那一摊血上面带过来的，不信的话，看看鞋底就什么都明白了。再者说了，八千代犯病后飘飘悠悠地走着的时候，我和屋代从屋里面都看得一清二楚，当时的时间的确是一点钟……”

“原来如此。不过，我想知道，你说这番话是什么意思呢？”

“难道你连我的意思都听不明白吗？”直记几乎快要号叫起来，他咆哮道，“如果蜂屋真的是在九点钟之前被人杀害的话，那么从九点到一点有三四个小时的时间，血迹差不多早就干了，而拖鞋上的那些血迹看起来很新鲜。要是干了的话，血迹既不可能在地板上形成血渍，也不可能那么轻易就沾到八千代的拖鞋上。”

“原来如此，我明白你的意思了。”

金田一耕助还是刚才那副模样，依旧平静地微笑着。

“如果单纯从事情的表象来看，或者说从事情呈现在大家眼前的那个样子来看的话，的确如你所言。但是你要知道，这件事情可不是你想象中的那么简单。所以说，从头到尾都必须返回到现场，重新思考一遍才行。那么接下来，我就试着将你刚才说的那些话重新梳理一下，麻烦你再来看一看。首先就是关于尸体解剖之后，胃里面的那些食物的问题。你说食物已经消化了有两个小时左右。很明显，关于这一点的确没有错。但是我想问你，你凭什么断定那些胃里面的食物就是十点钟左右八千代送过去的那些饭菜呢？”

“这个还不简单吗？因为胃里面的东西和当时八千代送过去的饭菜是一样的啊……”

“但是，如果是同样的东西，只不过蜂屋在更早的时候就已经吃下去了的话，那又会怎么样呢……比如说，五点钟左右，蜂屋吃下了同样的食物，而他七点多钟被人杀害了的话……再比如说，六点钟左右吃的东西，八点钟被人杀害……不管是哪种情况，在进行尸检的时候，检测结果都会显示食物经过了两个小时左右的消化，你觉得是不是呢？”

直记就好像整个人都傻了似的，呆呆地望着金田一耕助的脸。面对这种脱离于常人想象之外的推理方式，就连平常最喜欢挑三拣四的直记好像也被反驳得哑口无言了。

“接下来，我们再来看看八千代拖鞋底的那些血迹。如果我说，那些血迹也不是她在一点钟左右经过那一摊血时留下来的，而是在更早的时候沾上去的，你觉得怎么样呢？先假定犯罪的时间在七点钟前后，凶杀刚一结束，就有人穿着八千代的拖鞋，跑到那摊血当中走来走去……”

“只不过，只不过……照你这么说的话，难道八千代在半夜一点钟前后梦游症发作，飘飘悠悠地前往西式建筑的行为，真的会是偶然吗？还是说，仅仅是一种冥冥之中的巧合呢？”

“不，不是那么回事。我可以肯定地说，在本次事件当中，根本就不存在什么所谓的偶然，或者所谓的巧合。当然了，阿藤的事情算是例外。除此之外，所有的事情都是经过缜密的计划精心设计出来的。也就是说，虽然你们看到八千代在一点钟的时候梦游症发作，但是那不过是策划出来的假象而已。目的就在于蒙骗目击者，想让人相信，八千代拖鞋上的那些血迹是在那个时候沾上去的。飘飘悠悠地走来走去，完全是假的。为什么要设计这些环节？很明显，就是要最终掩盖真正的作案时间。”

金田一耕助的一番话，差点儿没把直记的眼珠给说出来。直记咕噜咕噜地不停地吞咽着口水，接下来用一种像是被实施绞刑时的声音说道：“根据你的推测的话……也就是说……八千代她……”

“你说得没错，八千代是共犯。关于这个问题，屋代先生早就想到了，比我想到早得多。”

他的这句话简直就像是一颗定时炸弹，一下子投到了在座的众人面前，太具杀伤力了。本来大家的视线都集中在喜多婆婆身上，如此一来，大家先是屏住了呼吸，然后便齐刷刷地朝我看了过来，就好像是想从我身上发现些什么似的。

血液凝结的预想

直记用骇人的眼光望着我，说道：“屋代……屋代……你说你……怎么会有那种想法的呢……”

那副架势就好像是要跳到我身上，将我暴打一顿。我虽然平时表现得镇定自若，但是面对他的行为，我浑身上下都感到恐惧不安，稍稍地将自己的座位向后面挪了挪。

金田一耕助看来是要为我们两个劝和。

“哎呀，你不要再责备屋代先生了，这不是他的错。他只不过是用他那写侦探小说的缜密思维，洞察出了事情的一半真相而已。屋代先生开始对八千代感到怀疑，应该说是从前天晚上的那件事情开始的。也就是说，对于前天晚上在龙王瀑布发现的那具无头尸体的真实身份，屋代先生最先感到困惑不解。他觉得，那具尸体很有可能不是八千代，而是另外某个女人。八千代是想伪造出自己已经被人杀害的假象，然后便神不知鬼不觉地躲到某个地方……这是屋代先生推理的第一步。”

金田一耕助的几句话再次给在座的众人以强烈的冲击。向来见惯各种场面的直记此时好像也十分惊讶，几乎说不出一句话来。众人个个茫然失措，脸色苍白，只是一个劲儿地在我和金田一耕助之间来回打量。最先从茫然的状态之中缓解过来的是柳夫人。

柳夫人平时总是表现得一本正经，然而遇到今天的情景，她也不禁方寸大乱。

“您刚才说，那具无头尸体并不是八千代，是吗？然而，要是真像您说的那样，为什么那具尸体身上会穿着八千代的睡衣呢？”

口气很尖锐，像是在对金田一耕助进行诘问。面对如此的提问，金田一耕助也没有了往日的微笑。不过，回答的口气却依旧如前，还是那么镇定和沉稳。

“对于你的问题，其实刚才我已经回答过了。因为八千代的目的就是让世人认为她已经从这个世界上消失了。”

“但是，为什么八千代会……”

“我觉得这已经没有解释的必要了。因为八千代是蜂屋被害事件和守卫被害事件的共犯。她迟早会被警察抓住，受到严惩。为了躲避法律的制裁，除了让人们觉得自己已死之外，没有什么更好的办法了。”

“要是这样的话，那么……那么那具无头女尸，真的有可能是八千代下的手吗？”

到了这个时候，铁之进才第一次开口说话。不过，与柳夫人不同，他说话的时候几乎毫无气力。

金田一耕助脸色灰暗，轻轻地点了点头。

“是的。不过，是不是她亲自下手干的还不大清楚。可以肯定的是，她肯定从旁协助过。”

战栗就像坚冰一样，开始在每个人的身上发生作用。一种可怕的恐惧气氛逐渐在屋子里面蔓延开来。

“只不过，只不过……”柳夫人两弯眉毛绷得紧紧的，几乎都要倒立起来了。看得出来，她想尽快从这种恐惧的战栗当中逃脱出去。她拼了命地高声呼叫，歇斯底里一般想要解脱。“要是这样的话，那么无头尸体究竟会是谁呢？她是什么地方的人，姓甚名谁？”

“那个女孩子叫小静，不过姓什么我还真不知道。她是最近才被人给暂时寄放到邻村的海胜院尼姑庵里面的。”

当小静这个名字从金田一耕助嘴里说出来的时候，直记就好像是被晴天霹雳击中了似的，整个人剧烈地晃动了一下。

然而，柳夫人并没有注意到这一点。“你说的小静到底是什么人？她的来历清楚吗？”她紧接着问道，那副口气似乎是越问越上瘾了。

对于这个问题，金田一耕助表现得很是沮丧的样子，摇了摇头说道：“这个嘛，的确问得比较深入，我还不大清楚。不过，如果你想知道的话，我觉得还是问一问直记比较好。”

“什么?！”

在场的每个人都好像是被人打了一巴掌似的，纷纷回过头来朝直记看去。然而，此时的直记却默不作声，他将牙齿咬得嘎吱作响，低着头一言不发。汗水滴滴答答地从他的额头上流了下来，放在膝盖上的两只拳头好似痉挛一般，不停地抖动着。

看到直记并没有正面回答，金田一耕助又开口说道："想必大家也都知道，在位于小金井的宅院的西式建筑里，曾经有一段时间，有一扇窗户始终没有开过。与此同时，对于直记将一名女子藏在了西式建筑里面的事情，我想大家也应该或多或少有所耳闻。不仅如此，我还听好多人说过，那个女子似乎精神有点儿问题。再后来，直记就把那个女子给暂时寄放到了海胜院。直到前天晚上，那个女子成了牺牲品，最后的结局便是被人当作八千代的替身。"

"直记！"

突然间，一声雷鸣般的暴喝响彻在众人的头顶。

原来是铁之进。

再看他的表情，整张脸都涨得通红，青筋暴起，看起来十分可怕，有点儿像蚯蚓似的，弯弯曲曲的，还在动弹。

"你小子……你小子……竟然……"

"我没有，父亲大人，我不知道。我真的什么都不知道。"

"你竟然还敢说你不知道！那个女子究竟是干什么的？跟你之间到底是怎么回事？"

对于铁之进的问题，直记完全没法回答。他中间曾经抬起头，用一双近乎迷茫的眼睛将众人看了一个遍。过了许久之后，他终于再次无力地低下了头。此后，无论是谁，无论问他什么，他都没有回答过一句话。看样子，他好像是在深入地思考着什么问题。

就在这个时候，从旁边又传来了吱吱的像是鸟叫一般的声音，依旧是刚才说话的喜多婆婆。

“你们看到没有，是不是像我刚才说过的那样。杀守卫的人就是直记和八千代两人。这对狗男女狼狈为奸，合伙杀害了我那可怜的守卫少爷。八千代为了逃脱惩罚，更是又接着杀了一个精神不大正常的无辜女子，然后将自己的睡衣穿到了女子身上。如果说，那个女子是直记特地从东京带过来的，那么从一开始他们两个人就已经计划好了，要让她做八千代的替身。我的天哪，我的老天爷呀，为什么世上会有如此可怕的两个人啊。简直就是恶鬼，是禽兽。我说警察先生，你们怎么还不把他们给抓起来呀？赶紧把他们抓起来，然后将他们判决死刑。你们快点儿帮我把杀害守卫的凶手抓起来啊。我可怜的守卫哟。”

“直记！”看来铁之进是想说什么话了。不过，就在此时，金田一耕助从旁插话，将他拦了下来。

“我说，老先生，您能稍微等一会儿再说吗？还有喜多婆婆，希望你也能稍微安静一会儿。不管做什么事情，总得讲究前后顺序。要是都像你们这样你争我夺的，那还不早就乱套了呀。不过，这一点之前是没说，应该早些把八千代的事情跟大家说一说的。哈哈哈。”

金田一耕助笑了笑，不过听得出来，声音有些空洞。与此同时，他也没有忘记挠挠头。在这个世界上，总有一些哪怕是极其细微的动作或是语言，能够成为抑制兴奋的特效药。而那个时候，金田一耕助那略带一丝滑稽感的动作就有如此的功能。在座的众人稍稍从兴奋的情绪中缓和了下来，此时都瞪着眼睛，等着看金田一耕助又会说出些什么来。

“下面……”

过了一会儿后，金田一耕助重新恢复了他一贯的笑眯眯的神情，环视了一眼在场的众人。“我刚才讲到什么地方了？对了对了，讲到蜂屋小市被人杀害的时间应该是在九点钟之前。关于这一点，我想说的就是，蜂屋胃里面那些食物的消化状态，以及沾在八千代拖鞋底的那些血迹，并不能成为案件的有效线索。明白了八千代就是凶案的共犯之后，便可以清楚地知道，上面说的那些，全部都是为了蒙蔽警察的眼睛，故意事先准备好的，而且那些手段并不难以做到。我正是因此才得出结论。那么，为什么我确定罪行的发生时间在九点钟之前呢？说到这一点，我还要感谢你呢直记，完全都是你的功劳呀。”

直记吓了一跳，赶忙抬起了头，像是要寻找答案似的，紧紧地盯着金田一耕助的脸。

面对着直记的凝视，金田一耕助依旧微微地笑了笑，开口说道：“这样好了，咱们还是从头至尾将那天晚上发生的事情重新梳理一遍吧。那天晚上九点钟，你们几个人，直记和屋代，还有守卫和八千代在西式餐厅里面吃了晚饭，对吧？那个时候，蜂屋将自己关在屋内，并没有露面。但是说实话，其实不然。因为谁都没有亲眼看到蜂屋待在他自己的房间里面。也就是说，没有任何证据能够证明，蜂屋待在房间里面。说得清楚一点儿，事实上那个时候，蜂屋已经在西式建筑里被人给杀了，所以说他根本就不可能待在房间里。大家吃完了晚饭之后，八千代到蜂屋的房间里给他送了吃的。这种行为实际上有双重意义。”

金田一耕助将目光转到了我这边。

“这些想必聪明的屋代早已经注意到了。所谓的双重意义就在于，第一，让人相信，蜂屋此时仍然活着，正好好地待在房间里。第二，让人觉得蜂屋在那个时刻吃下了饭菜。能够想到第二点，说明在那之前就已经预想到，尸体在进行解剖的时候，会检测胃里面的食物，才预先下手，安排好后面的事情。也就是说，凶手——也许应该叫凶手们更加准确吧，他们一心想着的，便是要让人们觉得蜂屋的死是在十二点钟之后的事情。当然了，死后还会面临一个尸体僵硬的问题，不过死亡时间的推定只是一个大致的范围。所以说，凶手们觉得只要将胃里的食物状态的信息设定好，也许死亡的时间便也可以瞒天过海了。事实也证明，这招数的确很管用。还有更加令人坚信的证据就是，故意让人看见八千代曾经在半夜一点多钟的时候飘飘悠悠地来回走动，让人觉得她的拖鞋底是在那时沾上了血迹。如此一来，砝码便加重了，并且最终导致众人对死亡时间做出了错误的判断。”

我认认真真地听完了金田一耕助的话，一边听，一边不停地咽口水。不知道因为什么原因，我的心脏怦怦地直跳个不停。直记一声不吭地听着他推理。铁之进和柳夫人则一动不动地注视着金田一耕助嘴角的每一个动作。四方太傻傻地咧着大嘴，口水流出来也不知道。而喜多婆婆则用义愤填膺的眼神死死地盯着直记的脸。矶川警部观察着每一个人的表情变化，努力地想寻找新的线索。

金田一耕助继续说道：“那么，凶手为什么非得要人们相信犯罪时间是在十二点钟之后呢？据我推测，可能是由于到了十二点钟之后，他便有了不在场的证据。也就是说，通过和某某某在一起，可以证明自己并没有去过西式建筑。而与此相反的是，在真正的犯罪时刻，估计没有一个人知道凶手究竟在什么地方。”

我感到心脏猛地抖了一下，再次偷偷地望了直记一眼。那一整夜，将我死死地拉在身边的人，不就是直记吗？

“哎呀，你们看我，一说起来怎么又说到前面去了。咱们还是接着说之前的那些。从八千代去蜂屋的房间给他送吃的开始说吧。那个时候，仍然留在餐厅里面的人，都在等待着八千代从楼上下来。不过，等了很久，八千代迟迟没有下楼。直记拉屋代去二楼他的房间。恰巧就在那个时候，八千代一副浑身凌乱的样子出现在两人的眼前，而且嘴里面还不停地喊着什么禽兽不如、蜂屋这个畜生之类的话，从而更加让人觉得，蜂屋此时不仅必定在房里，而且还对八千代做了一些见不得人的事情。但却没人知道，这些也都不过是八千代一个人演出的独角戏罢了。事实情况是，八千代将送给蜂屋的饭菜吃了部分之后，便走出了房间，仅此而已。不过，最大的问题却在后面……”说着金田一耕助又咯吱咯吱地挠了挠头。

“我觉得这个环节是最有意思的。当晚直记和屋代两个人曾经看到过八千代，可以说是擦身而过，之后他们便径直回了直记的房间。接下来，直记从床底下取出藏在那里的妖刀，随后和屋代一起将其藏到了楼下的保险柜当中。不仅如此，他们还设下双重机关，以保证要想打开保险柜，必须要有直记和屋代两个人同时在场才可以。缺了任何一个人，保险柜都不可能打开。到了第二天，两个人发现凶杀案发生，于是吃惊地打开保险柜，发现刀身沾满了鲜血。在这里我还要补充一句，就是那把刀上的血迹确实和无头尸体的血是完全相同的。也正是因为如此，两个人才敢断定，凶器肯定是那把妖刀无疑，而这种推断也着实让东京警视厅的人迷惑不已。人们普遍相信，罪案发生的时刻就在十二点钟前后，然而在这一时间段内，凶器却原封未动地放置在保险柜当中。更加让人不解的是，如果没有直记和屋代两个人合作，要想打开保险柜是绝对不可能的。对于这一疑点，警视厅也颇感苦恼。他们觉得要不然就是有人想出了特别的办法，才将保险柜打开。要不然就是直记和屋代两个人在说谎……他们真的有过这样的分析。然而，要让我说的话，我倒是觉得，直记和屋代两个人的话并没有虚假成分。在推断出的犯罪时间里，凶器的的确确在保险柜当中放着，而且那个保险柜无论是谁都没有办法打开。也就是说，必须要在这个前提之下，进行下一步推理。为了解决上面提到的矛盾，我们与其考虑怎么把凶器从保险柜当中取出来，不如想一想，如果把犯罪时间往前提早一点儿，会产生什么样的效果。或者说白一点儿，那把妖刀在被放进保险柜之前，已经沾上了鲜血。在沾满了鲜血的前提之下，刀被收藏到了保险柜当中。假如我们按照这个思路推理的话，就不用考虑如何把不可能打开的保险柜打开的问题了，同时结论自然形成。如此一来，大家集中到餐厅的时候，也就是九点钟之前，实际上事情已然发生了。我再说一句题外话，从九点钟开始，到大家一致认为凶器被放回保险柜的时间，也就是十点钟前后，可以说客厅里的每一个人都有不在场的证据。铁之进当时正在发疯似的追打着柳夫人，而四方太也和他们在一起。因此无论怎么说，案发的时间一定是在九点钟之前。而一旦从这个角度出发的话，具有可能性的只剩下八千代和阿藤。这两个人的行为都可以证明，而且两人的证词也显示，在随后的一段时间里，蜂屋小市依然活着，当时正好好地待在他自己的房间里面。所以我才会觉得，有可能两个人都在撒谎。因此昨天我找到了阿藤，重新向她逼问当时的情况，而且也从她那里得到了新的证词。至于是什么内容，想必大家也都知道了。关于阿藤说谎的动机，大家大概也了解到一些。那么剩下来，无论怎么想，最为可疑的人只有八千代了。不光是在这件事上，关于八千代日常的为人处世，大家应该比我更加了解，好多东西是没有办法解释的。综合以上，我才得出了结论，八千代就是本案的共犯。”

在金田一耕助发表长篇大论的时候，柳夫人表现得坐立不安，身体不停地前后晃动着。等到耕助的话说完之后，她终于忍不住了，歇斯底里般地大声叫嚷了起来。

“我不想听你说那些不着边际的大道理。你要是认定八千代是共犯，那么你倒是先得说一说，究竟谁才是主谋。弄不好的话，难道会是……”

“直记！”铁之进突然站了起来，“我……我今天非得……”

说时迟，那时快，也就是一瞬间的工夫，铁之进紧握的拳头像冰雹一般狠狠地砸在了直记的脑袋上。

“啊，父亲，你这是在干什么？”

看起来直记也很愤怒，他转过身来，朝向了铁之进。不过，即便看清楚了铁之进的动作之后，他的脸上仍然还是挨了两三拳。就是这几下，把直记的眼角打开了花，鲜血顺着脸颊流了下来。

“你是不是疯了，父亲，你想干什么呀……”直记想都没想，便朝着铁之进的胸口回了几拳。

说到这里，我不得不为直记辩解一番，要说当时的直记心里含着杀意，打死我我也不愿意相信。事实上，铁之进的死肯定不可能是因为直记的反击。我想关于这一点在场的人心里面都清楚。

然而，即便如此，由于受到了直记的强力回击，铁之进摇摇晃晃地踉跄了两三步之后，鼻子、眼睛、嘴里面便开始往外冒血，一直流个不停。接下来，铁之进就像个瞎子一样，伸开两只手，漫无目的、晃晃悠悠地走过来走过去。突然间像一根朽木一般，哐当一声倒在了地板上。

就这样，铁之进结束了自己的一生。

面对着眼前的景象，不用说，在座的众人全都慌了，心里面开始动摇了起来，真可谓乱了套了。因为突发的事件，金田一耕助非常精彩的演讲也不得不面临被中途打断的命运。

就在铁之进的猝死导致的全家混乱的空当，我回到了自己的房间里，开始继续写手中的稿子。在此之前，一直没有机会，所以没有交代清楚。前面写的这些内容，全部都是自事情发生以来一直到今天我趁着空闲记录下来的。

我是写侦探小说的作家。更准确地说，按照直记的说法就是，顶多算是三流四流的作家而已。不争气就不争气吧，自己缺乏创作的想象力，也是没有办法的事情。然而，即便如此，当我直接面对这一极端离奇的案件时，就算我再怎么不争气，也得想尽一切办法将自己看到听到的东西记录下来。

正是因为这一原因，所以我才会非常细心地留意观察，然后将所见所闻都记录成册。但是，说实话，如今我这只正在奋笔疾书着的手，不知什么缘故，早已经开始抖个不停。

啊，凶手究竟是谁呢？金田一耕助心里认定的那个凶手，究竟会是谁呢？算了，算了，还是不要想那么多了。不光他心里面清楚，我心里也大概知道了。

不过话又说回来，既然金田一耕助早已心知肚明，那他为什么不赶紧把凶手抓起来呢？就算是铁之进突然发生了变故，但是为什么还要让那个凶残的杀人恶魔逍遥法外呢？

哎呀，想想就觉得可怕。刚才那个家伙他眼睛死死地瞪着，那凶狠的目光，我到现在仍然没法忘记。看得出来，在他的目光当中的确藏有可怕的杀意。

哎呀，事情都发展到如此阶段了，我才忽然意识到，那家伙他之所以一直想办法把我拉在自己身边，也许弄不好是想将我当作他的替身吧，这种想法实在是太恶毒了。就好像他杀了那个叫小静的女子，然后将其当作八千代的替身一样……

如此说来，那家伙一定和我年龄差不多，背影差不多，身材差不多，形体也差不多，总而言之就是我们之间有很多相似之处。如果将他的衣服穿到我身上，然后将脑袋砍掉的话……

哎呀，这太可怕了。简直让人不寒而栗。难道说不久的将来，我也会被人杀害，也会被人将脑袋砍下带走吗？

哦，我的天哪！

岩石之上

我失败了。完完全全地被人打败了。

现在的我意志极其消沉，几乎快沮丧到家了。就连像这样拿起笔写一点儿东西，都觉得懒得不想动。我一直坚持写作，然而事到如今，写了这么多又有什么用呢？难道说能够从中找出一丝一毫的意义吗？在我最初计划的时候，我其实是打算在前一章“血液凝结的预想”处就放下手中的钢笔的。

只不过金田一耕助拍着我的肩膀，跟我说道：“你写的那部小说，看起来很有意思呀。千万不要像是被掐掉了尾巴的蜻蜓那样，有始无终。请你一定写下去，让我们也看一看结局。只不过后面的内容不要写成小说，最好能写成一种对真实情况的记录。”

就是这么回事。直到前一章“血液凝结的预想”为止，长篇累牍地坚持写到现在的这些记录，正如金田一耕助所说，至多算是小说罢了。或者更准确一点儿说，是以事件本身为原型，我自己拼凑起来的小说而已。就是这么回事。在这个世界上，所有写侦探小说的作家都是先在自己的脑海当中拼凑出情节之后，才拿起手中的笔，开始尽情写作的。作为三流小说家的我，却是以鲜血和憎恨来记录下所有的情节。

正如前面已经说过的那样，我的这部小说看起来有点儿像是现实情况的真实记录，本来在前一章就应该结束的。也就是说，需要记录下来的就到那里为止，在那个阶段，就应该果断地停笔才对。但是，我的那部用鲜血和憎恨创作出来的小说，却没能在那个阶段结束。接着上一章的内容，我还要再写一章，我要把最为关键的那个部分记下来。

我现在正在金田一耕助的建议下打算将这部分的内容原原本本地记录下来。虽然说拿起手中的笔写下这些文字，本身就已经意味着我的失败，然而……

铁之进的猝死导致侦查工作暂时中断。与此同时，要说到金田一耕助那场精彩的论述，也有点儿像是被人掐掉了尾巴的蜻蜓一样，有始无终，直到最后也没有得出什么结论性的东西。当时我还以为那可能是出于对死者的尊重。然而人算不如天算，没想到这些全部都是金田一耕助从一开始就设下的圈套。按照他早已想好的计划，本来他就没有打算在那个阶段将结论公之于众。事有凑巧，偏偏又遇上了铁之进猝死，他才将计就计，采取了一种极其自然的方式，利用了本次突发事件。但是，当时我却没有想到这些。那天晚上，我花了很长时间，一直忙到深夜，才把"血液凝结的预想"写完。我始终坚持要将小说创作完毕，然而还是拖拖拉拉地拖到了那时。小说的最后部分终于即将大功告成……与其说是小说大功告成，不如说是案情也由此进入到了最后的阶段。事到如今，我才真正感觉到自己那颗悬着的心终于可以放下来了。那天晚上，我并没有想着要用鲜血和憎恨来书写最后部分的内容，或者说得更加明确一点儿的话，我没有想到，机会竟然会主动地找上门来。因此当时的想法就是，小说得赶紧写，写完之后就上床睡觉，而且事实上，我也的确曾经打算上床睡觉了。

没想到的是，就在我将要睡觉的时候，机会却悄然而至，它不停地向我招手，诱惑着我向前迈出了那一步。现在回头看的话，我当时就应该按照最初设定好的计划行事，再稍稍等上一等，也许就更好了。我时不时地提醒自己，慢慢来，欲速则不达，千万不可操之过急。然而，即便心里面清楚得很，但我还是没有抵挡住那个诱惑，一心想尽早实现自己的目的。在当时的我看来，那简直就是天赐良机，所以没有办法拒绝……

在我写小说的过程中，直记已经回到位于我房间隔壁的屋子里了。按照直记平常的习惯，他肯定会在睡觉之前跑到我的房间里面来，然后再从那张恶毒的嘴里说出一番让人备感受辱的话，如果不说的话，他实在是忍受不了。但是，那天晚上估计他真的是被吓着了，也没跟我打招呼便回了房间。我隐隐约约地感觉到，他好像在铺床准备睡觉。

然而，虽然床铺好了，但是好像直记却无论如何也睡不着。在很长一段时间里，我能感觉到他好像在想着什么事情，一副很犹豫的样子。不仅如此，我还能够听见他时不时地在屋子里面来来回回走动的声音。

虽说如此，当墙上的钟走到了十二点的时候，他好像进入了梦乡，想必已经睡着了。听到他那边没动静之后，我也在那个时间前后上床了。不过，我与直记的情况不同，我没有那么多烦心事，所以没多长时间，我的意识便开始模糊起来。

突然，我从睡梦当中惊醒了，看了看时间，是半夜两点钟左右。是的，醒来的时候，我特意注意了一下时钟，所以记得特别清楚，时钟上的指针不偏不倚，正好对准了两点钟的位置。

回到刚才的话题，我为什么会在那个时候从睡梦中醒来呢……那完全是因为直记。正是由于从旁边的屋子里传来了异样的声响与窃窃私语的声音，我才会睁开眼睛的。窃窃私语的声音是直记发出来的。至于他正在说些什么，他究竟想说些什么，我不大清楚，但是我听得出来，他正在一边念叨着什么，一边在屋子里面来回转圈。

我的心脏开始剧烈地跳动起来，全身上下也紧张地不得了。我开始密切地关注起周围的各种声响。应该说，我当时注意的对象绝对不仅仅是直记那么简单。换句话说，那个时候，我心里比谁都清楚，我知道直记他正在干什么。我想要了解的是，大院里面的其他人现在都是一种什么样的状态。

所有的事情看起来都在朝着有利于我的方向发展着。在我悄悄地关注着直记房间的同时，我注意到，大院里的其他人都没什么动静，整个院子鸦雀无声，寂静得就好像是处于深海的最底层似的。我蹑手蹑脚地从床上起身爬了起来。动作虽然极其轻巧，但还是听到了地板震动的声音，这让我微微感到恐慌。

不过，我事后想了想，觉得对于目前的直记来说，他应该不可能觉察到如此细微的声响。不要说是这一丁点儿声响，就算是更大的声音，在他的嘟嘟囔囔之下，在他漫无目的的走动之下，也都会被忽略吧。

仍然没有什么变化，还在嘟嘟囔囔个没完，依旧忙着在屋里面转来转去。我时刻倾听着隔壁房间里的一举一动，并且准备好了自己的动作，以应对不时之需。

是的，直记还在嘟囔着，还在屋子里面踱着步，让人感觉他好像正沿着一条没有终点的环形跑道不停地在做匀速运动。我的心里开始有些焦躁不安起来，竖起耳朵，想要听出他究竟想干什么，一刻也不敢放松。

走了一圈又一圈，终于，直记的圆周运动结束了。我听到从隔壁传来了打开房间拉门的声音。我的心脏跳动得更加厉害了。难道说今天晚上机会真的来了吗……

我也迅速打开了拉门，偷偷地朝走廊望了一眼。走廊还和以前一样，只有一盏昏暗的电灯悬在半空当中。在忽明忽暗的走廊尽头，直记正迷迷糊糊地站在那里。

“我说仙石，你在干什么呀？”我故意压低了声音，小声地向他打招呼。但是，直记却依然呆呆地站在那里，一双空洞迷离的眼睛瞪得大大的，让人觉得有些瘆人。虽然瞪得溜圆，但却看不到一丝生气，他纹丝不动站在原地，好像是在凝视，然而却不知道究竟在看什么。我偷偷地走到他的跟前，双手轻轻地在他眼前挥了挥。即便如此，直记那凝视着远方的眼神却看不出有任何变化。看到对方的反应，我感到极大的满足。

应该说，直记现在已经完全进入梦游状态了。

是的，就是这么回事，直记也遗传了父亲铁之进那种奇怪的疾病，睡梦之中突然起身到处游荡。直记这个家伙一向好面子，他特别害怕我知道这件事，始终极力对我隐瞒。不过，事实上我很早之前就知道他患有梦游症。只不过在我的小说中，我故意将这些信息都隐瞒不提而已……

事到如今，想必读者诸君也已经回忆起来了吧。蜂屋小市被杀害的那天晚上，直记突然非常郑重其事、用心良苦地将那把妖刀给藏到了保险柜当中。不仅如此，他还想办法设计了一些机关，使得如果没有我帮忙的话，旁人绝对没有办法打开那个保险柜。他为什么要这样做呢？

同样是那天晚上，他不仅让我到他房间里睡觉，而且坚持把沙发搬到门后，让我睡在沙发上。他又为什么要这样做呢？

只有一种解释，因为他知道自己有半夜里起来游荡的习惯。直记也和铁之进一样，只要是看到非常激动的场面，或者是听到激烈的讨论之后，情绪就容易受到刺激，半夜里起来到处游荡。蜂屋被杀的那天白天，可以说令人激动的场面一个接着一个。

他最先看到的景象，是他的父亲铁之进手里面挥舞着妖刀，满世界地追着蜂屋小市，想要将其砍死。从看到这个景象开始，他就已经受到刺激了。接下来就是在客厅里，看到八千代和守卫恩爱的景象，或者说看上去恩爱的景象，他心里面更加开始动摇起来。直记对八千代很是痴情的事，我一直都知道。他的痴情日渐加深，可以说他真的是打从心底对八千代痴情不改的。但是存在着一种可能，那便是两人也许是异母兄妹的关系。如果没有这种担心的话，恐怕直记早就把八千代据为己有了。就算是像直记这样做事情总爱强拧的人，对于兄妹乱伦也是有所顾忌的。

正是由于这方面的顾虑，所以直记的焦躁在旁人眼里面看起来几乎已经到了滑稽的程度。直记和八千代或许真的是异母兄妹，但是也不能完全肯定，兴许两人根本就没有血缘关系呢。要是真的没有关系，那么即便直记对八千代下手，那也不是什么大不了的事情，然而直记却缺乏这样的勇气。正是这种优柔寡断，才导致他的生活态度失去了沉着和冷静。

既然不能得到八千代，他便下定了决心，不让任何人碰八千代。只要是想接近八千代的男人，他都会想尽一切办法，将他们彻底击碎。当他看到自己从来都看不上眼的守卫竟然和八千代如此亲密地在一起有说有笑的时候，他全都记在了心里。可以说，从那个时候开始，直记的眼睛里面便燃起了嫉妒和憎恶的熊熊烈火，点燃了内心的杀气。为了自己心爱的女人，直记恨不能将守卫一刀砍死。

直记的情绪正是这样一步一步地被逐渐激发了出来。让这种情绪进一步加剧的，是那天晚上发生在八千代和蜂屋小市之间的事情。当时八千代故意很是亲密地到蜂屋的房间里给他送去了饭菜。这本来就已经足够刺激直记的神经的了，没想到更加令人气愤的是，八千代竟然长时间地待在蜂屋的房间里。这下子直记可受不了了。我估计由于嫉妒，他的身体已经快要爆炸了。于是，实在看不下去的他催促着我和他一起走上了二楼。其实在我看来，他上楼的目的不过就是想侦察一下蜂屋的房间罢了。然而，上去之后，却发现没有必要了。那是因为他在楼梯上撞到了八千代，而后者的样子已经暗示了蜂屋在房间里面所做的一切，好像在陈述着刚才的场景似的。或许那个时候，在直记的内心深处就冒出了一个想法——将蜂屋活活砍死。

那天晚上，令直记担心的就是上面那种想法。在那样一个夜晚，弄不好就有可能上演一出梦游杀人的好戏。直记特别担心自己会干出这样的事情。对直记来说，还有一个更重要的前提，那就是，妖刀就在自己的手边。

在直记的心中，始终有一种欲望，想要拿起刀将蜂屋和守卫砍成两半。然而，在现实当中他却没有那种勇气去真正实施。不过，既然有欲望，那么总会有一天以某种形式爆发出来。睡梦之中到处游荡的病症，正好为他提供了很好的机会……

直记对自己越来越不信任了，就像是患有夜尿症的小孩子一样，明明睡觉之前上过厕所，但是晚上还是会尿床，于是渐渐地觉得，自己已经没有办法再相信自己了。

正是因为心虚，所以直记最先想到的就是尽可能地远离那把妖刀。但是，不管把刀藏到什么地方，如果自己知道地点的话，那么一旦梦游症发作，很有可能会飘飘悠悠地走到藏刀之处，神不知鬼不觉地将其取出来。要是最后的结果是这样的话，不用说肯定不堪设想。正是在这种前提下，他才绞尽脑汁地想到了一个办法，使得仅仅依靠自己一个人的力量，没有办法将妖刀轻易弄到手。

虽然已经做了自己想到的一切，但他还是觉得不大放心。并不是只有妖刀才能成为凶器。如果真的下定决心想要杀人的话，可以说凶器到处都是。因此他才想到把自己关在房间里面，那样应该比其他任何方法都要安全。那个负责看管房间的人，直记很自然地选择了我。那天晚上，他一定要让我睡在房门后面，其实并不是怕从外边进来人，而是担心自己半夜在睡梦中出门到处游荡。对于他心里的想法，其实我完全清楚。不过，说到这里，咱们还是回归原题吧。

直记睡梦之中开始到处游荡，我感觉到这是一次绝好的机会。我静静地向后退了一步，密切地关注着直记的下一步动作。

直记还是像刚才一样，嘴里仍然小声地嘟囔着什么。说了一会儿之后，他轻轻地歪了下脖子，飘飘悠悠地像是踩在云彩上一样，脚步轻盈地迈了出去。我稍稍等了一段时间之后，蹑手蹑脚地跟了上去，生怕发出一丝声响。我之所以会注意不发出声响，并不是担心一不小心会把直记从睡梦中惊醒，像他那样已经进入深度睡眠的人，我走路发出的脚步声可以说基本上不可能把他吵醒，这我心里面相当清楚。我担心的是自己一个不注意把房屋里面的其他人给吵醒，要是那样的话，可就麻烦了。

直记走到了客厅前，他将那里的一扇防雨窗打开了。前天晚上八千代恰恰就是从那个地方出去的。今天晚上，直记也从同样的位置飘飘然地走了出去。我紧紧地跟在他的身后走了上去，但是却特别担心，害怕刚才开窗户的声音弄不好会把某些人给吵醒。然而，幸运的是，我没有发现有人醒来的迹象，屋子里面依然如旧，鸦雀无声，看来大家都还在熟睡。一想到这里，我的心脏便开始更加激烈地跳动起来。

和前天晚上的八千代一样，直记也从位于杉树林最里面的那个地方走了出去，穿过竹林山丘之后，径直走上了山间小道。然后，继续迈着像踩着云彩一般的脚步飘飘然地在山路上向前移动。

我心里十分清楚，直记的潜在意识，或者说今天晚上他之所以会梦游的动机究竟是什么。我们一直以来都认为是八千代的那具无头尸体，实际上并不是八千代，而是一个叫小静的女人。八千代有可能就是凶手，或者说至少是帮凶。这种令人恐惧的推测让他感到无比震惊，也让他很是烦恼。正是这个推论导致了他今天晚上梦游症的再次发作。稍微想一想便可知道，他的目的地只有可能是龙王瀑布，而绝对不可能是其他地方。

今天晚上与前天不同，是个非常美丽的月夜。虽然已经是五月份了，但是在山里面，一旦夜幕降临的话，气温也会迅速跟着下降。我身上穿着睡衣，在黑夜的冷风吹拂之下，稍微有点儿冷。不过，因为心中如燃烧着火焰一般，所以吹着冷风，我反倒觉得很是清爽。

没要多长时间，直记便到达了龙王瀑布的岩石那里。哎呀，真是一个无与伦比的好机会，真是一处无与伦比的好舞台。对于计划烂熟于胸的我来说，再也找不到像这样绝好的地点了。我的心里面一阵狂喜，几乎都要跳起来，赶忙加紧步伐跟了过去。

直记还是那样，嘴里面嘟嘟囔囔的，听不清楚在说什么，他稍稍低下头，盯着龙王瀑布那边。即便我已经到了他的跟前，他也没有丝毫察觉。我心想，最好赶紧下手，趁早完成自己的计划。我越想越觉得急不可待。杀一个梦游症患者，就如同杀一个正在熟睡当中的人一样简单。但是我也知道，自己一定要在直记意识清醒的时候，才能痛下狠心地去吓唬他、恐吓他、威胁他，然后将他玩弄一番，最后将他亲手杀了。如果不这样做的话，我心里是无论如何也无法接受的。

我用带过来的麻绳（绳子是在来瀑布的途中从仓库里面拿出来的）三下五除二将直记绑了起来，然后将他拴到岩石上面的松树上。直记像婴儿一样，毫无反抗之力，任由我想怎么摆布就怎么摆布，所以对我来说根本算不上什么事。随后我把直记拖到了岩石上，两只手在他的脸颊上使劲儿扇着耳光。

哎呀，这个时候我是多么开心哪！

自打从战场上回来之后，很长一段时间，我都在等着这个时刻的到来。每次想到，全身的肌肉都会颤动，好像是因欣喜在跳跃，即便是想一想也高兴。只有这样，长久以来的屈辱才能够得到洗刷。我现在就好像是小说当中出现的那只欢喜的跳跳蛙。为了能够体会到这种残忍复仇的快感，我一直忍受着直记的羞辱，默默地忍受至今。现在想一想，自从拜访古神家族位于小金井的宅邸以来，我所做的一切，全都不过是为这个时刻在做准备罢了。

我用尽全力凶狠地抽打着直记的脸。过了一会儿，他终于从睡梦当中醒了过来。醒来之后的一段时间里，他好像并没有很快明白自己现在的处境。不过，他还是渐渐地恢复了神志。意识到自身的处境之后，他很着急，心烦意乱地皱起了眉头，露出一副像是小孩哭鼻子似的表情。

“屋代，你这是在干什么？”

话虽说了出来，但是却让人觉得脖子犹如被人掐住了似的。

“我……我……是不是，那个病又犯了？”他朝四周看了看，“哎呀，是不是我一不小心差点儿掉进瀑布。不过，正好碰见了你，你把我救了上来，怕我再出事，才把我捆在了这里。”

听到他的话，我大笑几声。接下来，继续刚才的动作，抡起双手朝他的脸上打了过去。

“你、你这是在干什么呀，屋代？”

“我说直记，我看起来难道真的是那么好说话的样子吗？竟然连你这种人都能够像对待畜生一般对待我。难道你这样对我，我还得天天表现出亲近吗？你觉得可能吗？今天我就告诉你，我不是这样的人。”

我一边说，一边继续疯狂地抽打着直记。打完之后，我汇集了心中所有的怨恨，啪地向他的脸上狠狠地吐了一口痰。

“你、你究竟在做什么呀？屋代，你是不是疯了？”

“要说疯了，我觉得你比我疯得更厉害。”我哼哼了两下，嘲笑他道，“自打从战场上回来之后，我其实已经知道，可爱的小静被你用暴力占为己有，在你的淫威之下，几乎成了你的玩物。当得知她被你折磨得最终疯了的时候，那个叫屋代的人也开始发疯了。”

当从嘴里说出小静这个名字的时候，我听到自己的牙齿在咯咯地作响。与此同时，当直记听到小静这个名字从我的嘴里说出来的那一瞬间，他一下子慌了，脸上血色顿失。直到这个时候，他才真正意识到，今天晚上的我与往日有根本的不同。

“屋代！”

“算了，什么都不用说了。你给我好好地听着。我呢，以前一直都觉得，不管你再怎么恶毒地说我，疯狂地骂我，就算是挖走我的心，我也能够一动不动地忍受着。至于你呢，也渐渐地觉得我本来就是这样，因此放下心来，想怎么欺负就怎么欺负我。然而，我们两个人都错了。你跟我都没想过，无论什么都有限度。我之所以会意识到这个限度，完全是因为我了解到了小静和你之间的那些事情。不过，至于你，你直到现在才意识到。”

“屋代，屋代……”

“闭嘴！闭嘴！你给我闭嘴好好地听着。你难道忘了我上战场之前是怎样求你的吗？我跟你说，请你受累，帮我好好照顾小静，一定要等到我回来。而且我也跟你说过，请你高抬贵手，千万千万不要对这个女人下手……我的确是一个窝囊的男人，我无法像你那样，恬不知耻地跟女人说甜言蜜语。我曾经觉得，自己可能这辈子都不会得到女人的青睐了。然而，让人意想不到的是，命运就是这么奇妙，我也终于有了自己的女人。也正是这一点，才让我感到了作为男人的尊严。她是我在这个世界上唯一的女人。如果我失去这个女人的话，恐怕就再也不会有机会了。我是不是这么跟你说过，求你帮忙照顾小静的？那个时候，你是怎么跟我说的。你跟我说，你其实对女人也并不是那么在意，更不要说是对朋友的女人了……即便是这样，实际上我还是觉得担心。那个时候我就已经事先跟你把话说清楚了。我的确是胆小怕事、窝窝囊囊的男人。就算是你像对待野狗野猫一样任意驱使我，我平常也不会想着反抗的。但是，不管怎么样，我还是请你注意，像我这样的男人其实是最危险的。要是真的惹毛了这样的男人的话，你绝对不可能想到他究竟会做出什么恐怖的事情……我这么跟你说的时候，你只是笑了笑，但是我看得出来，其实你心里是非常害怕的，我说的难道不对吗？我已经跟你说到这个份上了，你还是对小静下了手。你用暴力将她据为己有。

你还把她当作玩物一样每天折磨。小静承受不住内心的谴责，终于被你折磨得疯了。她就这样被你当作玩物，天天折磨，折磨得发疯了。”

我将牙咬得咯咯作响。

“所以……所以，今天我就是来兑现当时对你说过的那些话的。”

“屋代，屋代！”

直记被紧紧地绑在松树上，他不停地扭动着身体，嘴里呼哧呼哧地喘着粗气。在月光的照耀下，额头上的汗水闪闪地发着亮光。

“之所以会走到今天这个地步，你难道不觉得都是你自作孽的结果吗？就连蜂屋和守卫被杀的事情也……”

我大声地笑着，笑得都有些痉挛了。

“我说直记，你不是总是嘲笑我，说我是三流的侦探小说家吗？你说得没错，就是你说的那样。我还真就是三流的小说家。然而，你要知道，人这种动物，最痛苦的就是被别人指出自己的真实状况。每一次你嘲笑我是三流小说家的时候，我心里都会非常气愤，简直肺都要被你气炸了。当我拿起笔，开始写作小说的时候，不管怎么写，写出来的都只是三流小说而已。所以……所以，这次我不想再用笔了，我打算用鲜血和肉体来写一部小说。怎么样啊，直记？你觉得我这次写的侦探小说，是不是跟以前不一样，能够让你心里面感慨难忘吧？”

第五章　最后的悲剧

最后的悲剧

我真是愚蠢，那个时候完全陶醉在了胜利的快感当中。当时只是一心想着，直记已经成了自己的笼中之鸟。究竟是让他活，还是叫他死，完全不过是凭自己的意愿而已。所以才会像猫玩老鼠一样，为了尽可能延续这样的快感，我不停地说啊说，说得都无法自控了。我越说越得意，越得意越想说，前面的还没说完，就想着该如何开始后面的。我丝毫没有意识到，在我控诉完毕之后，会有什么样的陷阱等着自己……

“直记，我刚才不是跟你说过吗，当我得知小静成了你的玩物，最终疯了的时候，我也变得疯狂了。是的，的确就是这样。从那个瞬间开始，我就发誓，一定要向你报仇。估计你会觉得奇怪，为什么我会知道小静的事情呢？究竟是谁告诉我的呢？你知道吗？你不知道。你肯定不知道是谁。听好了，是八千代告诉我的。我是从八千代那里知道一切的。八千代从很早以前开始，就已经成了我的女人了。”

就在我的话说出口的一瞬间，直记如遭晴天霹雳一般，身体开始剧烈地晃动起来。看来这人到现在还爱着八千代。他心爱的女人竟然会委身于一个他向来认为和猫狗差不多、简直算不得人的男人。这一现实，让直记的内心深陷黑暗之中。他狠狠地瞪着我。

我大声笑着，笑得都快要抽筋了。

“直记，你不是说过，只要是关于女人，你什么都知道吗。实际上，你几乎什么都不知道。你把我的事情都跟八千代说了。你毫无隐瞒地跟她说，说我叫屋代寅太，是个不得志的三流侦探小说家，是个天天围着你转的跟班。告诉你吧，直记，这就是失败的开始。八千代这种喜欢新鲜事物的女人，绝对不可能听过就忘的。她不禁想，那个人既然是个小说家，而且是侦探小说家，那他会是什么样的人呢？她越想越觉得好奇。于是，便主动地找上了我的门。她的到访，可以说是本次事件的发端。”

直记身上的汗水越流越多。顺着脸颊，像瀑布一般流下来的汗水，在月光的照耀下，真的好像是玉帘，晶莹地泛着光亮。

“我说过许多次，自己就是个窝囊废。特别是像说花言巧语逗女人开心这样的事，我从来就做不到。事实上，如果当时我随随便便地就接受了邀请的话，八千代可能早就转身离开了。然后，她可能再也不会找我。这便是那个女人的性格。但事实却是，我没有轻易上钩。我始终是一副木头人般的表情，听完之后便当作耳旁风。正是这一点挑起了她的兴趣，让她像匹烈马一般攻了上来。她痛下决心，一定要诱我上钩。开始还很轻微，到后来她的攻势越来越强，渐渐地深入了。在这过程当中，她无意间透露了关于小静的消息。当然了，八千代她并不知道，小静竟然会是我的女人。就在你跟她说完不久，八千代就把你的话全都告诉我了。也就是那个时候，我才第一次知道，小静竟然过得如此悲惨。我忘了是什么时候了，你曾经告诉过我，说小静在空袭当中失踪了，现在依然下落不明。听完八千代的话之后，我才知道你一直都在骗我。我跟你说了无数遍了，就是从那个时候开始，我也变得疯狂了。如果真的惹怒了像我这样的人，后果会是多么严重，就连八千代她也有所了解。正是在那天，我用暴力将八千代占为己有。”

听到这里，直记的身体再一次剧烈地摇晃起来。在他的脸上，愤怒取代了恐惧。从他的表情当中，我能够看到一种难以言传的厌恶神色。与此同时，我朝他的脸上又吐了口痰。

“哎呀，告诉你，直记。八千代那时候还是个处女。这一点当时我也感到很意外呢。当时我还想，她都已经是你的人了，无论怎么样，你肯定跟她睡过觉才对。你为什么没有对她下手呢？难道你是担心，怕有人说你们兄妹乱伦吗？其实没有必要的，不是还没有发现你跟她是异母兄妹的确切证据吗。哈哈哈，因为八千代的梦游症，你看到她晚上起来梦游，便更加相信自己跟八千代之间是兄妹关系了，是吗？从你老爹那里遗传到你身上的疾病，在八千代身上也同样有。据此推断的话，八千代也肯定是你老爹留下的种了……就连你这样的男人也会完全相信呢。不过我告诉你，关于这件事情，你根本没有任何担心的必要。八千代的梦游症根本就是假的，那是因为她不想落入你的魔爪，才精心演出的一场戏。为了能让你觉得自己与她之间是兄妹关系，其实我也给她出了不少主意呢。”

直记的身体还在摇晃，额头上暴起的青筋像是蚯蚓一般，因为愤怒，每一根都快要爆裂了。

我还是哼哼了两声，嘲笑他道："哈哈哈，说起来还真是可惜，谈起来还真是遗憾哪。要是事先知道这一切的话，你肯定会将她占为己有吧。哈哈哈，我虽然在肉体上将八千代占为己有，但是至于像爱情之类的，我从来就没有想过。我完全是因为仇恨才会将她揽入怀中。我很早之前就已经知道，你早就对八千代心生爱慕了，所以为了替小静报复你，我自然而然地选择了你最为迷恋的八千代作为下手的对象，我要将她也变成玩物。每次抱着八千代的时候，我其实是很冷静的。不对，或许不能说是冷静。仇恨和复仇的火焰始终在我心中燃烧着，准确地说，是它们促使我这么做的……"

此时，直记的脸上浮现出了这个世界上最为奇怪的表情。它既不是愤怒，也不是恐惧。如果非要说的话，那应该是对八千代的怜悯。正是他的这一神情突然再一次激起了我的愤怒。

"哈哈哈，你是不是心里面觉得，八千代真是个可怜的女人。你想得没错，一点儿都没错，的确如此。虽然我和她之间的关系已经发展到那种地步了，但是我的心里面却丝毫没有爱的热情。她得知这一点后，开始变得越来越着急。究其原因，也不是她真的爱上我，真的对我一见钟情了。关于这一点，请你绝对放心，像她这样的女人，自尊心是非常强的。当她得知自己被一个男人像玩物一般捉弄，但是却没有办法得到那个男人的心的时候，她一定会感觉到从未有过的屈辱。所以她才要想尽一切办法，用尽一切手段，以占有我的心。她的这些努力，的确让人觉得可怜啊。我和八千代之间的关系，从头至尾都是那样，从来不曾改变过。我们并不是因为爱情而在一起。恰恰相反，是因为仇恨，我们才彼此需要。于是，从这些仇恨当中，渐渐地，一篇沾满了血迹的三流侦探小说的情节，开始慢慢地有了些眉目。”

因为说了半天，我的嗓子有些发干。于是，我用双手掬了一捧溪水，润了润嗓子，然后舔了舔舌头。

转过身来，我又站到了直记面前，继续演讲。

“最早提议本次事件的人，并不是我，而是八千代。我想你应该也清楚，八千代对于古神家族和仙石家族的孽缘有多厌恶。她恨她的母亲。她恨你的老爹。她恨你。她恨守卫。她恨那个傻了吧唧的四方太。她不仅恨你们，而且就连她自己，她也恨得痛彻心扉。正如她经常挂在嘴边的口头禅一样，她想要把你们统统杀掉。她还曾经说过，等到把你们都杀了之后，她自己也会去死。她的这些想法正好给了我灵感，让我构思出了小说的主要框架。我装作开玩笑的样子跟她说，你要是真想把他们都杀了，那就想办法动手就行了，只不过将他们解决之后，自己也去死的话，就显得有些糊涂了。我告诉她说，将众人全都杀光之后，你自己却表现出一副与己无关的样子，好好地活下去，不是比陪他们一起死去要好吗？八千代虽然嘴上说不想活了，但是实际上，我看得出来，她其实挺怕死的，所以我才故意挑拨她，而她也好像上了钩，反问我说，真的能够做到吗？我便跟她说，这得看具体怎么操作了，谋划得好的话，也不是没有可能，比如说你可以将人杀了之后，将其脑袋砍下来。接下来，将其装扮一番，让其成为自己的替身，而自己则变成另外一个人。这样便可以表现出一副事不关己的样子，好好地活下去了。实际上，作为侦探小说的情节，这不过是最简单的手法罢了。然而，八千代对侦探小说没有任何了解，就连这样最初级的手法她以前都没听说过。听了我的话，她立刻对我的提议来了兴趣。”

直记的脸上再次浮现出无比恐惧的神情。这让我的演讲更加来了精神。我不顾一切地继续说道：“我就是这样诓骗八千代的。我跟她说，首先需要找一个女人，这个女人要和你的体态、身姿、年龄、长相等都相仿。将她杀了，然后砍掉脑袋，接下来再把你的衣服穿在她的身上。如此一来的话，八千代就可以从这个世界上消失了。我的建议让八千代觉得非常高兴。她既不想轻易地死掉，又对于自己是古神家族的成员的身份真的已经厌恶到不行。所以当她听到可以变成另外的人，从而得到重生的时候，她发自内心地感到欢喜。看到她很是中意的样子，我继续向她提出了以下方案，供她参考。直记，你听着，是关于你的。先把直记杀掉，再将他的脑袋砍下来。然后，将尸体打扮成我的样子，成为我的替身。如此一来的话，我也可以从这个世界上消失了，我也可以变成另外的人，到那个时候就可以和你真心相爱了。当时我就是这么和八千代保证的。不用说，这个想法自然又让八千代高兴坏了。或许她心里面也清楚，如果她不按照我所说的那样去做的话，她就不可能真正得到我的心。如果从这一点来看，那个女人还真称得上是痴情的女子呢。”

“八千代……八千代她真的同意，要和你一起杀了我？”

这是直记第一次开口说话，就好像是被人掐着脖子似的，声音近乎沙哑。我冷笑着回答他说：“嗯，当然同意了。高兴得欢天喜地，高兴得都不知道该怎么办才好了。我虽然不知道你心里面是怎么想的，但是我知道，八千代心里从来就没有你。所以说，把你杀掉对她而言根本算不得什么需要考虑的问题。”

直记开始低低地吼叫起来，而我则渐渐地感受到了胜利的快感，一种任何语言都描述不出来的快感。

“说真的，这个计划原本只是我们之间开玩笑说出来的，但是没想到，渐渐地她的心里面越来越渴望，并且开始付诸实施。然而，我却想到了一件事。我虽然说过，要找一个其他的女人，然后将她杀了，让她成为八千代的替身，但是说实话我不知道事情能不能办得那么顺利。正因如此，才必须要事先做好铺垫。三流侦探作家也是作家，也是写侦探小说的作家。侦探小说这种东西，纯粹就是铺垫的文学。关于这一点，我还是知道的。于是，我意识到，有必要在此之前预先演练一下杀人并且砍脑袋的事件。那便是蜂屋和守卫被杀事件。在事件中，先把脑袋砍下来，从而导致尸体的真实身份不明，让人猜不出究竟是蜂屋还是守卫。预先演练的目的，就在于为八千代的事情营造氛围。当我想到要事先来一点儿铺垫的时候，八千代曾经向我提议说，最好能够先将守卫杀了。八千代的确很讨厌你，但是八千代对守卫的厌恶比起对你有过之而无不及。关于这一点，你大可放心。只要看一看守卫的脸和身体……不用，不用，光是听到他的声音，就让人浑身起鸡皮疙瘩，不自觉地便对其感到厌恶不已。于是，我便答应了八千代的请求，开始想方设法地策划起杀死守卫的计划来。但是，就在策划的过程当中，我又想到了一个人，那就是蜂屋。蜂屋这个家伙跟你简直一样毒舌，我也不知道究竟受过他多少次讽刺挖苦。当然了，光凭这一点也不至于就将他杀死，不过转念一想，像他这样的人死了也没什么可惜的。于是，我便调查了一下蜂屋和守卫的体态身姿。查完之后，我大吃一惊。我实在没有想到，他们两个人竟然会如此相像。看起来，这可真是上天赐予的绝好机会。我相信，这是上天在命令我，是上天让我计划并实施此次行动。想到这些之后，我甚至有些喜出望外。”

月亮已经西斜。但是，距离天亮还有很长一段时间。我已经完全陶醉在了自己的滔滔不绝当中，继续说道：“正是像这样，我的计划一步步地成熟起来。原本是用来应付八千代的那些像是预告书一样的东西，全都开始运转起来。这成了案件的发端。由此可说，我的计划终于迈出了第一步。再来看看那些恐吓信吧，它有两方面的意义。第一点就不用多说了，目的就在于要在蜂屋的大腿上制造出一个跟守卫相同的伤痕。八千代很早之前就知道守卫的伤，所以她才觉得有必要在蜂屋的身体上留下同样的印记。至于第二点，不在于别的，只是我故意要向你展示自己的本领。哈哈哈，我这个人哪，从来就不仅仅满足于简单地杀人。我的目的在于，要用鲜血和肉体书写一部全新的侦探小说，而能够让你读到这部小说，才是我如此辛苦的真正意义。既然是小说，那么就应该尽可能地诡异离奇，尽可能地寻求刺激。为了做到这一点，古神家族是再好不过的舞台。你觉得怎么样，直记，我导演的这出戏……”

直记默不作声，他一直低着头。恐怕他已经没有任何反抗的勇气了吧。我凭着惯性，继续不停地说下去。

“如此一来，在蜂屋的大腿上便出现了一个和守卫相同的印记。剩下的事情就是怎么把蜂屋那个家伙给带到古神家族来。这件事情可是八千代一手导演的，而且完成得非常好。八千代只不过略施小计，蜂屋那家伙便屁颠屁颠地来到古神家了。不过，想一想，也许这就是他的命吧。同时，在你的邀请之下，我也第一次来到古神家做客。经过这么一安排，所有的东西都准备好了。不对，由于你老爹喝完酒耍酒疯，意外地又平添一份保险，使得事前准备更加完美无缺了。既然如此，要做的事情就是赶紧将计划付诸实施。”说到这里，我忽然话锋一转，“我说直记，金田一耕助那个家伙，可不是一个傻了吧唧的人啊。至少在蜂屋被杀害时间的推断上，他的推理很准确。仅仅这一点便说明他不是一般的人。是的，正如他所说，蜂屋被杀害的时间的确是在九点钟之前，具体大概在八点钟。而那个杀他的人就是八千代。她先是把蜂屋带到西式建筑里，并且装出要委身于他的样子。趁着他不备，啪的一下，砸到他的头上。你想说什么？你千万不要以为杀人是一件多么难的事，其实很简单的。大胆地去做，并不麻烦。八千代做完之后，我从你的房间里面取出了那把妖刀，提着它去找八千代，然后将蜂屋的脑袋给砍了下来。我在战争中不知道砍过多少人的脑袋，所以斩首对我来说已经是家常便饭了。这件事毫不麻烦。接下来，就是把脑袋藏了起来……是的，就是这样。蜂屋的脑袋应该现在还在宅邸里面。至于说究竟在什么地方……在这种场合，这种时候，还是先不要说了吧。那么多警察找来找去也找不出来，只能说明他们是无能之辈。脑袋藏好，我将那把妖刀重新放回你的房间里，然后装着一副若无其事的样子，没过多久便出现在了餐厅里。在这个过程当中，我设计了一些小的陷阱。首先就是将拖鞋底沾上蜂屋的鲜血，并让八千代半夜穿着它到处游荡。其次就是将蜂屋六点钟左右吃下的食物，伪装成十点钟才吃的样子。不过，这两点都被金田一耕助那个家伙同时看穿了，弄得我心里还怪害怕的。不过，完全不要紧，正是因为这些，反而使得你的嫌疑越来越加重了，矛头全都指向了你。哈哈哈……”

“守卫呢……守卫他是什么时候被杀的？”直记像是蚊子哼哼一

样，小声地呻吟着问我道。

被他这么一问，我心里更加得意起来，信心也越来越膨胀了。

“啊，你是说守卫被杀的事情吗。为了杀死守卫，我可是真的想了许多好办法。你听着，其实是这么回事。八千代欺骗了守卫，让他离家出走。后来他便去了我租住的地方，诚心实意地在那里等着八千代的到来。我租住的那个地方，你又不是不知道，在杂司谷的破庙里，从来都是人想来就来、想走就能走的地方，所以根本不用担心被人家注意到。但是我忽然意识到，像他那种身材，要是被人看见了也是麻烦事，因此我决定让他背上一个大背包，借此将他背后的瘤子给遮盖住，让人不至于对他那副恶心的身姿产生印象。现在这个世道，是个人都喜欢背个大背包，所以他那样的话，绝对没人会注意到。于是，守卫轻巧地骗过了周围人的眼光，到达了我的租住地。然后，他铺好了床，十分焦急地等待着八千代的到来，心中充满了对未来的期待。接着，就在等待的过程当中，服毒而死。”

“服毒而死？”直记将眼睛瞪得圆圆的。

“是的，那正是我精心策划的。八千代那天晚上跟守卫约定，说是要在当天晚上将自己交给守卫。但是守卫那个家伙，前一段时间你不也都看到了吗，一直在服用各种各样的春药。他在那方面有所欠缺，一点儿自信都没有。虽然说心爱的女人已经愿意委身于自己，但若自己表现不佳，对方必定会失望。他肯定会在事前服用准备好的春药，但是他却不知道，春药在不知不觉当中已经被人换成了毒药。我敢肯定，守卫肯定是一边做梦怀抱着八千代，一边静静地死去的。”

直记再次小声地呻吟着想要说话。不过，我没有管他，只顾着自己继续滔滔不绝。“第二天，我回了一趟自己的租住地，将守卫的脑袋给砍了下来，随后将尸体埋到了附近的防空洞遗址里面。后来我仅仅带着那个脑袋回到了小金井。”

“但是……但是……我的老爹是怎么发现那个脑袋的呢？”

“哈哈哈，那个呀，根本就不是你老爹发现的。你老爹只不过是在睡梦当中忽然梦游症发作，然后下意识地去了涌水池，那个地方他之前就一直很挂念。我跟在他的身后，尾随着走了很久，才发现原来如此，那个地方可真是个藏东西的好地方。守卫的脑袋要是不在这个地方被发现的话，那我还真是不好办。于是，我便把本来藏在别处的脑袋拿回来，生生地给塞到了那个洞穴里面。后来便导演了一出他和四方太一起发现人脑袋的情节。”

就在这一瞬间，四周变得鸦雀无声，沉默弥漫在两个人之间。不知道从什么地方传来了乌鸦啼叫的声音。忽然间，直记开始抽泣起来，他开口说道：“我的天哪，这究竟是怎样的人哪。你……你可真是罪恶的天才，你可真是恶魔的化身。”

听了他的话，我很是愉悦，心扑腾扑腾地跳个不停。

“谢谢你啊，直记。这还是你有生以来第一次夸我呢。如此看来，这一次你对我的小说终于感到满意了。”

“那后来，后来八千代她怎么样了？”

“哈哈哈，你是说八千代吗？八千代正如你所知道的那样，成了那具无头的尸体。前天晚上，在瀑布旁边发现的，不就是她吗？”

突然间，直记的眼珠都快要蹦出来。他两个肩膀不停地抖动着，大声地向我喊道：“恶魔！你这个恶魔！你的意思是说，她到底是被你……”

“不是跟你说了吗，一开始我就已经跟你表明了。八千代对于我来说，不过就是一个玩物而已。自始至终，我对她憎恨不已。在我跟她之间，我从来没有感受到过丝毫的爱情。你给我听好了，直记。自从你带着小静从东京出发之后，我就立即跟在你们的后面，紧紧地追了上去。然后，我假扮成蜂屋的样子，把小静带离尼姑庵，将她藏到了一个不为人知的地方。随后我依然打扮成蜂屋的样子，偷偷地跑到八千代的屋里。我和八千代好久没有见面了，所以我的到来让她感到十分高兴。与此同时，我和她也商量了下一步该怎么办。按照我们当时商量的结果，八千代将要假扮成梦游症患者到龙王瀑布那边去。接下来，她还会利用我们事先放在那里的蜂屋的衣服，一个人扮演两个角色。而我呢，则跟在她的身后，将小静杀死并砍下脑袋，之后再将其打扮成八千代的替身。我们的计划就是这样。然而，这些都不过是表面上的安排罢了，事实上我还有更加精密的计划要实施。那天我一跑到这里之后，便和你们分开了，径直走向了八千代藏身的那个山洞。就在那里，我把她解决了。”

“啊，太恐怖了。你竟然……你竟然……”

“你尽管说吧，说什么都行，我只能告诉你，你说话的机会已经不多了。那个叫金田一耕助的侦探，已经被我奇妙的安排绕得找不到北了，他现在完全相信，那具无头的尸体就是小静。运用相同的手法，我把你杀了之后，砍下脑袋，那个家伙肯定会觉得，被杀的人是我。而你和八千代就会成为所有案件的凶手，因此他们会拼了命地到处寻找你跟她的下落。至于我，则可以和我那可爱的小静一起，藏到无人知晓的地方去。这才是我的小说真正的大结局。另外，为了暗示这一结局，与事实稍微有些出入，或者说我稍稍地省略了某些事实，写了一些伪装自己感情的内容，说自己留在了客居古神家时住过的那个房间里。杀死并且砍下你脑袋的工具，以及逃亡时必需的衣裳和行李，全都被藏到了大山当中。直记，说到这里，咱们还是尽快给这部小说添上最后的结尾吧。”

我将两只手伸向了被五花大绑的直记的脖子。但是，就在这个时候，我感到有人从后面拍打我的肩膀。

我感觉自己像是被人用长枪扎了一下似的，慌慌张张地赶紧回过头来。就在这一瞬间，我甚至觉得眼前一黑，什么都变得模糊了。在黑暗当中，我觉得无论天也好，地也好，全都混在一起，然后开始剧烈地旋转起来。耳朵里就好像是千百个炸雷同时炸开似的，轰鸣得要命。

在我的身后，金田一耕助和矶川警部，还有，那是怎么回事，那不是面无表情疯了的小静吗？他们竟然都站在那里。

看来我失败了！

我这才忽然感觉到，自己脚下的岩石正在坍塌。我摇摇晃晃，觉得头晕目眩，有点儿想吐的感觉，接着便失去了知觉。

胜负

我再也没有心思写下去了。败军之将，何谈当初！

另外，我不得不说的，就是我的计划。我的那个血淋淋的、犹如恶魔的杀人设计图一般的计划，大部分内容都已经在前面两章交代清楚了。

金田一耕助开口说话了。

"的确是这样。按照你目前写出来的东西，基本上，你的心情、你的计划，以及隐藏在这件事情背后的秘密，我觉得都已经了解了。但是我觉得，为了保险起见，你还是有必要将你的计划原原本本、从头开始、简单明了地跟我们再说一遍。反正也不是什么麻烦的事情。"

金田一耕助真是个固执的家伙。外表看起来没精打采的，也没有什么大的本事，但是不知道为什么，一旦被他盯上的话，即便是打死他，他也会紧紧咬住，绝不会轻易罢手。这个男人他……

败下阵来的我，现在已经成了这个人手中的傀儡了。按照这个人的说法，我现在只有唯唯诺诺、听人说话的份儿了。因此我才会像这样，继续往下写，写下这些耻辱的、失败的记录。

我在这篇小说的开头部分就已经有所涉及，旧幕府时代，为了反抗古神家族的暴政而站出来的农民起义的带头者，一共有四名，全都被抓起来判了死刑。为了铭记这四人，人们将他们尊称为四义士，还为他们建立了神社，用来永久纪念他们。而这四人当中的一个，正是我的祖先。说到这里，故事是不是听起来让人觉得更有古意呢?

这些都是事实，无法否认的事实。

从记事的时候开始，我就不断地、不断地听到这个故事，每天晚上都是这个故事伴我入睡。四个英雄的壮举，以及他们最后慷慨就义的情景，深深地印在我的脑海当中。我的每一代家人都为自己能够有这样的祖先而感到无比的骄傲。所以，关于祖先，其实已经超越了事实的范畴，披上了一层神秘的外衣，几乎快要成为神话般的存在了。

祖先的勇敢的行动，已经不再是常人能够做出来的了。同时，他最后就义时那种悲惨的状况，凄惨的场景，在传颂的过程中被渐渐地夸大到了可怕的程度。而流传下来的故事之所以会如此，不为别的，就是为了能够激发对敌人的憎恨，挑起对敌人的对立意识。祖先的敌人就是——想必我已经不用说了吧，就是古神家族和仙石家族每一代的当家人。

我出生的时候，无论是古神家族还是仙石家族，都已经不再是当年的那些人了。即便是对于原领地内的居民来说，他们也已经不再具有任何权威，只不过就是名列华族而已。然而，即便如此，关于四义士的一半传说、一半真实的英勇行为，以及对古神家族、仙石家族的仇恨和敌意，就像是代代相传的家训一样，极其鲜明地、极其恐怖地在我幼小的心灵上留下了难以磨灭的印象。

那个时候我年龄尚小，处于对身边的事物极容易感慨的时期，对于这些可怕的有关刑场杀人的故事，每次听到，我都会害怕得全身抖动，哭出声来。每当这时，我那愚昧的祖母和父亲解决问题的办法都很简单，也很奏效。他们会在我的耳边不停地向我灌输对古神家族和仙石家族的诅咒和憎恶。

现在如果再回头看一看的话，祖母和父亲说的这些故事，真的不过就是一种围炉夜话般的娱乐罢了。为什么这么说呢，因为那个时候我们一家早已经离开乡下，搬到了东京居住。不仅我们家如此，古神和仙石两家也很早就不在乡下居住了。我甚至怀疑，祖母和父亲可能连他们在东京的什么地方居住都不知道。

但是，灌输到幼小的心灵里面的诅咒，就好像是毒素一般，深深地扎根在了我的身体里面。那是一种单靠理性根本没有办法解释的心理，它就好像是本能一样，成为我感情的一部分，统治着我。

然而，虽然如此，要是说仅仅因为这一原因，我便不顾一切地犯下那种可怕罪行的话，估计连我自己都会觉得不可思议，要是真有人这么想的话，那可就太滑稽了。为了遥远得已经成了传说的祖先，让我去复仇吗？反正我是没打算做这样异乎常人的事情。

然而，当我在大学里面第一次遇到仙石直记的时候，我感受到了异样的震惊，就好像头发被人从后面向前逆着拨弄了似的，那是一种不可思议的恨。我说的是事实。关于这一点，我也不知道该怎么说明才好。在我幼小的体内种下的毒素，如今也跟着渐渐长大了。特别是当我的祖母和父亲去世之后，那种感觉本应该渐渐疏淡。到上大学的时候，我应该是能够从那种诅咒当中逃脱出来的。然而，当我听到仙石直记的来历的那一瞬间，不知道为什么，那遥远的记忆又复苏了，我感到身上的血在不安地骚动，这究竟是为什么呢？不仅如此，我还必须接受直记的救助。

直记他为什么没有不管我呢？为什么明知道是个麻烦，他依然愿意做我的资助人呢？看来他也知道关于四义士的传说。具体是什么时候，我记得不大清楚了，他曾经跟我说过，他说："要是按照那些说法的话，你和我之间本来应该是敌人才对呀。"说完十分可怕地笑了笑。

如果他真的知道的话，那他为什么没有不管我呢？难道说，他是想通过自己的行为为祖先赎罪吗？他不是那种心胸宽大的人。对于像他那样的流氓无赖来说，之所以和我这样一个跟自己家族的孽缘有关系的人相处，为的就是将我当成玩物，以便随时任他摆布，从而满足他那种与众人不同的施虐式的快感。

这么一想的话，看来直记和我之间，应该算是前世的孽缘。

然而，即便是这样的原因，也并不充分，并不能够让我下定决心，去犯下那种可怕的罪行。

我下定决心，准备杀了直记，正如我之前说过的那样，是当我得知小静的事情的时候。

对于我来说，小静就是我心上的明珠。她是不可替代的，她就是我此生最为珍贵的宝贝。我如此珍重的小静，却被直记当成了玩物，从此精神异常。当我得知这一切的时候，我的愤恨，我的怒火——啊，那个时候我也发狂了。我因此发誓，一定要让直记从这个世界上消失。

但是，仅仅将直记杀了，我绝对不会甘心。如果不能够让他尝到那种比死还要强烈、还要厉害的恐怖气氛，我绝不会满足。我要让他的头发变白，我要让他的皮肤变色，我要让他鲜血淋漓，我要让他尸骨无存。

同时，如果因为杀死直记，而导致自己受惩罚的话，那我是绝对不愿意的。我要玩弄他，我要恐吓他，我要让他知道什么叫作令人发狂至死的恐怖，用尽折磨之后，我才会把他杀了，并且同时还要保证自己能够逃脱罪罚。

为了达到这个目的，我想了很多办法。这样也觉得不行，那样也觉得不行。来来回回地想了许多套方案。

其实也不用等直记说我了，从作家的角度来看，我的确是三流的水平。三流作家，无人问津的作家。然而，即便自己在写作方面不行，要说到阅读的话，我其实是很喜欢的。不要说侦探小说了，所有关于犯罪的故事，只要是我能读到的，我都已经读过了。我就想，从自己以前读到过的内容当中，是不是可以找出来一些能够为自己所用的杀人方法呢。想来想去，最后想出来的方案，就是这次实施得很出色的计划。不对，应该是打算做得很出色的计划。也就是说，杀了直记之后将脑袋砍下来，然后想办法将尸体打扮成自己的模样。换句话说，既能够将直记杀死，同时又能够伪装自己已死，从而逃脱刑罚。用这种方法，还能够反过来将直记诬陷为凶手。

要说到我为什么会选择这么一种让人吃惊的方法，那是因为从一开始起，我就想尽可能地将本次事件涂抹成鲜血淋漓、悲惨不已、阴暗冷酷的颜色。因为只有这样，才能够让直记感到害怕，才能够让自己体内那些骚动不安的罪恶血液得以平静下来。由古神家族的传说，以及古神与仙石两家之间错综复杂的关系所形成的各种各样让人不寒而栗的孽缘故事，已经创造出了一个合乎我的需求的世界。而除此之外，由于我刚从战场上回来，所以对于杀人，对于将人的脑袋砍下来之类的事情，已经不再觉得是什么大不了的事了，我的神经已经麻木了。

于是，我决定了。要将直记杀死，然后将他的脑袋砍下来……

但是，如果不做任何准备，冷不丁地实施计划的话，可能会得到与自己的预期正好相反的效果。要是真的这样的话，那么既达不到恐吓直记的目的，调换尸体的手法能不能瞒过警察也是个疑问。

因此，我必须用其他的杀人事件来为此做准备。作为用来试验的杀人事件的牺牲者，或者说是道具，被选入到我的名单里面的人，正是蜂屋小市和守卫。

通过在岩石上直记与我的对话……更准确一点儿说，应该是通过我面对直记时的独白，读者朋友们可能也已经知道了，在我被直记带到古神家族的宅邸，第一次进入绿瓦宫殿的大门之前，很早我就对他们家的情况了如指掌了。从八千代的嘴里，我已经或多或少地听说了守卫佝偻的特征。当我偶然间意识到，守卫的这些特征，和战后冉冉升起的画坛新星，佝偻画家蜂屋小市极其相似的时候，我真的觉得太吃惊了，甚至觉得这简直就是上天对我的启示，让我高兴得不得了。

蜂屋小市和直记一样，对于我来说，都是让人十分讨厌的家伙。要不是因为这个毒舌画家，我也不可能多次在公众场合被羞辱，被当面责骂。但是，这并不构成杀蜂屋的直接原因。即便蜂屋他不是那样一个让人看到就觉得讨厌的人，让我选择替罪羊的话，我也肯定还会选择他。或者说白一点儿，他那和守卫十分相似的佝偻的特征，正是他不幸命运的祸源。

既然我已经决定将蜂屋用作道具，那么首先要做的，就是让守卫穿上和蜂屋一模一样的服装。其实，这并不是什么难以做到的事。守卫这个人，只要是八千代说的话，无论什么，他都会言听计从。正是在八千代的帮助之下，守卫也开始和蜂屋一样，假模假样地穿上了那些衣服，打扮得像是个半吊子艺术家，几乎真的快成蜂屋了。等到第一阶段的准备工作完成之后，我便给八千代写了那几封恐吓信，最远的是在九州，近一点儿的在京都，最后选择了东京，将三封信分别寄了出去。当然了，这些都是我和八千代商量之后，拜托可靠的人去做的。不用说，对于信上那些奇怪的内容，我敢保证那个人连做梦都想不到是什么。另外，顺便说一句，那封恐吓信里面使用的那张被剪去了脑袋的相片的主人，其实并不是蜂屋，而是守卫。那也是在征得守卫同意的基础上，八千代替他照的。当然了，守卫也是一样，在拍摄照片的时候，他也是连做梦也想不到，照片竟然只是准备工作的一部分，竟然会被用于那么一件恐怖的事情。

就这样，准备工作一步一步地稳步向前推进。接下来，可以说作为整个故事的第一幕，鲜花夜总会事件拉开了全剧的序幕。

我们设计的情节就是，让八千代和蜂屋在鲜花夜总会里偶然会面。没错，的确是这样，有一个人专门负责此事。当得知八千代去鲜花夜总会之后，这个人便向此时正在别的地方喝酒的蜂屋一行人推荐起鲜花夜总会来。的确有这么一个人，不过警察却没能考虑到，也没有能够抓到他。不对，应该说在警察漏抓此人之前，就连蜂屋和他的同伴们都已经把那个人忘得一干二净了。至于那个向蜂屋暗示，要他去鲜花夜总会的人，不是别人，正是我自己。

就这样，那天晚上，不早不晚，恰好在那个时间，我们成功地在蜂屋的大腿上留下了一处和守卫一模一样的枪伤。

如此一来，事前准备都已经完成了。剩下的事情，就是将蜂屋带到绿瓦宫殿，然后将他成功地打造成守卫的替身。本来计划推进得很顺利，结局应该很完美才对。如果没有那把妖刀和保险柜的事情的话……

关于这件事情，金田一耕助说道："你是不是想知道我为什么会注意到你？是呀。对于你而言，最为重大的致命伤就在于，直记将那把妖刀放进了保险柜中，我说得没错吧。如此一来，再要想在犯罪的时间上有所隐瞒，已经完全于事无补了。也就是说，你始终想着，怎么才能够将原本是发生在八点钟左右的杀人事件，伪装成好像是在十二点钟前后发生的。为了达到这个目的，你利用了八千代，并且上演了一出出的好戏。然而，即便如此，十二点钟前后，凶器正好好地待在保险柜当中，任何人都不可能轻易接近。正是因为这样，所以你的计划可以说完全泡汤了。与此同时，在毫不知情的情况下，直记证明了自己是无罪的。为什么这么说呢？因为如果直记是凶手的话，那他肯定不会做出将凶器放回保险柜这样的事情，如此一来，不就前后矛盾了吗，你说对吧？”

的确正如他所言。直记将妖刀放到保险柜当中，可以说预示着我失败的开始。

一想到这件事，我就会觉得，自己已经完全地败给了直记。哎呀，越想越是觉得遗憾啊。

只不过，在当时的情况下，看起来好像就连警视厅也没有对那件事情加以重视。就是因为这个，所以我最终才麻痹大意了。而且我连做梦都没有想到，会出来一个叫金田一耕助的人，他竟然能够将我的错误一一指出，从而得出正确的推理。

我真是服了这个金田一耕助了。

“接下来，咱们来看看你的第二处致命伤。那就是你留在小金井宅邸的西式建筑里面的用拉丁字母写成的名字。你为什么没有将那些文字擦掉呢？你为什么要在墙上留下那么小的印记呢？你好像说过，那些文字应该读成 Yachiyo，并且还说估计是蜂屋在等八千代的过程中留下来的。但是我却发现，那些痕迹似乎有些过于陈旧了。然后，我便拿着放大镜仔细地看了看。结果发现，那根本就不是 Yachiyo，而是 Yashiro。也就是说，有人将 s 改成了 c，将 r 改成了 y，我说得对吧？弄清楚那些文字的同时，我对你计划的大部分内容一下子了解得差不多了。”

当时的确是这样。确实如金田一耕助所说，当我看到墙壁上有那些文字的时候——那还是在刚刚杀完蜂屋之后没多久——我真的应该把那些文字全都抹掉。但 Yashiro 与 Yachiyo 实在是太像了，真不可思议。于是我被吸引了，接下来就玩了一个小把戏。要说起来，如果当时全部都擦掉的话，就不会留下任何线索了。

金田一耕助继续说道：“当我明白了那些文字是屋代（Yashiro）之后，我便大胆地推测，肯定有一个和你关系不浅的人住在那里。于是，我调查你的过去，一个名叫小静的女子逐渐浮出了水面。如此一来，所有的事情都明了了。也就是说，在你的表面伪装之下，你其实跟整件事情，有着很深的关系……”

金田一耕助的表情变得十分严肃，啪嗒啪嗒地用手指弹了弹我之前写的“岩石之上”前面的内容。“看样子，你本来是打算在这个地方就停笔的，是吧？接下来，你便打算将直记杀了，将他的脑袋砍下来，然后自己藏匿起来。而通过你的小说，你想向警察传递一种信息，将真实身份是直记的无头尸体看作是你。我说得没错吧？至于这次的事情，你所要达到的目的只有一个，就是杀了直记，让他成为你的替身。”

我默默无语，只是轻轻地点了点头。是这么回事。为了达到我唯一的目的，我杀了蜂屋，杀了守卫，最后还杀了八千代。接下来，如果说能够善始善终，成功杀了直记的话，那么我就可以带着疯了的小静，躲到一个没有人知道的地方去了。

然而没想到的是……没想到的是……虽然我所做的一切准备工作全都成功了，但是却在即将实现最终目的的时候，在杀直记的事情上，栽了大跟头。

另外，小静她……

不对，关于小静，我应该不用怎么担心。金田一耕助已经跟我说了，他说剩下的事情他都会处理的。我还是信任这个人的。虽然我被这个人打败了，但是不知为什么，我心里始终对他抱有好感。

我现在很疲惫，再也不想继续往下写了，不如就在这里停笔吧。

不对，有些事情，我还是要在最后唠叨两句。那便是最近金田一耕助特意给我带来的，关于仙石直记在那件事情之后的近况。

据他说，因为那次事情的冲击诱发了本已隐藏在体内的疾病，眼下直记被诊断为精神分裂症，跟行尸走肉没有什么区别。

每当我想象着直记一边流着口水，一边嘟嘟囔囔的时候，我便稍稍感到一丝满足。

到了今天再看一看的话，在我与直记之间充满血腥的争斗中，究竟是谁笑到了最后呢?

图书在版编目(CIP)数据

金田一探案集 ：全10册 ／（日）横沟正史著 ；于壮等译. -- 海口 ：南海出版公司，2021.10
（横沟正史作品）
ISBN 978-7-5442-9722-6

Ⅰ．①金… Ⅱ．①横… ②于… Ⅲ．①侦探小说－小说集－日本－现代 Ⅳ．①I313.45

中国版本图书馆CIP数据核字(2019)第269889号

著作权合同登记号 图字：30-2020-044

金田一探案集：全 10 册
〔日〕横沟正史 著
于壮 等 译

出 版 南海出版公司 (0898)66568511
海口市海秀中路51号星华大厦五楼 邮编 570206
发 行 新经典发行有限公司
电话(010)68423599 邮箱 editor@readinglife.com
经 销 新华书店

责任编辑 张 锐
特邀编辑 张逸兰 朱东冬 王心谨
装帧设计 朱 琳
内文制作 王春雪 张 典

印 刷 山东韵杰文化科技有限公司
开 本 880毫米×1230毫米 1/32
印 张 92.5
字 数 2061千
版 次 2021年10月第1版
印 次 2025年4月第3次印刷
书 号 ISBN 978-7-5442-9722-6
定 价 458.00元（全10册）